六界妖后 2

張廉

插畫／Izumi

Kadokawa Fantastic Novels DX

目錄

第一章　男兒身，女兒心

「天地初開，生陰陽，陽孕男子陰孕女……」仙氣繚繞，玉宇之中是鳳麟清朗悅耳的男聲。他手執古卷在我床前，朗朗而念：「男為太陽聖帝，陽帝造蒼生萬物；女為太陰女帝，集天地陰氣……」他說到這兒，偷偷瞟了我一眼。

我慵懶地側躺在華美的玉床上，黑紫色的絲薄紗帳隨著從洞門而入的清風輕擺，如同身穿黑紗的女人，魅惑而妖冶。

小竹被我派去監視清華，洞外已被夜色籠罩，隱隱可見雲海起起伏伏，整個崑崙陷入夜的寧靜，連洞門上的水簾也像是不想打擾我們般，流得靜謐無聲。

我瞥眸看鳳麟，他立刻把目光再次放落在古卷上：「陰通……淫……淫是其神力之源……乃是神界淫神……」他又偷偷看我，我嫌棄地白了他一眼。突然拿個古卷在我面前念，還不是想確認我的身分？比起現在，我更喜歡他小時候的聲音。

他眨眨眼，滿臉小心，似是在觀察我的臉色，然後再看古卷：「太陰女帝，又名陰女大帝、始女娘娘，性淫貪愛，喜魅惑諸神，與其歡愛，採陽補陰，以獲神力，淫亂神界，後被太陽聖帝封印，逐出神界……」鳳麟停住腳步，再度朝我窺探而來。

我懶懶起身。他匆匆收回目光，身體僵硬不動，但眼角的餘光始終落在我身上，胸膛微微起伏。

我走到鞦韆旁，坐了上去，輕輕搖擺。

花香瀰漫，帶著夜霧的清新，恰似初雪落在花瓣上，芬芳清幽。

「所以……師傅是嗎？」身後傳來鳳麟的聲音。

我隨夜風輕輕搖擺，凝望從雲海間升起的明月，它的光芒鋪滿雲海，讓雲海宛如掀起層層銀色的海浪。

「你信嗎？」我幽幽地開了口。

他大步走到我身旁，握住我手下鮮花纏繞的花藤，深深看我，神色因為憤怒而有些激動：「我不信！」

我盯著他一會兒，再次凝視前方：「能寫出來的……自然不是真相……哼……陰通淫？虧他們想得出來。」

鳳麟陷入沉默。他低下臉，久久不言，捏緊了手中的古卷，古卷被他捏得喀吱直響，彷彿快要被他捏碎。

我的鞦韆再次搖擺。他鬆開了手，一直靜靜地站在一旁，幽幽地望著我。我黑色的裙襬在鞦韆的搖擺中輕輕飄擺。

時間就是這樣一搖一擺地過去，真相在下一刻或許還是真相，但被時間久久沖刷之後，早不成形。後人為了證明自己知道真相，肆意猜想與捏造，成了所謂的真相。

「哼。」我冷笑，不由自嘲起來：「若我的力量真是來自於和男人的歡愛，這崑崙的男人只怕被我已經睡遍了。」

「師傅！」他忽然伸手拉住了鞦韆，跨步站到我身前，有些生氣地看我。我淡漠看向他，發現他的黑眸在照進水簾的月光中，越發閃亮和堅定：「我不許妳說這樣的話！」他灼灼地盯視我，宛如對我方才的話生氣至極，那近乎命令和霸道的語氣讓我心中微感不悅。

沒人可以命令我！

我冷冷瞥他一眼，看向別處。

他又走到另一邊，讓我只能看著他，依然緊盯著我，誓不甘休，似是在等我開口答應他以後不再那樣自嘲。

我不悅地再次瞥開目光。

他再度擋在我面前，這次多了分急色：「師傅生氣了？」

「生氣？」我懶懶看他：「要是因為這樣就生氣，我這三千年早被氣死了。」

他鬆了口氣地笑了，看向手中的竹簡，忽然轉身甩手，如紗的衣袖飛過我面前。他將古卷狠狠扔了出去，記錄上古神話的古卷在月光中劃過一抹光芒，砸開雲霧，消失在我的視野中。

他轉回身，在月光中燦燦而笑，眸光閃亮如星，乾淨清澈得讓人心動。

「師傅，雖然妳笑起來很邪魅，但妳現在能不能笑一笑？」他忽然說。

我心中微微觸動，這絲觸動讓我有些不安。我不能對他生情，無論是什麼情，一旦對他的情生得越多，牽絆也會越來越多。

就連清虛死時百般哀求，我都未曾動搖。但我還是答應了鳳麟的哀求，違逆天命，救了天水。

天水被救得心不甘情不願，我救他也是心不甘情不願。

雖然至今我覺得救天水未必是件壞事，畢竟他已是不死之身，或許會比麟兒更加強大，對我更有用。

但若他日鳳麟的師兄妹再遇劫難，是否又要我來相救？這樣的事有一不可有二，我不能再寵溺他，答應他的請求。

我立刻沉下臉：「麟兒，天水之事下不為例，若他日潛龍、麒恆，或是朝霞、霓裳、月靈有難，我不會再出手相救。」

他的笑容凝滯了片刻，目露一絲愧疚，垂落眼簾，握在我鞦韆上的手緊了緊：「我知道這件事讓師傅為難了，徒兒已經知錯。生死由命，豈可亂改？這是我們修仙時便已知的規矩，是徒兒太過衝動幼稚了……師傅，徒兒知道師傅寵愛徒兒。」他開心地垂眸微笑，笑容中又帶出那份甜意：「以前以為師傅無情冷血，不會顧念徒兒。徒兒……真是錯了。」

他的笑容讓我心中的不安更甚。麟兒……真的是個男人了，莫非他對我……不如試探一下。

「寵愛你？」我揚起邪笑。他抬起眼，在我的邪笑中反而目露安心，神容也越發柔和與成熟，不卑不亢地站在我身前盯著我，從不回避我的目光。

我緩緩俯向他，沙沙而語：「你可知道，寵愛這兩個字是不能隨便說的……」

「難道師傅不寵我嗎？」他非但沒有退讓，反而有些調皮地反問，抓在鞦韆上的手與我握住花藤的手僅一寸之隔，手臂更是近在咫尺，我甚至能清晰感覺到從他手上散發而出、屬於男人的體溫。

「嗯——」我靠近他的臉，他修挺的身姿站在鞦韆旁，正好與我同高。「小子現在越來越調皮了。那天……你說讓師傅小心你，是要小心什麼？」我瞇眸看他，刻意側臉靠近他水潤而厚薄適中的紅唇。

鳳麟的目光猛地收緊，匆匆轉身。手臂從我身旁抽回時，他偷偷長舒了一口氣，握拳在唇邊：「沒什麼。」

「真的沒什麼？」見他這句「沒什麼」說得那麼心虛，我靠近他的後頸，輕輕吹了一口氣：「呼……」

他的身體登時緊繃，白皙的頸項在我的吹拂中已是一片血紅。

「我去找天水師兄。」他匆匆提袍就走，躍上自己的仙劍。我收回身體，勾唇一笑：「晚上還陪我睡嗎？」

他瞬間自仙劍跌落，消失在洞前。下一刻，他從銀色雲海中衝出，逃也般的離去，身影隱沒在碩大的銀盤之中，只在雲海上留下一條長長的痕跡。

笑容從我臉上淡去。我曲起腿放上鞦韆，抬手貼在唇邊輕輕摩挲，凝視那被月光照亮、銀浪起伏的雲海，陷入沉思。

遠遠的，小竹乘坐他的烏鴉，從起伏的雲海中飛回，面無表情地落下走入，朝我一禮：「主人。」接著他走過我身旁，似是又想起了什麼，轉身退回：「主人，妳真的收了那天水？還要教他們仙術？」

「嗯。怎麼了？」我瞥眸看他。

他雌雄莫辨的少年臉龐浮上一絲憂鬱：「我只是擔心他們變強後會背叛主人。男人都不可信，要是對他們越好，他們就越貪得無厭！在妳身上得到他們想要的一切後，毫不猶豫地把妳像一件破衣服般丟在垃圾堆裡。」

「但你現在……也是男人了。」我轉向他，鞦韆隨我而動，小竹那單薄的身體也僵住了。

他有些慌亂地撇開臉：「我現在……是不是太矯情了？」

「是。」我走下鞦韆，來到他的面前，伸手緩緩點上他的心。他看落我的手指。「你現在身體是男的，可是這裡……還是個女人。」

小竹緩緩抬起臉。少年的眼睛格外明亮碩大，長長的睫毛在月光中顫動，妖冶的眼影總是能讓人忽略他的性別而怦然心動。我收回手：「男人中有好有壞，女人中也不乏賤人。你無法阻止一個人變壞，卻也不能因為他可能會變壞，而從一開始就遠離他們。如此一來，或許你會錯過他們之中真正的好人。」

小竹怔怔看我片刻，咬咬唇低下臉：「主子說得是，我可男可女，但不能不男不女。我……可以在房裡洗個澡嗎？」

「嗯，去吧。」

他轉身走入屋內。拖出了一個大大的浴桶，兩隻烏鴉提起水桶，從我的浴池中提水，灌滿了浴桶。

看來他真的尚未適應做個男孩，因為他就那樣在屋內脫去衣衫，忘記我的存在，忘記我是個女人，對我毫無避諱。

樸素的亞麻綠衣衫從他身上脫下，露出單薄瘦削的身軀，白嫩的皮膚因為沒有刻意偽裝成人形，泛著一點淡淡的青綠色，不過那抹青綠色非但不讓人覺得懾人古怪，反而在我玉宇的燈光下散發出一種水彩暈染在他身上的錯覺，讓人產生一種想一點、一點擦去那淡淡顏色的欲望——那是妖族天生的誘惑力，凡人難以抗拒。

纖細的腰隨著他衣衫的褪落也緩緩出現，盈盈一握的纖腰讓世間無數女子自嘆不如，勻稱的腰線從脊柱的末端而下，在他脫去褲子時與挺翹白皙的玉臀連在一塊。他手執衣衫，呆呆地站在浴桶邊，全身曲線凹凸有致、性感誘人。

忽的，洞門傳來腳步聲，我轉頭一看，只見天水和鳳麟一起落下。鳳麟看到裸身的小竹，匆匆側身回避；沒見過小竹女形的天水倒沒像鳳麟那樣回避，而是被我玉宇內的一切吸引了目光。

「啊！」小竹驚得輕輕抽氣，幾乎是本能地匆匆用衣物遮身。遮住下身也就罷了，畢竟男子間也存在著禮儀，但小竹連上身也遮了。

半天，他才恍然回神：「我現在是男的了。」他在天水還沒留意到時匆匆丟了衣衫，爬入浴桶躲避。兩隻忠誠的烏鴉化出巨大身形，張開黑翅為小竹遮住浴桶。

「你讓他在這裡洗澡？」鳳麟氣悶看我。

我淡漠看他：「怎麼了？」

「他是男的！」鳳麟重重強調。

我笑了：「呵，那你剛才又在回避些什麼？」

「我！」他一時語塞，有些尷尬地甩開臉，雙手環胸：「我那時沒反應過來，忘記他現在是男的了。」

「這裡是什麼地方？」天水的話音傳來，我這才想起屋裡還有個他。他微微提袍，環顧遊走在他身邊的仙氣，自始至終都沒留意小竹的存在。

「是鎖妖塔底，以前封印師傅的地方。」鳳麟的話音裡流露出幾分哀傷。雖然平日他看上去與人疏遠、待人冷漠，卻有一顆比任何人都要細膩、柔軟的心。

天水驚訝之餘，也陷入了長時間的沉默。

一股淡淡惆悵從他們二人身上瀰漫，我微微擰眉。我不需要他們可憐我，為我心痛為我傷。

我昂起下巴，冷冷看他們：「該走了，你們這麼晚來，不是想在我這裡喝茶吧？」

他們紛紛回神，抬起頭，修挺的身姿在月光下同樣瀟灑。崑崙仙服貼身的設計突顯出男子的腰線，煙灰的罩紗套在外衣之外，在腰間現出一分空蕩，讓這些修仙男子格外翩翩飄逸。

「隨我來吧。」我走向洞門，他們隨我移步。

我側轉身子，朝鳳麟招招手：「你先過來。」

他聽話地站到水簾後，轉身面對我，身後是萬丈高空。我向他伸出手：「仙劍。」

「哦。」他解下仙劍放到我手中。我看了看那水晶般的仙劍，隨即抬眸，他的黑眸在月光中閃閃發亮，滿是期待，躍躍欲試。

「你可以滾了。」

「什麼？」鳳麟一愣。

我直接伸手推在他的胸膛上，他的黑眸立刻瞪大，身旁的天水驚訝地伸手要拉住他。我「啪」

地扣住了天水的手，天水吃驚地看向我。我冷冷看著鳳麟身後的水簾散開，他往後直接掉出懸崖，然後傳來他的大喊：「啊————」

砰！他在雲海上撞出一個人形，繼續往下。我探頭看了看，他的喊聲在夜空中漸漸消失不見。

我手中的仙劍忽然掙扎起來，急急要飛出去，看來它聽到了主人的召喚。我捏緊它，由於鳳麟一直御劍，所以對仙劍格外依賴。

「鳳麟會摔死的！」天水著急不已，作勢要向前，但我依然牢牢握住他冰涼的手腕，冷冷睨他：「你是他爹還是他娘？」

「咦？」天水一時愣住，不解看我。

我瞪了他一眼：「一直保護他，要他如何能夠成長？」

聞言，天水擰緊了眉，分外擔憂地看向洞外。

我放開天水的手腕，心語道：「麟兒，聽著，把你腳下的空氣想像成仙劍，飛起來！」

「好、好！我試試！」

我站在洞門邊，俯看漫無邊際的雲海，水流沿著石洞兩側靜靜流下，彷彿也不敢發出任何聲音。天水站在我身旁，探身擔憂地張望，呼吸遲遲無法平穩。

時間在寂靜中流淌，依然不見鳳麟上來。

「師傅，不行！」

耳中忽然傳來鳳麟的急呼，我立刻丟下仙劍，直接躍出洞門、衝破雲海，俯衝而下。呼呼風聲在頰畔響起，我循著鳳麟的感覺直直往下。

忽然，煙灰色的身影猛地衝過我的面前往上，強大氣流衝上我的面門，揚起了我的髮絲，我就此懸停在空中。

「啊——哈哈哈哈——哈哈哈哈——」上空傳來鳳麟激動開心的大笑，他在上方撐開雙臂自由翱翔，如同飛雁一般靈巧，撐開的罩紗宛如飛雁的翅膀。

他緩緩回落在我面前，燦燦而笑，目露一分得意：「我就知道師傅寵我。」他笑得格外燦爛，澈黑的眼睛如深夜中最閃亮的北極星。

我瞇起了眼睛，直接揚手搧在他的臉上。

——啪！

他一怔，斂起笑容，老老實實地低下臉：「對不起，師傅。」

「你居然敢戲耍師傅？」我一把揪住他的衣領，手心痛得發麻。

他有些委屈地看著我。我狠狠地瞪著他，氣息竟與天水一樣無法平穩。我已經無法完全忽略他在我心裡的分量，不得不承認我對他的擔心。

「師傅……」他輕輕喚我，幽深的視線落在我的臉上。我側開臉，竟是避開了他的目光：「算了，回去了，我還要教天水呢。」我放開他，無心與他多言。

我轉身飛起，他緊跟在我身旁，一邊飛一邊偷偷看我，摸了摸臉：「師傅，妳這次打得可真疼。」

「哼！」我勾起唇角，平復心情，再次揚起邪邪的笑，瞥眸看他：「因為有人說……我打人不疼。」

他眨眨眼，轉回臉，摸摸自己紅腫的臉：「徒兒下次不敢了。」

「嗯，乖。」我不再理他。他靜靜跟在我身邊，卻一直偷瞄我，然後垂臉揚起唇角。似是笑容又扯痛了他紅腫的臉，他捂上臉，輕輕抽氣：「嘶！」

我的麟兒對別人總是一副生人勿近的態度，故在崑崙的人氣遠遠不及溫柔的天水。但他心裡時時關心著我、擔憂著我，尤其是在不知我身分的那段時間，常常擔心我會暴露，被他的師尊們圍捕。

所以那時的他總是掛著心事重重的神情，明明清澈的雙眸裡有著化不開的深深憂慮。在知道我的身分後，他終於不用再為我時時憂慮操心，笑容也隨之越來越多，我彷彿又看到了他十三歲前那個天真而無憂無慮的孩子。

可是，他真的長大了，心思，已不復從前。

浮出雲海的那一刻，天水總算露出徹底放心的神情。鳳麟回到洞門內，天水隨即迎上：「怎麼樣？」

「不難。」鳳麟認真說，握住天水的肩膀：「只要放鬆，大師兄也一定可以的！」

天水目露憂慮，長髮垂落臉邊：「我哪有你那樣的悟性？」

「相信師傅！」鳳麟鄭重地對天水說。但天水在聽到這句話後反而全身更加緊繃，猶豫地抬起臉朝我看來。我漫步走過雲霧，踏著月光回到洞邊，裙襬帶入了流雲仙氣，圍繞在腳邊，泛著一絲冰涼。

「輪到你了。」我邪邪而笑。天水看見我的笑容，更是退了一步：「不不不，我看還是算了。」

他在怕我，我知道他在怕什麼。

「大師兄，你怎麼退縮了？」鳳麟緊扣天水的肩膀，納悶看他：「你何曾懼怕過？更何況現在是為了修練更加高階的仙術！」

天水依然猶豫，望向鳳麟，忽的看到他臉上的紅腫，立刻目露驚訝，抬手摸上：「你的臉怎麼了？」

鳳麟被天水的輕觸帶痛了傷，立刻捂住自己的臉，眼神閃爍了一下，目露尷尬：「我戲弄了師傅，所以……」

「你們說完了沒？學個騰雲還這麼卿卿我我！」我冷冷橫白了他們一眼。他們朝我看來，天水微微靠近鳳麟，嘴唇不動地耳語：「你說她打人不疼的……」

我的目光更冷了。

鳳麟尷尬垂臉，握拳輕咳：「咳，總之請師兄自重吧。」

天水一驚，那副目瞪口呆的神情像是鳳麟拋棄了他。

我再次揚起邪邪的笑：「不錯，下去之後還請自重。」說完，我甩出右手，黑色的魔力融入黑色的衣袖，長長的黑色仙帶頓時纏上天水的腰。天水瞪著腰間的仙帶，大聲驚呼：「不要！」

「哼，不行不要！給我滾下去！」我往外再一甩手，仙帶扯起他之時，他的神情徹底凝滯。仙帶扯起他橫著從我面前飛過，鳳麟立刻跑來：「大師兄！」

「師弟救我！」看來天水是真的擔心我會害他，朝鳳麟急急伸出手。

鳳麟愛莫能助地攤攤手：「對不起，大師兄，我可不敢再惹師傅生氣了。」

人形。

天水雙目圓瞪：「你、你太不講義氣了！」

我一收手，仙帶自他腰間收回，順勢勾回他的仙劍，落在我手中。

「啊————」又一個傢伙掉了下去，起伏的雲海上是天水的人形。

「真是的，一個個下去全都嚇得大叫，還像個男人嗎？」我嫌棄地瞪向鳳麟和雲海上的那個人形。

鳳麟僵硬地轉身，不說話。

我準備心語，卻突然一愣：「糟了！」

「什麼？」鳳麟立刻轉身。

我眨眼看他：「我忘記我和天水之間沒訂契約，他聽不到我的心語。」

鳳麟登時瞪大雙眼，我們一起看向慢慢被雲霧填埋的人影。

手中天水的仙劍震顫不已。鳳麟掀袍搶步衝出：「我去救他！」憂急緊張的神情宛如一生中最重要的人陷入危難。

「你給我待著！」我直接喝住他，他轉頭著急看我。我將天水那把顫動掙扎的劍塞入他手中，蔑然地白了他一眼：「你才剛學會就想帶人飛？別以為自己會飛就能帶人飛了，弄不好你會被他拽下去一起摔死，這跟溺水是一樣的！」說罷，我提裙再次躍出洞外。

「師傅小心！」身後是鳳麟的急呼。

我往後看了一眼，拽起裙襬再次躍下高空，穿透冰涼的雲霧，髮絲染上了夜的寒意。順著天水的氣息急速而下，很快的，我看到了天水下墜的身影。我微作停頓，揚唇壞壞一笑，刻意放緩了追他的速度，悠閒地在空中欣賞他驚慌失色的模樣：「啊——————」鎖妖塔周圍的浮島距離較遠，而且並不住人，即使天水喊得撕心裂肺，也不會有人看見他或出手相救。

看到美男花容失色……哈，莫名地開心！

只見他身下一座浮島越來越近，眼看就要墜落浮島，和嫣紅一樣摔成肉餅。我在明月下悠悠然甩出仙帶，黑色而布滿星辰的仙帶如同一抹流星飛過他身旁。他在墜落中一怔，仙帶再次牢牢捲住他的腰，彷彿一條星河。這時他俊美的臉和下面的草地已緊緊相貼，呼吸也瞬間凝滯。

啪！我收回仙帶，他這才摔落在草地上，然後翻身仰天大口大口喘氣，儘管他現在已經不需要呼吸。他沒看我，苦澀輕笑：「妳滿意了嗎？」

我緩緩落在他身旁，雙腿盤起、單手支臉、瞇起眼睛，一個字一個字地吐出：「還、不、夠。」

「哼。」他又是輕笑一聲，嘴角帶出一絲慘澹。淒涼的月光灑落在他臉上，似是由於屍丹的影響，讓他的臉龐在月光中更顯蒼白，溫潤的容顏浮現一抹惹人心憐的淒美。

他在草地上坐起，滿頭長髮沾上了點點細草。他深沉地垂臉久久不語，卻忽然在蒼白的月光中猛地抬頭瞪向我：「妳為什麼總是針對我？」

我蔑然輕笑，瞥了他一眼：「你覺得我這個真神，有必要針對你這個凡人嗎？」

「那妳為什麼……為什麼……」他一時語塞，糾結萬分地側開臉，胸膛劇烈起伏，始終無法說下去。

「戲耍你？」我替他說了出來。這回他更是側轉身，悶悶地雙手抱膝，不想看我。我悠悠然飄浮到他面前。黑色的裙襬上是細細小小的星辰，隨著夜風飄擺，如同細細的星河在空氣中流淌。

「還是玩弄你？」我淡漠俯看他。他擰緊雙眉、抿緊了唇，無法再露出任何溫柔的一面。

「不如讓我告訴你為什麼？」

他仰頭看我。我俯下臉，瞇起眼，盯緊他憤怒的雙眸：「打從看到嫣紅的記憶開始，我就看你非常的不、順、眼！」我一字一頓地吐在他漸漸愣怔的臉上，那雙宛如玄墨的眼睛裡浮出了愧疚之情。

「你愧疚什麼？」我邪邪而笑：「難道她活過來了，你就會回應她的感情？那崑崙裡那麼多因為你的溫柔而默默暗戀你的女孩又該怎麼辦？」我的嗓音冷漠而嘹亮。

他僵住了身體，抱著膝蓋的雙手緩緩捏緊，久久沉默。

天水沒有錯，他愛護自己的師弟師妹，將他們視作親人來保護，如同溫柔而溫暖的大哥哥，努力做到對每個人一視同仁、和顏悅色。這種來者不拒的溫柔像極了那個人，讓我真的很糟心。

他遇上我算他倒楣，因為我不喜歡這種性格，要是不把他這種濫情的溫柔徹底摧毀，我不會甘休，因為我現在是他的主人。

我冷冷俯視他片刻，挺起身體，懸浮在空中，腳下魔力繚繞。我心念一動，右手直接甩出星辰仙帶，纏住他的脖頸。他驚訝地抓住仙帶掙扎：「妳幹什麼？」

我握住仙帶一扯，他被我從地上直接拽起，趔趄來到我身前，長髮凌亂地在身後和飄逸的髮帶一起飛揚。我俯下臉，吻落他撞過來的臉。當我柔軟的雙唇印落他髮間的額頭時，他僵住身體，似乎完全忘記了呼吸和憤怒。

輕悠的夜風輕輕吹起他緩緩落下的及腰髮絲，以及淡雅的髮帶。他怔怔站在我面前，一縷黑色的魔力隨著我的吻印入他的眉間，化作三點浮水印，漸漸消失。

我離開了他的額頭。他目瞪口呆地看著我，忽然猛地回神摸上自己的額頭：「妳、妳又對我做了什麼？」

他倒是沒誤會我親他的目的，看來他果然對我處處設防。

我邪邪地勾起唇角，心語隨即而出：「給你蓋個章，以後可以隨時聽我教誨。」

他一愣，看向我邪笑的嘴唇。

我繼續心語：「你從此拜入我的門下，不管願不願意，你都是本尊的人了，以後將為本尊所用。」

「妳這是強人所難！」他憤然而毫不畏懼我的視線，回瞪我。

我笑道：「哼，那你就逃逃看啊。六界之內，你焉能逃出我的掌心？哈哈哈哈哈————哈哈哈哈哈————」

他的神情在我的大笑中再次僵滯，雙眸已被無力填滿。

「哼哼哼哼～～～」我單手扠腰，月光照出我妖妖嬈嬈的身影。我瞥眸看他：「天神就是為了讓六界眾生感到無力違抗而存在的，你與其恨我，不如好好隨我修練，他日你若成神，我就認栽，不然，你此生恐怕都無法擺脫我的控制了。」

他繃緊了身體，咬了咬牙，冷冷一笑：「妳也會讓我成神？」

「那可難說囉～～～」我抬手撫過自己的長髮，對他咧開可怖的笑容：「畢竟娘娘我……是瘋的～～～哈哈哈——」我仰頭大笑，在月光中瞇起雙眸：「我一向喜歡亂來，要是沒有強大的敵人，我活著也無聊。你若真有成神的機遇，我會助你一臂之力。」我看向他，發現他的眸中燃起了灼灼火焰，終於一掃之前頹廢的糟魄樣：「但現在，你只能認倒楣。」

「好！我跟定妳了！」

嘩！他忽然掀袍俐落跪下，真正向我行拜師之禮。

朗朗月光下，天水朝我抱拳：「我天水願拜妳為師！」鄭重的語氣裡隱約透出他對命運的不甘，以及想要逆天的深沉欲望。

「爽快！我有那麼點欣賞你了。」我抬起下巴，面朝銀白的月光，放落左手在他面前：「來吧，我教你騰雲。」

他看到我的手先是一怔，擰眉思索片刻後，似是做了很大的決定，伸手握住我的手，冰涼的手已經失去身為一個人的溫度。握住他手的那一刻，我提氣帶他拔地而起，直衝九霄。

他在離地的那刻近乎本能地用雙手握緊我的手，依然非常緊張。

我懸停空中，他掛落在我身下，雙手緊握住我的手，手足無措地看向身下。

「你捏痛我了！」我嫌棄地看天水，他又是一愣，第一刻竟是下意識鬆手：「對不起……啊！」他直直墜落，這次倒是沒有再捨棄那翩翩劍仙的形象而失聲尖叫，相較之前鎮定了很多。

他仰面朝天、四肢張開，盡量保持平穩，衣衫和長髮在風中飛揚。我在空中倒轉身體，伸手朝他飛去。他的目光落在我身上，我滿是星辰的夜色衣裙在飛翔時隨風擺盪，他就這樣怔怔地一直看著我，彷彿已經忘記下墜的恐懼。

我飛過他身旁，來到他的身後，圈抱住他的身體。他的身體瞬間在我的臂彎中繃緊，胸口裡有的是一股特殊的空蕩和寧靜——那裡已經沒了心跳。

我在空中扶穩他的身體，身體因為圈抱而貼上他的後背，他及腰的長髮在我鼻尖掠過一抹抹如同幽蘭的清香。

「騰雲和御劍本法相同。」我在他頸後說著，他在我的話音中慢慢放鬆身體，似是把注意力集中在我的聲音上。「劍有靈性，可自己飛翔，所以你們御劍，有一半是劍在飛。而現在是御天地之氣，靜下心，好好感覺氣的流動。」

世界變得幽靜，風從我們腳下流過，如同虛無縹緲的水。

「氣如水，也有它的浮力，你既然能站於水面，自然也能立於氣之上。」我圈抱著他的手一點、一點收回。忽然，他本能地握住我慢慢退去的手，不讓我離開他身後。

「對不起。」他像是意識到了什麼，匆匆鬆手。我再度慢慢抽回手，他深吸一口氣，努力放鬆自己的身體。隨著我手的離開，他已經能立於雲天之中，只是身體仍如立於浮木般搖搖晃晃。

我的手尚未完全離開，微微托住他的身體，讓他有個依靠。

呼！猛地一陣風颰來，他立刻身形不穩，慌忙握住我尚未離開他的手，牢牢地握緊。在我扶穩他後，他長長舒氣。

我緩緩移到他身前，他握住我的手也隨我而動。天水總算注意到自己正拉著我的手，神色微微局促，但似乎有所顧慮而不想放開。

我朝他伸出另一隻手：「來。」

他卻是猶豫了。

我邪邪地笑看他：「現在又不敢抓了？那你這隻手……怎麼抓那麼緊？」我捏了捏他死死拉住我的右手，他的臉完全沉下。啪！他左手一把握住了我的右手，沉沉看向我：「然後呢？」

「然後？一步步走囉。」我往後退了一步。他深吸一口氣，閉上眼睛，努力讓自己恢復鎮定。平復之後，他睜開眼睛看向自己的腳，緩緩地、身體搖擺地向我走了一步，握緊我的雙手依然顯露著他的緊張。

「很好，再走一步。」我往後又退一步。

他這次好了許多，邁起另一腳搖搖晃晃地往我走了一步。站穩之後，他的臉上浮現欣喜的神情，握住我的手也鬆了一分。

感覺到有人從上方急速而來，我抬起臉。一片青雲之中，鳳麟破雲而出，他已經非常嫻熟地任意飛翔。不愧是我的麟兒，一點就通，悟性在崑崙所有弟子之上。

「他才是崑崙真正的大師兄。」耳邊傳來天水的感嘆，我看向他，他也正仰頭看著朝我們飛來的鳳麟。

「師傅！」一聲到人到，鳳麟穩穩地懸停在我們上方，右腳在空中微微踮起，如同踩在平地那般穩當。他不僅已能飛翔，而且飛得身姿優雅和瀟灑。

他見我與天水正面相對，目光凝滯在我拉著天水的手上。

「你來得正好，來教他吧。」我放開一隻手：「天水已能站穩，不會再拽你下墜了。」

鳳麟微微回神，眨眨眼道：「好。」

他如同滑翔般落到我身旁，拉起天水的手，又從我的另一隻手接過天水的另一隻手。拉住鳳麟雙手時，天水的神色明顯輕鬆許多，臉上也露出了永遠不會對我綻放的柔和微笑：「我果然不及你的悟性，你隱藏得實在太深。」天水含笑看著鳳麟，漆黑的眸中流露出一絲佩服。

鳳麟笑了笑，雙手輕扶天水的雙手，輕盈地後退：「別太緊張，越緊張，身體越重。」

「知道了。」天水全神貫注地看著自己的雙腳。

鳳麟在後退時望向我。我勾唇一笑，他眸光閃爍了一下，隨即轉回臉，卻顯得有些心不在焉。

「若有事可叫我。」我說。

「嗯，師傅妳放心回去吧，這裡交給我。」他嘴裡這麼說著，但沒有看我。

我盯著他好一會兒，轉身往上飛回。鳳麟的心思越來越深了。

遠方忽然飛來小竹的兩隻烏鴉，焦急地揮動翅膀到我身前。我擰眉看牠們：「急什麼？」

「哇！哇！」牠們焦急地喊著。我一挑眉：「什麼？小竹在刷皮？」

兩隻烏鴉的眼裡淚水盈盈，滿目心痛。世人討厭烏鴉，一直認為烏鴉帶來不祥，殊不知烏鴉是最為誠實的鳥兒，正因知道不祥，才來警告人類。過於誠實、敢於直言的人，在這世上總是不太討喜。

「知道了，我回去看看。」兩隻烏鴉哭得讓我心煩。

刷皮是什麼狀況？

烏鴉急急帶我飛回我的玉宇。我尚未入門，在洞口已聞到濃濃的血腥味。

我一愣。咦？難道小竹吃人了？把人皮剝下來刷洗乾淨？

小竹因為尚未從情傷中走出，一直委靡不振，心中懷恨，不是發呆，便是出神。難道是因為想洩憤而殺了崑崙的男人？那真是算那個男人倒楣。

我進入玉宇，仙氣繚繞的屋內果然聽到了「唰！唰！」如同刷皮的聲音，在夜間分外懾人！

我瞥眸看去，小竹依然赤裸地待在浴桶中，正用一把刷子用力刷自己的皮！

他面無表情地刷著，「唰——唰——」即使刷得鮮血淋漓，他依然眼神空洞地一下又一下刷著自己的皮，絲毫不知疼痛。

「你在幹什麼？」我受不了地瞪著他那副血淋淋的模樣。真是倒足胃口，他白皙的胸口也被刷去了一層皮，少年的茱萸在鮮血中凸起，如同生長在血泊中的蛇莓，鮮豔，又透著深深的邪惡。

他一驚，雙目恢復神色，轉臉看向我，除了那張精緻而雌雄莫辨的少年臉龐完好如初，他下巴以下已全部陷入一片鮮紅。他呆滯了一下，隨即眨眨眼，低下頭：「我想把那個男人在我身上留下的痕跡去掉，徹底忘記過去的自己……」

我在血腥的空氣中擰起眉，側轉身不再看他那副鬼樣子：「你在我房裡刷皮不是要噁心我嗎？這教我怎麼睡？」

「對、對不起。」

我轉回臉，他低落的神情裡流露出一絲慌張。毛刷漂浮在被鮮血染紅的水中，他無聲而無措地摸上自己鮮紅的手臂，似是不知該如何是好。淒涼與悲傷的孤獨瀰漫在血腥的空氣中，眼前宛如是個在地獄經受百般酷刑、被拖出刑房無情而隨意地丟棄在血河中的殘破孤魂。

「你們蛇不是能蛻皮嗎？」

他一怔，抬手撫上自己的臉。血汙又染上了他原本潔淨的臉：「對啊，我……忘了。」

我搖頭，不忍直視：「妖都渴望做人，最後反倒忘了自己是妖，才會迷陷沉淪在人世中。」

「謝主子提醒，小竹去外面蛻皮。」

「嗯。」我轉過身去，兩隻烏鴉呼啦啦地從我身邊飛過。不一會兒，小竹巨大的蛇身便遊過我的裙邊，翠綠的蛇皮完好無缺。他是妖，人類凡物造成的輕傷皆能自癒，但是心一旦受傷，即使癒合了，也依然會留下醜陋的傷疤。

「嘶……」他從我身邊悄然無聲地遊過，長長的身軀連綿不絕。他緩緩爬出洞門，往下而去，兩隻烏鴉隨即提著浴桶飛出，把滿屋子的血腥之源也帶了出去。

縱使流了再多淚，甚至是血，也無法抹除過去的傷……不就是個男人嘛，至於嗎？我們不能因為被男人傷害而傷害別人，更不能沉溺在那男人對我們的傷害之中，對未來失去希望。即使是尊貴不凡的男神，身上依然會有缺點。

人只能活一世，你為他傷心一世，也不過數十年。

但我們可是要活上上百、上千年的，難道這今後的千百年都要被區區一個男人影響？

滿屋子的血腥味依然沒有散盡，讓我心煩。我走出洞門，立於雲海之上，雲海在腳下起起伏伏，如同夜空中的大海。

面前是那輪碩大的銀魄，格外皎潔的月光讓我怦然心動。

我緩緩撐開雙臂，黑色仙裙從身上褪落，長髮在風中徹底散開，腰帶鬆解、鞋襪除去，身上只剩最初的那件黑裙，所有殘破之處已被補上，成了一件黑色無袖的圓領短裙。我閉上雙眼，沐浴在那美麗的月光中，流雲化作雲瀑衝上我的全身，如同清冽的泉水洗刷我的身體，讓人通體舒暢。

身後有人緩緩落下，我慢慢睜開雙眼。雲瀑從上方散去時，他無聲地飄落在我身後，一件帶著他體溫和清香的外衣輕輕蓋在我身上，如他把我擁入懷中，用體溫溫暖我全身。

「師傅，妳也不怕被人看見。」鳳麟有些不開心地說：「幸好天水師兄回去了。」

「他練成了嗎？」我拉了拉他的外衣，隨即轉身，他匆匆側開目光：「還是不太熟練，但相信不出三日便可熟習。」

「嗯……」我滿意點頭，往他靠去，他卻在雲海上退了一步。我抬臉看他：「怎麼了？」

他依然側著臉：「沒、沒什麼。」

「那你躲什麼？」我揚起了邪邪的笑：「真的那麼在意我是個女人?那……我變男人好了。」

「不要！」他急急轉回頭。我邪笑更甚，瞥眸望向他：「喜歡師傅是個女人？」

他的臉在月光中唰地漲紅，眸光先是閃了閃，接著化作一股堅定的目光，直直落在我的臉上，映入皎月的黑眸越來越深邃。

我轉回臉，往前再次朝他靠去，鳳麟這次不再閃躲，穩穩地懸停在雲海之上。我靠上他溫暖的胸膛，裡頭撲通撲通的劇烈心跳傳入我的耳中。

他似是刻意壓抑自己的呼吸，不讓被我所靠的胸膛大幅起伏，這使他的呼吸有片刻凝滯。寬闊的胸膛如同暖枕，讓我不想離開。

「師傅。」胸膛裡傳出他的話音。

「什麼？」

「師傅……為什麼那麼討厭大師兄呢？」他輕柔地問。說話讓他的心跳漸漸平穩。

我懶懶地伸手圈住他的身體，他胸膛內的心跳立刻漏了一拍，身體也隨之緊繃。

「因為他像聖陽，所以我討厭他。」

「聖陽？聖陽大帝嗎？」他驚呼一聲，氣息微微不穩，腳下踏空了一步，立刻拖著我一起墜落，我也不打算救他，任由他墜落。他慌忙圈住我的腰，緊緊抱住我後努力穩住身形，低下頭氣喘吁吁：「對不起，師傅，嚇到妳了。」他的氣息隨著話語一起吹拂在我的髮絲上。

我在他胸前淡淡一笑：「無礙，騰雲與御劍不同，更加耗費法力，以你現在體內的力量，能堅持那麼久已是不易。帶我回去吧。」

「是！」他摟緊我再次往上，飛得有些不穩，顯得有些吃力，可見他的法力已經消耗過度。臨近洞口時，他努力保持平穩，將我送入洞門。踏上地面後，他累得原地坐下，擰眉深深呼吸。

我蹲在他身邊，轉臉看他有些汗濕的額頭和蒼白的臉，抬手撫上。他微微怔了怔，垂落目光看向雲海，靜靜呼吸。

我的手指撫過他的額頭，一陣清涼跟著掃過，滌去細密的汗珠，也將那些黏附在額上的碎髮順在他的耳後。他一動不動，月光映在那張分外優雅的容顏上，靜美如畫。

我緩緩坐在他身旁，身披他的外衣，輕靠在他的肩膀上：「我知道你喜歡天水。」

「不是的！」他急急轉臉，下巴輕輕擦過我的頭頂：「師傅，妳別說得這麼曖昧！若讓天水師兄聽見當了真，豈不讓徒兒尷尬？」

「哼。」我笑了：「你知道我說的喜歡是什麼意思。」

他轉回頭不說話了，雙腿懸掛在洞沿外，身旁是涓涓細流的聲音。

「師兄……怎麼會像聖陽大帝呢？」

「因為那份善。」我不悅地沉臉。

「善？善良不好嗎？」他目露困惑，嘴角噙笑：「天水師兄對所有人都很好，所以大家都喜歡他，不像我。」

我白他一眼，沉臉望向一旁：「因為大善，所以大愛，聖陽不管對誰都很溫柔，就像天水。在神族，無人不愛聖陽，他也愛著所有人。但愛有時必須要有取捨，若我與天水為敵，你會幫誰？」我離開他的肩膀，轉頭看他。他也看向我，目光微沉：「天水師兄不會出賣妳！」

「我是說如果！」我挑眉瞪他。

他擰擰眉，微垂眼瞼，半遮的黑眸中忽的劃過一抹寒意：「如果天水師兄真的與師傅為敵，我會與他兄弟情絕。」他抬眸看我，深邃的黑眸之中沒有半絲猶豫。

我盯著他好一會兒，勾唇笑起，再次靠上他的肩膀：「麟兒你如此說，師傅甚感欣慰。但聖陽選擇了別人……」

他的愛太大了，我無法完全得到。若再給我一次機會，我不會再愛上他，最後落得被千夫所指，封印山下的結果。

哼……我是神，卻也像凡人一樣希望一切能夠重來。神有時是那麼地可悲，連一份愛情都無法完全獲得。

「師傅……真的做錯了事？」他遲疑地，小心翼翼地問。

「哼……」我閉眸冷笑：「是啊……師傅的確做錯了……師傅做了一件讓六界女神都生氣的事情……那就是……得到聖陽的愛情……」

鳳麟吃驚地屏住了呼吸。即使我閉著眼睛，也知道他此刻有多麼驚訝，驚訝到一直注視我的臉龐，視線久久沒有離開。

第二章 神妖之子

朦朦朧朧中，我再次站在天地盡頭。虛無的世界裡只有我一人，巨大的水滴在我身邊起起伏伏，裡頭記錄了所有的一切。

「魅兒……」

呼喚猛地在這個世界響起，我立刻戒備地轉身，聖陽朦朧的身影浮現在我面前。他的身體縹緲而虛無，讓我頓時驚呆在原地。

「魅兒……魅兒……」他只會不斷重複我的名字，然後大步朝我走來。抱住我的同時，他俯臉吻向我的唇。

我立刻一把推開他，他瞬間破碎在我面前！

「魅兒……魅兒……」聲聲呼喚依然迴盪在我的世界裡，我吃驚地環顧四周，陽光從每一顆巨大的水滴中迸射而出，頃刻間吞沒了我的世界。我憤怒而陰沉地望著那席捲而來的陽光，魔力開始在後背凝聚。

「滾——」大喊之時，魔力在我身後撐開巨大的翅膀，將黑暗炸開，瞬間逼退身旁光芒。

我疲憊地睜開雙眼，晨光已經灑落雲海，身邊的鳳麟安靜熟睡。

陽光將面前的雲海染成淡淡金色，如同聖陽身上聖潔的光輝。

剛才那個夢是怎麼回事？難道是聖陽留在我神識中的意識嗎？

不可能！在被封印之前，我的力量已經遠遠超過了他，足可吞噬天地，他是無法將意識埋入我心中的。

還是因為我們陰陽相依，他對我產生了感應？

若是這樣，離他找到我只怕不久了。

直到他們要封印我的前一刻，我才終於醒悟自己到底是什麼。還記得那天我開心地去找聖陽，想告訴他我不是魔神，更不是陰中邪神。

可是……

那一天……

他不在……

當我第二天高興地望著他時，他卻和殷剎他們一起將我封印。

我從鳳麟的胸口離開，輕盈站起，仙裙再次加身。金雲在面前此起彼伏地流動，安靜得如同夢中世界的盡頭。

這份安靜，適合讓人好好思考。

腳邊的人微微一動，鳳麟緩緩醒來，惺忪看向我，我把他的衣服扔在他身上。他還未全醒，一邊抓著衣服，神情還有些懵懵懂懂。

「以後別再穿這破衣服了。」我說。

他揉揉眼睛：「這是我的衣服，不穿這個穿什麼？」

我抬起手，花神的仙裙在手中浮現：「穿這個。仙裙刀槍不入，可護你身軀。」

「仙裙？」他好笑地起身，一邊穿上自己衣服一邊取笑：「師傅，我可是男的，妳怎麼能讓我穿女人的衣服？」

「蠢！」我冷冷橫白他。他一怔，瞄了我一眼，將臉湊到我面前，幾乎與我鼻尖相觸，把我仔仔細細看了個遍：「作惡夢啦，一大早心情就那麼不好？」

被他說中，我更是不悅，沉臉甩開：「不錯，看到那個封印我的混蛋了！」

鳳麟的神情微微一滯，頓時沒了玩笑的心思，退回身形微微落眸：「師傅喜歡聖陽大帝？妳知道我說的喜歡是哪個喜歡。」

「現在不喜歡了。」我冷冷轉回頭，他依然垂臉。我把仙裙放到他面前：「仙裙可隨你意念所變，你穿上就成男裝了。換上。」

他看看仙裙，依然滿臉古怪，不想接受。

我陰沉地看他許久，直接揚手：「你不脫的話我幫你。」魔力從指尖飛出，他的腰帶隨即鬆開。他驚得一把握住腰帶，面紅耳赤地看我：「知道了、知道了！我換就是了！」說罷，他氣鬱地從我手上抓過仙裙，往洞府深處而去。

我壞壞一笑，雙手環胸轉身看向雲海。我的麟兒穿上仙袍一定美美的！我要讓他成為六界最美的男人。

「噹——噹——」

清晨早課的鐘聲遠遠傳來，在催促崑崙弟子們。

身後再次響起腳步聲。我轉身看去，一片聖潔的白映入眼中，賽雪的仙袍飄逸輕盈，薄如紗，卻又不像紗般透明，隱隱暗紋在仙袍上緩緩浮動，彷彿一朵朵如花的白雲在身上流淌，恰似身著雲天，又似立於浮雲之內。

淡淡柔光布滿他的全身。即使尚未修成仙骨，煉成仙容的他也已仙姿玉立，出塵脫俗。

「好舒服……」他驚嘆地觸摸身上真正的仙袍，墨髮落在勝雪的白衣上，更黑一分：「不過就是……怪怪的。」

「哪裡怪？」我問。

「嗯……說不上來。」他擰擰眉，拉扯衣服：「有點像沒穿衣服。」

「哈哈哈哈——」我仰天而笑，落眸看他，單手扠腰：「不錯，其實師傅被封印時……一直沒穿衣服。」

他的身體瞬間僵硬，眉腳抽了抽，臉黑了下來，單手背在身後，鄭重看我：「師傅，請自重！」

「自重？」我邪邪而笑，腳尖緩緩離地，朝他飄飛而去，與他同高，四目相對：「師傅幾時自重過？你早該習慣了。」

他無奈地輕嘆一聲。我輕輕落地，伸手抱住了他，他身體微微一緊，緩緩放鬆，已比從前自然許多。

我靠在他胸前，輕蹭他的胸膛。仙袍染上了屬於他的清冽氣息，更去除了這份獨特清香中的凡人之氣，染上仙的清新，如雲間仙蓮在風中緩緩飄浮。

曾經，在我還不那麼邪惡時，我最愛仙蓮，它的乾淨、純淨可以淨化一切汙穢，讓心獲得平靜。

「嗯……我的麟兒更香了，晚上抱著睡一定很舒服~~~」

麟兒的身體暖暖的、軟軟的，腰的粗細正好，不會太細太軟——那會像個女人——也不會太粗太硬，真乃枕中極品。

他的身體一僵，緩緩抬手扣住我的肩膀，輕輕把我推開，臉側向一旁不看我：「師傅，我該去參加早課了。大師兄……」他似是想起什麼，忽然望向我：「師傅，妳沒對大師兄施咒，大師兄以後該如何聽妳召喚？」

我瞥眸看他，勾起唇角：「誰說我沒有？」

他一怔，深邃的黑眸中立刻劃過一抹惱怒，直接走人：「我走了。」忽的，他在我身旁頓住腳步，黑眸漸漸圓睜，愣愣看向我身後。

「嘶……」

巨蛇遊過的聲音響起。我轉身看向洞門，小竹綠色的大腦袋浮出洞沿，針尖的瞳仁裡視線依然呆滯，嘴裡居然叼著自己的蛇皮！

我全身一陣雞皮疙瘩。這傢伙，居然還把自己的皮給叼了回來！

小竹倒是淡定地叼著微微透明的淡綠色蛇皮，從我們身旁遊過，看起來像是有兩條蛇進入洞裡。

「你皮蛻得倒是挺快。」

「嗯。」小竹顯得很疲憊地從我和鳳麟之間遊過。當蛇皮觸到鳳麟的仙袍時，他毛骨悚然地往後跳了一步，看都沒看小竹一眼，提袍就走：「我走了。」轉瞬間，他已飛出洞外，雪白身影在空中漸漸染上崑崙仙袍的顏色，渾身寒意卻如同霜降般，滯留在他原先所站之處。

「嘶……」

隨著蛇身豎起，小竹已恢復人形，全身皮膚晶瑩剔透，絲毫看不出昨晚被他刷得皮開肉綻、鮮血淋漓。

「鳳麟喜歡主子。」

他冷眼望著鳳麟遠去的身影，淡淡說道。

「嗯……」我懶懶地應了聲，步行回床邊慵懶地側躺下，單手支臉：「麟兒六歲就跟了我，他對我的喜歡究竟是男女之情，還是對母親的依賴？現在他自己說不定一時也無法看清。」

「但他是男人了。」小竹手執自己的蛇皮，冷冷地說，更加翠綠一分的妖豔眼中泛著無情的冷酷：「主子又這麼美，他無法不對主子產生欲望。」

「嗯……所以問題就在這兒，他是因為我的美喜歡我，還是因為別的呢？」麟兒啊麟兒，你只要一天不說，我就當全然不知。我很喜歡現在的關係，總是能看到你局促和吃醋的神情，正好打發我在崑崙的無聊時光。

「主子會喜歡他嗎？」小竹問。

「誰知道呢……」我舔唇邪笑：「悶了三千年，和麟兒有個一世情緣也不錯，至少……我不討厭他。順其自然吧，情到了，躲也躲不掉的。」

小竹愣愣望了我一眼，低下臉不再說話。

我看看他手裡的皮，微微擰眉：「你怎麼連自己的皮都捨不得丟？不是說要丟棄過去的自己嗎？」

小竹回過神，呆呆看落自己手中的蛇皮：「我本來想丟的，但想到自己的皮刀槍不入，又有藥用，或許哪天能派上用場。」

「嗯～～～你說得對，給我吧。」

我伸出手，魔力射出，纏住長長蛇皮一把拽起，蛇皮頓時飛向空中，並在魔力中急速凝縮，落到我手中時，已是一條黑中帶綠的皮鞭。

我笑得邪魅，甩了甩皮鞭，啪！鞭子拍打在石壁上，聲音清脆嘹亮。

「不錯，拿來抽人正好。」我起身，玩興更濃，扯了扯皮鞭：「找人試試鞭子去！」說罷，我直接掠過僵立在原地的小竹，準備找人試鞭去。

❖

短短時日之內，崑崙已徹底走出那場大劫，鎖妖塔再次建成，青龍殿弟子陸續將逃至人間的妖類捉回關入鎖妖塔。卻沒人知道，傳說中鎖妖塔下的老妖王也回來了。

一座座浮島上，到處是崑崙弟子忙於修練的畫面，大家都在努力備戰仙法會，想為崑崙爭得榮譽、戰勝其他仙府，他們在崑崙的地位也會隨之改變。仙法會可說是能改變修仙弟子今後仙途和命運的關鍵。

正閒逛時，我迎面遇上了芸央與玉蓮。

她們看見我時有些激動，隨即又變得陌生起來。

我瞥了她們一眼，從她們身邊漠然走過。芸央失落地低下臉，玉蓮輕攬她的肩膀：「芸央，別難過，嫣紅真的已經不是我們以前認識的那個嫣紅了。」

哼，我本來就不是嫣紅，無需去繼承她的情感、她的同門，以及她的姊妹。現在她們當我入了北極殿後便不再與她們為友、勢利冷漠也好，省去姊妹見面寒暄的麻煩。

不知不覺間，我環遊了關押我三千年的崑崙、逛遍四殿及百餘浮島，忽然感覺到天水就在附近。

我拔高月輪，俯看下方，正看見天水在偏遠的一座浮島上趔趔趄趄地獨自練習飄浮。他的悟性不及鳳麟，但鳳麟的悟性畢竟無人能及，至少天水在這些崑崙弟子中的悟性是最高的，也高過潛龍、麒恆等人。

他微微離地，小心翼翼地近地飛行，這樣即使摔落也不會摔死。天水是個努力又謹慎的孩子，俗話說得好，勤能補拙。

正看著，不遠處又飛來了月靈，她東張西望，似在找尋些什麼。

她尚未靠近，警覺的天水已經察覺，匆匆落地，喚出仙劍開始練習劍術。

我咬唇而笑，做神的感覺其實真的很不錯。

月靈見到天水，目露欣喜，看來她即使再怎麼冷酷，看見心愛之人時仍會露出少女的嬌羞。

她停了下來，整理了一下自己的衣裙和長髮，然後提起放在仙劍上的小竹籃，深吸一口氣後冷下臉，朝天水飛去。

嘿嘿，有意思，去看看吧。

我輕輕降落，隱去身形。

月靈提籃飛向天水。天水停了下來，微笑看她，春風般的笑容讓任何人都不會對他設防。她停落天水面前，沉著臉把竹籃直接推在天水身上，沒好氣地看他：「下次別救我了，欠你人情我睡不著。」

天水把竹籃接在懷中，溫柔而笑：「對不起。」

哈！天水這白痴信了！

月靈盯著天水，目露不悅：「你怎麼不吃？籃子是我的，我還要拿回去呢！」她的語氣更像是在嫌棄天水。

天水笑了笑，原地坐下，放落仙劍，隨即打開竹籃。月靈也躍下仙劍，緊張地窺看天水，然後凶惡道：「不許說不好吃啊！你全吃了，我才會覺得把欠你的人情還了，以後我們就兩清了。」

「好～～好～～～」

天水的話音輕柔，如世上最和藹的父親。

他從籃中取出一塊顯然是精心製作的荷花糕。雪白的糕點白裡透紅，如少女含羞的粉腮，糕面上精緻的花紋可不是崑崙裡常能看見的。

哦～～～愛心便當啊。

哼，我壞壞一笑。看見這種情意綿綿的場面，要是不破壞一下，實在對不起世人封我邪神淫神的稱號。

邪氣浮上我的唇角，我在天水他們上空現出身形，一躍而下。雙腳落地之時，我怒道：「不准吃！」

天水拿著荷花糕的手一頓，似是因為聽出我的聲音而直接沉下表情，轉開臉不看我。

月靈朝我看來，目露驚訝：「嫣紅？」

我沉著臉，大步來到天水身邊，彎腰揚手直接拍掉他手上的荷花糕：「不准吃！」

啪！荷花糕從他手中飛出，可憐地滾落在草地上。

天水徹底怔住了神情，面色漸漸陰沉。

「嫣紅，妳在幹什麼？」

月靈生氣地瞪向我。

我雙手環胸，一臉霸道：「除了我做的之外，天水師兄不能吃別的女人做的東西！」

天水的身體在我腿邊緊繃不已。見他想起身，我立刻冷冷斜睨他，心語隨即而出：「不准動！不然我殺了月靈！」

天水擰了擰雙拳，隨即側開臉，保持原來的坐姿。

月靈一時氣結，甩起右手直直指向我：「嫣紅妳……妳在說什麼？」

我嫵媚地眯起眼睛，身體軟軟朝她靠去，對上她憤怒圓睜的漂亮瞳眸：「我在說……天水師兄不喜歡妳。」

她狠狠地看著我，冷笑道：「哼！大師兄也不喜歡妳！」

「是嗎～～」我嘴角一勾，退回身形，再次立於天水身旁，對顯得有些趾高氣揚的月靈一笑，並在她冷笑的目光中瞬間蹲下，側頭吻上天水的臉頰。

啾！天水和月靈的神情同時凝滯。

空氣凝凍成霜。月靈一步一步後退，然後立刻轉身飛離。

「哈哈哈——哈哈哈——」我起身單手扠腰：「真不禁逗啊，這就認輸了？」

「妳為什麼要這樣做？」

天水憤然起身，動作之大甚至踢翻了身前月靈的竹籃，裡面的荷花糕滾落一地，被鮮嫩的綠草覆蓋。

我收起笑容，陰沉瞪著他憤怒得欲哭無淚的臉龐：「為什麼？哼！」

我右手垂在身旁，黑色的蛇鞭滑落手心，直接甩起——啪！黑色皮鞭朝天水的臉而去。他下意識地伸手擋住自己的臉，皮鞭狠狠抽在他白皙的手背上，瞬間皮開見骨。

「啊！」

他痛呼放落手。然而即使皮開露骨，依然滴血未見，而且傷口正開始慢慢癒合。天水的目光就此停滯在自己癒合的傷口上。

「看見了嗎？這就是原因。」我悠閒地捲起皮鞭，在他失神的神情裡繼續冷語：「你是個死人了，天水，無法給愛你的女人帶來任何她想要的幸福，倒不如就此讓她死心吧。我是在幫你。」

天水手背的傷口已經完全癒合。他深吸一口氣，閉眸捏緊拳頭，嘴角再次浮起一抹苦澀，接著睜開無神的雙眼：「妳在幫我？哼！妳不過是覺得無聊，戲弄我之餘再戲弄月靈……是我連累了她。」他自責地低臉搖頭。

我笑道：「你對月靈越溫柔，她對你的幻想就越深，你會把她從原先的暗戀、欽慕，一步步推向痴愛的深淵，最後無法自拔。你自己為了修仙，不想沾兒女私情，也不能害別人為你沉溺情愛吧？今日你吃她一塊糕，他日你會還不清她對你的情。」

他在我的話音中緩緩抬起頭，細細的髮絲隨風凌亂地飄飛過他有些吃驚的臉龐。

我瞥眸看他，邪邪而笑：「還是……你想讓她愛上你，享受被女人痴愛的感覺？」

「不！不……」他垂下眼瞼，陷入靜默。

我看著他一會兒，再次坐上月輪：「你是怎麼回事？這麼簡單的騰雲到現在還沒學會？還愣著做什麼？把昨天我教你的做一遍！」我厲喝出口，皮鞭也隨即甩出——啪！甩在他的腳邊。

「啊！」

他驚了一跳，憤懣地看了我一眼，開始緩緩離地，卻立刻趔趄了一下，又要墜落。

「集中精神！」

啪！又是一鞭甩出。

「妳夠了！」他憤然瞪我。

「居然說我夠了？我可是你師傅！給我好好練習！」我在他反抗的目光中再度狠狠一抽。既然拜我為師，就要服從管教！

啪！他立刻閃開，怒不可遏：「我不會再練了！」他甩手要走。

「想走？你以為你走得了？」鞭子甩出，輕輕鬆鬆捲住他的腳踝，直接拖回：「給我好好練！」

啪！一鞭子抽在他的臉邊，瞬間斷髮削皮。

他撫上微微裂開、又漸漸癒合的臉，恨恨看我一眼，甩過頭，雙腳開始離地。

「腳錯了！」

啪！

「你太僵硬了！」

啪！

天水在我的抽打中連連閃避，漸漸離地面越來越高。

「你離地面那麼近，什麼時候才能學會？上面和下面的氣流是不一樣的！」

啪！又是一鞭抽在他腳下。他為了避開我無情冷酷的鞭子，不得不更加拔高，且更是顧不上瞪我，因為我的鞭子又到了。

「動作快！」

啪！

這回他動作慢了一拍，腳被我直接抽中，鞋襪立刻破開。我可不會對他留情。

「嘶！」他痛得微微彎腰，卻來不及察看自己受傷的腳，因為我的鞭子已經再次甩向他。

「停下來做什麼？走走走！！」

啪！啪！啪！

他本能地賣力閃避我的鞭子，卻不知自己的身體已離地面越來越遠，身形也在空氣中越來越靈活，不再僵硬。

人有時要被逼入絕境，才會發揮超乎想像的潛力。

鞭子正要再次落下時，鳳麟忽然從天而降，將天水護在身後。我停住鞭子，黑色皮鞭在空中扭動，如同一條黑蛇正對鳳麟的臉龐。

「讓開。」我說。

「不讓！」他又固執起來：「師傅，妳不能把對聖……那位大帝的恨轉嫁在師兄身上，這樣、這樣師兄太可憐了。」他那像是在護犢的眼神不是假的。

天水擔心地拉了拉鳳麟，鳳麟對他搖搖頭，似是要他放心。

我好笑看他：「轉嫁？若真是那樣，還真是看得起天水了。不用鞭子，他哪能竄那麼高？」

我收回鞭子，在手裡輕拍。

天水似是終於回神，立刻往腳下一看，瞬間驚呆。

鳳麟也看落天水腳下，只見他早已遠離浮島，下方全然不見浮島的影子。

「哇～～」小竹的烏鴉從遠處飛來，懸停在我身前：「哇哇。」

我邪邪一笑：「終於到了。」隨即瞥眸看向天水：「好好練習，別以為我不在你就能偷懶！」

我將手中皮鞭甩給烏鴉：「看好他！」

「哇！」

「師傅，妳要去哪兒？」鳳麟追問。

我單手扠腰，懶懶看他一眼：「護好你的大師兄～他現在飛得高了，摔下去可是會摔爛

的。」腦中浮現摔扁的天水，我不由擰眉：「即使他像殭屍能自癒，但摔扁容易掉手腳，太難看了，你可要好好保護他。」說罷，我拂袖而去。我約的人終於到了。

清華的效率不錯。他之前應該是騙了紅毛，我還以為他找不來那妖男呢。

我一入洞門，就聽見清華大喊：「尊上救命——」隨著他朝我跑來，他身後赫然出現一頭紅色巨龍。

「嗷——」巨龍朝我大吼，熾熱的氣息如同火山中蒸騰無比的熱氣。牠憤怒地瞪視我，火紅的身體上有著一對收攏的翅膀，巨大的身體不似蛇形，更像是凶狠的猛獸！

這說明牠不是純種的龍族。

牠看見我時先是一怔，隨即像是猜到了什麼，再次憤怒看我。

「把震天錘交出來，不然我踏平妳的洞府！」他抬腳踹出一個綠色的東西——吧唧！那東西落在我面前，是小竹的蛇身。

「對不起……主子……」小竹說完，蛇頭垂落在地。

「哼……」火熱的氣息從巨龍的鼻孔裡噴出：「妳的人也不過如此！」

我看了看地上漸漸恢復人形、陷入昏迷的小竹，陰氣頓時籠罩我周身：「我最討厭別人弄壞我的東西！」說罷，魔力捲上全身，我轉身飛出洞外。

「想跑？」紅龍一邊粗吼，一邊朝我追來。

我雙手揮出結界，瞬間天昏地暗，隔出一片昏暗天地。

牠衝開雲海朝我憤怒奔來，張開大嘴，裡頭紅光閃耀，就要噴出熊熊烈火！我冷冷一笑，魔力在結界內陡然撐開，全身猛地化作比牠更加巨大的黑龍，一爪踩滅了牠嘴中的火焰，也把牠的頭狠狠踩在地上！

滋！火焰熄滅在牠嘴裡：「咳咳咳咳～～」牠一邊咳嗽，一邊吐出黑煙。我放開腳爪，悠然走到他身旁，看得洞口的清華和醒來的小竹目瞪口呆、面色發白。

「我叫你來，是給你一個效忠我的機會。」我俯下黑色龍臉，靠近牠喘息不已的巨大鼻孔：「別不識抬舉。你若聽話，我說不定還能幫你找到你娘，不像某些狡詐的人類欺騙於你。」

他驚詫地瞪大火紅而針尖的瞳仁，立刻趔趔趄趄地站起，搖了搖巨大的龍頭，似乎被我踩得有點暈。

我緩緩收回龍形，現出真容。當我的容顏映入牠巨大的龍睛時，他不由得目光凝滯，這才是他第一次見到我時露出的神情。

我飛過牠巨大的臉龐：「還不進來？」

牠巨大的龍形開始在我身邊緩緩縮小。

啪！響指打響，我撤去了結界。若無這結界，我魔力的爆發只怕已經驚動上界。

清華和小竹依然呆呆站於洞門之前。我走過清華身旁，只用餘光看他：「你可以走了，除非你想在這兒被他吃掉。」

清華回神，立刻匆匆跑過紅毛，紅毛狠狠瞪著他。他飛快地御劍而去。

小竹眨眨眼，不發出任何聲音地默默退到一邊，恭敬站立。

我走回桌邊，紅毛緊跟在後：「妳真的不會騙我？」低沉的話音裡是深深的懷疑。

我突然停下腳步，在他身前猛地轉身，他差點收不住步伐撞上我。

我探臉聞上他的身體：「嗯——上次沒有聞仔細……」紅毛立刻戒備後退，我一把扣住他的手臂，抬臉陰惻惻地詭笑：「怕什麼？我不吃妖的。」

紅毛在我的陰笑中咕咚嚥了口口水，僵直身體。

我細細嗅聞：「你身上……有龍族的氣味，還有……嗯——？」有意思，原來是他的私生子啊。「你知道你父親是誰嗎？」我退回身形，悠然坐於石桌旁的白玉仙凳。

小竹匆匆上前，給我斟了一杯新鮮的花露。

「妳知道？」他在我身旁低沉反問，俯臉看我，蓬蓬的紅髮有些凌亂，如被燒過般參差不齊，兩鬢較短，只到耳垂，耳垂上掛著一只紅瑪瑙龍角般的耳環，腦後是一根長長的紅色髮辮，火紅的顏色與晚霞的嫣紅並不相似，也不是血的鮮紅，反倒像是火焰燃燒時的金紅色。

那張十七、八歲少年臉龐和麟兒有些相似，但多了幾分老成。妖族年紀與凡人不同，活上百年的妖不見得會和百歲凡人有著相同的見解與感悟，大家生活的時間時空皆不同。

同為妖族的他和小竹一樣，有著天生的妖豔，眼角帶一抹紅色，即使神情再怎麼冷酷，也都在這抹紅色中變得高冷豔麗。

他的打扮倒是簡簡單單——素色的粗布麻衣只到膝蓋，下身著深色長褲，腰間斑斕的編織腰帶綁緊上衣，同時垂下零零碎碎的帶子，腳上有綁腿，穿一雙黑色布鞋，如同少年俠客，從上到下乾淨俐落。

「嘖嘖嘖。」我連連搖頭：「又是個不知道自己身世的可憐孩子。」麟兒……也還不知道自己的身世，若是知道，他不知會怎樣？

「妳上次說我體內有神族的血統，我爹到底是誰？」他著急不已，大步到我對面坐下，慌亂的目光中夾雜著一絲憤恨。

我冷淡地看了他一會兒，邪邪的笑容漸漸浮上唇角：「我只答應幫你找到母親，至於父親是誰，你該去問你母親。」很多事太早說出來，豈不無趣？我還有什麼熱鬧可以看？

他一直盯著我的雙眼，盯著盯著，微微出了神。

我瞥眸冷冷看他：「我真的有這麼好看嗎？是我的臉好看，還是你母親重要？」

他慌忙從我臉上移開目光，滿臉羞愧，懊惱地一拳頭打在仙桌上，轉開臉輕輕嘟囔：「這女人怎麼長得比妖界的女人還妖魅？」

「你在說什麼？」小竹沉臉厲喝，冷冷看他。

他白了小竹一眼，冷哼道：「手下敗將！」

小竹也白了他一眼，同樣冷哼道：「哼！真沒用，被我主子一腳踩在腳下。」

「你找死是不是？」紅毛憤然起身，身後火紅的髮辮甩起，但小竹看也不看他，面無表情。

「我要你帶我去妖界。」隨著我話音出口，他瞪著小竹慢慢坐回，然後才看向我：「這沒問題！但我現在就要知道我娘被關在哪兒？」

我單手微撐臉邊，把玩桌上仙玉的茶杯。啪！我放落茶杯，抬眸看他：「你叫什麼名字？」

「我叫——」

「算了，我自己看吧。」我心煩地直接打斷他的回答，伸手一把握住他隨意放在仙桌上的手，孩童咯咯的歡笑聲立刻衝入腦海。

美麗的龍族聖地。仍是孩子的他在起起伏伏的草浪中歡快地奔跑，忽然，一條白龍從他身後猛地撲來，卻是輕輕叼起了他小小的腰帶，在空中小心翼翼地一拋。他落在白龍的頭頂，開心地乘坐白龍，在藍天中飛翔。

白龍緩緩落地，皎白的身軀化作一襲白裙，一個清麗的女人將他抱在懷中，寵愛輕柔地喚他「焜兒」。

他忽然用力抽回手。我睜開眼睛，看到他戒備的紅眸：「不要隨便看我記憶！」

不愧是妖族，知道我在做什麼。

我靜靜看著他，他的母親名叫白熹。在他妖齡十三歲時，白熹激動地告訴他，她要去見他的父親，告訴他父親他的存在。她告訴他，他父親很強大，可以讓他離開妖界，不用做妖。

她懷著滿心希望離開妖界。那一天，他目送她離去，心裡惴惴不安。

不祥的預感最終還是應驗了，他的母親一去不復返。從人界回來的妖族給他帶來消息——白熹是被人界劍仙所擒，不知所蹤……

他和我，有著共同的敵人。

「焜翃。」我呼喚他。

他依然戒備地瞪著我。

我向他伸出手：「給我一根頭髮。」

他下意識抓過腦後長長的辮子，視線時時警戒：「幹什麼？妳想做什麼？」無論是妖族還是神仙，只要修習過咒術，皆知身體髮膚不可亂給他人，以防他人施法傷害自己。

站在他身旁的小竹面無表情地伸手，一把拽下，他痛得抽氣：「嘶……你倒是輕點！」焜翃揉揉自己被揪之處。

小竹面無表情地把他的紅髮遞給我，他見狀立刻來搶。小竹悠然地把他的手擋住，我伸手接過他的紅髮。

「把頭髮還我！」他隔著仙桌朝我撲來，伸長手臂幾乎要到我面前。我淡定地一掌按落仙桌，黑色魔力登時從掌心下炸開，拍散了桌上仙氣。

「起！」一聲厲喝從我口中而出。我抬手之時，精緻的山海世界從桌面上浮起，整個桌面猶如水面一般，漣漪層層，仙氣繚繞其中。

頃刻之間，大千世界已經在我小小仙桌之上。小竹呆呆地看著眼前情景，焜翃也看得目瞪口呆，伸長的手臂就這麼忘記收回，停在我面前。

我隨手握住他的手，直接一口咬破他的手指，他驚然回神，見他正準備驚呼，我立刻喝斥：「閉嘴！」

他收住了痛呼，一滴鮮紅的龍血從他指尖滴落，「滴答」一聲激起層層漣漪，浮於桌面之上。

我放開焜翃的手，他驚呆地緩緩收回。

「血脈相通，血緣相惜，速速找出有此血之人！」我將指尖放於焜翃的血珠上，魔力注入時，血珠一分為二，分別朝兩個方向迅速滾去。

我淡淡道：「在人界擁有你這血脈的應該只有你和你娘，所以，這滴是你，看，它已經停在崑崙。」

一顆血珠停下，正位於崑崙的位置上。

而另一滴在我解釋時也已經停下，赫然指出了他娘親白熹所在。

「我娘在蜀山！」焜翃激動地霍然起身，立刻衝出去：「我要去救我娘！」

「站住！」我一扯手中他的紅髮，他腦後的長辮立刻在空氣中繃直，像是被人牢牢拽住，讓他無法再向前。

年輕人怎麼總是那麼衝動？衝動只會成事不足，敗事有餘。

「啊！」他痛得按住腦後：「拿我頭髮果然有詐！」他惡狠狠地轉臉瞪我。

「哼。」我一點一點捲起他的髮絲，他也一步一步像是被人拉回仙桌旁。我勾唇而笑：「不這樣做，你怎麼老實？我答應你的已經做到，現在該你了。」

「我要救我娘！」看來他和麟兒一樣固執。我橫白他：「你娘被關在那裡也有不少時日了，不在乎再多等一會兒。而且以你的實力，怎麼救她？若你也被蜀山捉了，誰帶我去妖界？」

「妳可以幫我！」他雙手砰地撐上仙桌，怒目相向，那眼神不像是祈求我的幫助，更像是向我討債。

「哼。」我冷笑起身：「憑什麼？」這語氣就別想了，而且本娘娘幫人是看心情的，誰說神就有幫人的義務？

我走向鍬韆，他追了上來攔住我，火紅的瞳仁直直盯視我：「妳拿了我震天錘！」他轉為低沉的嗓音多了分痛恨：「我不拿回來了，但妳要救我娘！」

我頓住腳步，心中因他的態度越來越不悅，周身寒氣開始籠罩，室內的溫度急速降低。我陰沉地看向他，面對我的眼神，他下意識地後退了一步，視線顫了顫，劃過一抹懼色地低下臉。

我看著他有些發白的面色，慢慢抬手彈在自己的耳環上，叮……耳環飛出，瞬間化作震天錘，「噹」的一聲，砸落在他面前。他驚然怔立。

「震天錘是神物，能識主人，你若能拿走它就拿走吧。」在我話音落下時，他立刻去抓震天錘，可這一次他沒能再拿起。

神器識主人，不是自己臣服的主人，無人能拿起它。

他呆滯地鬆開震天錘。我瞥了一眼震天錘，它瞬間化作月輪，拔地而起，掠過焜翃面前，飛落我身旁，焜翃的目光一直不捨地跟隨它。

我昂首轉身，他的髮絲在我指間纏繞，和我的魔力相互融合，漸漸化作一條編織成花盤的流蘇，掛在我的腰間：「帶我去妖界！這是命令，去完妖界後救不救你娘，就看本尊的心情如何。你放心～這次你算是幫了我一個大忙，我們又正好有共同的敵人，所以即使我不出手救你娘，也會教你怎麼救。同是女人，同被關押，你說……我怎能冷漠相待～～」我側臉看向他，他的表情顯得百般猶豫。

忽然，他擰緊雙眉，紅瞳收縮，像是豁出去般的說：「好，我答應妳！」

「很好～～～」我提裙轉身，坐於臥榻，慵懶躺下。

他低眉深深思索，小竹面無表情地看他。他想了片刻後看向我：「最近妖皇選妃，各界送選美人，妖門大開，我可幫妳混進妖界。」

我揚唇點頭。

「我先去準備一下。為了救娘，我也成了妖界的通緝犯，所以需要一些時間準備通關令，妳等我幾天。放心，我會在妖門關閉前送妳進去！」他信誓旦旦地說著。

我滿意看他：「這才對～～」

他緊緊盯著我腰間用他髮絲做的流蘇，咬牙問：「事成之後，妳能把我的頭髮還我嗎？」

「這個可以～～」

「好，說定了！希望妳不會像那些混蛋人類一樣騙我！」他恨恨說罷，拂袖離去，躍出洞口，化作一抹紅影消失在雲天之下。

我懶懶地躺於臥榻，淡笑浮起，妖真的比人單純許多，真不知道該說他們蠢，還是純善。

「主子，妖界危險，小竹願隨主子前往。」小竹面無表情地說。

我閉眸點頭：「不怕死嗎？」

「不怕。」

「小竹，你若跟我，可是會有灰飛煙滅的危險哦。」

「小竹不怕。」他的語氣沒有半點抑揚頓挫，卻顯得堅定無比。

忽然間，我有些猶豫了，小竹如此忠心，還能當成坐騎，我還需要去救他嗎？那傢伙生性貪吃，在神界裡，只要有人給他好吃的，他便扭著肥臀跟在那人身後流著口水繼續討食，毫無廉恥忠誠可言，除卻他在神獸長相威武俊美，我實在想不出牠對我有哪裡好。真是有奶便是娘，讓我很心寒。

算了，去看看吧！若這畜生三千年不曾想我，我便拆了他神骨，讓他投胎去做豬！

第三章　公然的戰書

我斜躺於臥榻假寐。時間是個奇妙的東西，歡樂的時光總覺短暫不夠，但當無聊時，時間反倒慢得像是被人掐在指間，小竹的發呆，難道也是為了打發時間嗎？

隱隱的，我感覺到天水的氣息，在他落於洞內時，時間凝固了。我閉眸微微蹙眉……他不該來的。

他輕輕走到我的臥榻邊，寂靜的洞內是他衣衫輕輕摩擦的聲音。他似乎跪在了我的臥榻邊，然後，世界再次變得安靜。

他久久凝視我。我在神界早已習慣被人凝視。

我生於陰氣，陰為女。我誕生時便已是少女形態，成了神族中最美、最魅的女神。當然，他們那時在暗地裡稱我邪神，或是魅神，還有一部分人心裡暗叫我淫神。總之和瘟神、楣神一樣，是不入流的神，無法融入他們高尚神族的圈子。

但他們依然無法控制自己的目光，久久流連於我的容顏，這讓神族的女神們越發痛恨我。

美麗有錯嗎？

我生來便是如此，哪個神族不愛美？不然他們也不會總把仙露拍在臉上，總用神力不斷改變自己的容貌。

奇怪的是，即使她們把自己變得比我更美、更豔，卻依然得不到男神們的心。世人以為神族活了萬萬年，思想定是超脫而無所欲、無所求，卻不知道無所經歷、永遠活在一個一成不變的環境，心又怎能成長？

輕輕的，手指落上我的臉龐。我淡淡開口：「小紫，你不能用天水的手碰我。」

他的手指停頓在我的臉上。我抬手拂開，睜開雙眼，面前是天水溫潤的容顏，小紫深邃的目光從天水的眼中流露而出。在天水如同遠山般清秀的眉間，隱隱可見小紫閃著淡淡光芒的神印。

我靜靜看他：「天水是有感覺的，你不經他同意用他身體，他可是會更加恨我的。」

「娘娘不是不喜歡他嗎？」他垂落目光，嘴裡是天水溫潤的嗓音，長髮滑落他耳邊，微遮他的臉龐。

我伸手緩緩撫上他的髮絲，他抬起臉，柔順的髮絲從我指尖溜走：「天水的頭髮真的沒有你的滑呢……我是不喜歡他，因為他和聖陽有著相似的性格，但他是個很可憐的人，險些變成殭屍，現在又變成什麼都不是的存在，還被我常常折磨，只是為了發洩這三萬七千一百八十天的陰鬱和憤怒……」

「娘娘……」小紫一時難言：「他、他們太過分了！」憤怒的低語從他唇間而出，依然是天水柔和好聽的聲音。

「哼……」笑聲從胸腔裡傾洩而出，我已經不知道那到底是怎樣的笑——苦澀、好笑、自嘲、心痛，又很憤怒。但這一切最終只化作一聲輕輕淡淡的笑：「小紫，別用他的身體了，他現在是我的東西了，你應該知道，我不喜歡別人用我的東西。」我放冷了目光，他微微一怔，低下頭。

我撫上並抬起他的臉，一抹紫色從天水的黑眸裡慢慢暈開。我認真叮囑：「在神界可要好好幫我盯著那些傢伙，我在下面的事你少管，以免惹人懷疑，我不希望在我上神界時，你惹禍上身，我還要分神救你。若想幫我，先保護好你自己，懂嗎？」

他怔怔看我片刻，立刻點頭，眸中已無半絲依戀，畢竟依戀也是一種軟弱。

我放開他，退回臥榻，凝視他片刻，想起過去他還是少年的模樣——安靜少言，在別人撲向我時，他總是一個人站在人群外，遠遠看著我，羨慕地低下臉。

現在，他們都長大了。

我向他伸出手：「來。」

他目露一絲惆悵，緩緩伏在我身上，枕在我的腰間。我輕撫他的長髮：「我知道你是想我了，你在天水體內的小白會知道我的一切，若我有心防你，也不會由著小白進入天水體內。天水是被迫被我救活的，我製造了他，所以得對他之後的命運負責。」

「娘娘會讓他成神嗎？」

「不知道，這件事需要看機緣，以及神骨是不是適合他。」

「但我擔心他一旦成神，會與娘娘為敵。」他從我身上起身，以天水溫柔的目光緊張擔憂地望著我。

我笑了，笑得自信而張狂：「天底下，誰會比你娘娘我更強？若不是他們怕了我，又怎會把我封印，削弱我的力量？」

每個神的力量來源不同，初代神的力量來自天地之根本，天地之力取之不盡、用之不竭，故而無需擔心力量耗盡。他們不死不滅，只要天地存，他們依然在。

而被初代神選出的二代神，力量來自萬物，如水神來自於水，火神來自於火，花神來自於花。但萬物皆有興衰，故他們的力量並不穩定，只要拆去神骨，收回神丹，他們即與凡人無異。

到了三代神，多半是為了管理蒼生而選出的。他們的力量來自信仰，比如財神，需要人們對他的信仰，只要對他越是信奉，就會化作一種力量供他生存使用。

而楣神正相反，他的力量來自人類對他的害怕、恐懼、怨恨……各種人類的負面情緒都可以轉化為特殊力量，供神吸取。

這些神一旦失去人類的信仰，力量便會慢慢減弱，最終返本歸元，化作他們最初的形態。眼下在六界之內，我不知道還有多少和小紫一樣依然相信我，抑或是思念我的神族，一想到此，我情不自禁地起身深深抱緊小紫，他怔住了身體。

「謝謝你，紫垣，謝謝你對我情不變，等我三千年，所以你更不能為我受傷。這仇娘娘會自己去報，若是再被關起來，至少外面還有你會繼續等著娘娘。」凡人不過一世，投胎之後，麟兒又怎會記得我？只有小紫不會遺忘，可以繼續等我。

「娘娘……」他心痛地伸手緊緊抱住我，那模樣似是因我而痛，讓他深深揪緊了我背後的衣衫。

「娘娘太可憐了……」他在我懷中哽咽。威嚴而足以將帝王任意玩弄在手中的紫微星君，卻在此刻為我打抱不平，為我哭泣。我放開他，撫上他淚濕的臉，他低頭嗚咽難言，淚水似是止不住般，一直從天水柔美的雙眸中流出。

「不哭，小紫，娘娘不覺自己可憐，若非有此一劫，娘娘又怎能看出真心？」我撫上他的長髮，心中的恨意如冰霜般封凍了全身。

「娘娘，大家會等著娘娘回來的。」他深吸一口，低臉擦去眼淚，隨即起身，平復下來的神情裡透出小紫本該有的鎮定與沉靜。

我微微感動：「大家？」

「嗯，大家！不只我，大家都在準備。」他瞳眸裡紫色的光芒更甚，一絲冷沉與威嚴從天水溫潤的臉上浮現：「只要娘娘一聲令下，我們隨時聽候差遣！」

寒氣化作邪氣開始纏繞我的全身，我陰冷地笑了：「這樣才有點意思。好，你讓大家待命，莫要被人察覺。」

「是！」沉沉話音從他口中吐出時，紫色神印漸漸從天水的眉心淡去，天水神智恍惚了一下，看向我時，視線依然散亂：「原來你是……」他無力地抬起手，在我面前緩緩倒下，我的視線隨他暈倒而垂落。

撲通！他摔在我身前，徹底昏迷了過去。被紫微真君附身，夠他累的。

小竹被聲響驚醒，眨了眨眼，在看見地上的天水時呆了呆：「他是什麼時候在這裡的？」

「剛才小紫來過。」

小竹又是一驚，但臉上表情很快就消失了。

我起身，直接跨過天水的身體。小竹走過來踢了踢天水，然後抓起他的雙手開始往洞外拖。

我皺眉道：「你做什麼？」

「扔出去，這裡地方小。」他面無表情地說，說得像是天水是件垃圾，從未想過把他放上臥榻或是別的地方。

我一愣，眨了眨眼，接著絲毫不覺有異地轉身，繼續朝床走去。

沙——身後是小竹拖動天水的聲音，如夜半死神拖著屍體從身後走過，讓人毛骨悚然。

忽然，我想到哪裡不對勁了，連忙轉身：「小竹，等等。」

小竹停下，回頭面無表情地看我：「主子有何事？」

我嫌棄地望著天水：「他的肉身還是凡人，扔出去會摔爛的，放那兒吧。」我揮揮手。

「哦。」聞言，小竹直接鬆開天水的手，他就這樣直接被扔在原地，橫躺在洞門口，成了一道門檻。

我坐回床上，備感無聊：「嗯～～～～等著拆骨好無聊啊！」我看看自己的雙手……真是迫不及待地想拆掉妖皇帝琊的神骨，讓他變成一隻狗供我玩耍。越想人越焦躁，雙手也不由自主地癢癢起來。

「哇！」小竹的烏鴉回來了，嘴裡銜著我的蛇鞭，將它放落小竹手中。小竹恭敬地把鞭子拿到我面前，我抓過蛇鞭，冰涼細滑的觸感讓我的手更癢癢了。

我把玩手中鞭子，從頭撫到尾。小竹面無表情地看著，眨了眨綠眸：「主子若無聊，儘管抽我。」

我心中一動，瞥眸看他：「你不疼？」

他淡淡看我手中的皮鞭：「那是我的皮，抽我不疼。」

「哼……」我輕轉手中蛇鞭，邪笑浮上唇畔：「小竹，你就這麼愛自虐嗎？」

「嗯，站著發呆也無聊。」他說著，依然面無表情，綠瞳裡泛著絲絲無趣：「若能給主子解悶，小竹也開心。」

「哈哈哈————」我收起蛇鞭：「那我跟你玩會兒。」說罷，我在床上直接化作巨大黑蟒，陰邪地看向小竹：「你若被我纏上，我就吃了你！」我朝他撲去！

小竹終於不再發呆，只見少年的身形飛速轉開，站穩之時，也化作巨大的綠蛇，朝我吐著信子：「嘶————」

我邪邪而笑：「很好……一個是呆子、一個是瘋子，小竹，你很合我娘娘的胃口。你可要小心囉～～～太早被娘娘我捉到，我可是會覺得無趣而把你煮了吃哦～～～」我舔舔唇，立刻朝他撲去，他靈巧地飛速遊過地面閃避我。

我緊追而上，身體擦過他冰涼的蛇身，正想捲住他時，他分泌出滑膩膩的液體，順利從我蛇身內滑脫。

「咦～～～」我頓時停住，小竹嗖嗖嗖飛快遊到花園邊，盤起身體戒備看我。我噁心地瞪著他：「你怎麼跟黃鱔精一樣？黏液是什麼鬼！」

他眨眨眼，似是被我嫌棄得有些不好意思地低下頭：「確實……跟黃鱔精學了些，用來逃命。若主子嫌噁心，我可以不用滑液。」

「算了，這樣才好玩。」我再次壞笑起來：「我來囉～～」我再次朝他撲去。他飛快遊向床邊空地，我追上他，又一次纏上他的蛇身，滑液再次出現。我一口氣吹上他全身，滑液立刻封凍，我趕緊用自己身上的鱗片緊緊鎖住小竹的身體，一口咬上他的七寸！

「小竹輸了！」他疾呼，腦袋被我的嘴壓在床上。忽然，我感覺到鳳麟的氣息，於是咬著小竹往外看。果真是鳳麟來了。

今天的雲霧很淡，鳳麟的身形很快便映入我的眼中。他急速飛來，落地時開口就問：「天水師兄在這兒嗎？」

我心中頓感不悅，這傢伙，整天就愛問天水。

這時他看到我和小竹的身體緊緊纏繞在一起，不禁目瞪口呆：「師傅，妳和小竹在幹什麼？」他驚訝得沒注意到腳前就橫躺著他的天水師兄。

我鬆開嘴，緩緩放開小竹，小竹恢復人形地站到一旁，沒有表情的臉上鬆了口氣，然後撫上胸口：「鳳麟主子，幸好你來了，不然我就要被主子吃了。」

我揚起蛇首，長長的黑色蛇身盤於床榻，就這樣懶懶地枕在自己的身上，望著一臉難以置信的鳳麟道：「師傅無聊，跟小竹玩玩。」

鳳麟鬱悶擰眉，頭扭向一旁，雙手扠腰長呼一口氣：「師傅果然無聊！」他轉回臉，生氣地甩手指向小竹：「小竹是男的！師傅妳這樣和小竹纏在一起真的好嗎？」

他的大吼讓我心裡立刻燃起一把火焰。我的眸光瞬間陰冷下來，小竹見狀連退三步，和他一起的烏鴉也撲啦啦飛到他身後躲藏。我冷冷地看著鳳麟，他毫不畏懼地抬起下巴反瞪我。鳳麟這恃寵而驕的小兔崽子！

我登時飛身而起，變回人形，雙腳落於床上時，鞭子也隨手甩出！

啪！鞭子無預警地抽上了鳳麟的手臂，他驚嚇地摸上自己手臂：「啊！」

我再抽他：「你看我抽天水是不是很爽？別以為我不知道你早就在了！」

啪！

「啊！師傅，我很痛的！」他抗議，但他身上絲毫沒有像天水那樣皮開肉綻。

啪！

他立刻閃避，卻被躺在地上的天水狠狠絆了一跤。

撲通！他摔落在地，看見天水時驚呼：「大師兄！」

啪！我繼續抽向他：「臭小子現在越來越張狂，敢教訓師傅了？」

啪！啪！啪！

「師傅，住手，快住手！」他一邊靈巧地閃避我的鞭子，一邊大喊。

「居然敢命令師傅？果然該打！」

啪！我又毫不客氣地甩下皮鞭。他一個翻滾滾到洞邊迅速站起，揚手阻止我：「夠了！」

夠了？我一瞪眼，直接一鞭子甩下，硬生生地抽在他揚起的手上。

啪！

「啊！」

啪！見他要躲，我厲喝：「不准躲！」他僵直地停住。我一鞭子甩下，他閉緊眼睛承受。

啪！鞭子再次抽在他的手臂上，他咬牙擰眉抽氣：「嘶！」

他隨即睜開一隻眼睛，小心翼翼地窺看我，立刻說：「好了好了，徒兒知錯了，師傅息怒。」

他握住自己被抽出一條紅痕的手，輕輕吹拂。

小竹始終淡定地躲在遠處觀看這一切。

我緩緩收回鞭子，站在床上冷冷看鳳麟：「師傅最近太寵你了，你是不是覺得師傅已經可以讓你隨意騎到頭上了？」

他摸摸手，擰起眉看向我，目光裡帶著幾分少年老成：「師傅是不是無聊悶得慌？」

我一怔，竟是一時語塞。這小兔崽子居然猜中了？

「唉……」他無奈地嘆了口長氣，後悔地側開臉嘟囔：「我真不該來找大師兄，讓小竹陪妳玩個夠不是正好？結果現在跑來找了頓抽。」

我差點笑出來，只得努力忍住笑，盤腿坐下，勾起豔麗的唇，一邊撫摸冰涼的蛇鞭一邊瞥看他：「痛嗎？」

他直接白了我一眼，一把拉起袖子，手臂上頭是一條條紅痕。他氣悶地放落袖子，看向地上的天水：「至少我比大師兄好些，多謝師傅寵愛～～～」他自嘲地拖了個長音，不看我地朝我拱拱手，那臉上可不是感謝我寵愛的神情。

「你不是最愛你的天水師兄嗎？」我單手支臉：「先前我抽他時，你一開始怎麼不阻止？」

他蹲下身扶起天水，滿臉鬱悶：「如果我一開始就出手阻止，師傅之後一定會更不留情的。」

「嗯……你很瞭解我嘛。」

他有些愧疚地抱住天水，輕語：「對不起，大師兄。」他輕嘆一聲，隨即疑惑問道：「師傅，大師兄怎麼了？」

「被紫微星君附身，他承受不了，暈過去了。」小竹在遠處面無表情地解釋。鳳麟驚訝地望著小竹：「紫微星君來了？」

小竹面無表情點點頭，看了天水一眼：「不會死的，最晚明天醒。」他冷淡說完後，朝我走近了幾步，恭敬立於一旁。

鳳麟垂下眼瞼，思索片刻看我：「紫微星君來做什麼？」

我勾笑看他：「來探望我囉。」

鳳麟的眸光閃爍了一下，從我臉上移開。

「嗯……要我介紹你們認識嗎？」我壞笑看他。他沉臉道：「不要！反正我只是個凡人，高攀不起～～」鳳麟冷冷說完後，直接抱起天水走人。

我盯著他的背影片刻，邪邪地笑了，收回目光看向小竹：「小竹，過來，娘娘給你授印，以後方便我召喚。」

我話音一落，鳳麟的腳步已然頓住，旋即轉身朝我看來。

「是，娘娘。」小竹面無表情地來到我床前，乖乖跪下。我俯下臉，他很平靜地接受我的授印，我在他的額頭落下輕輕一吻，黑色的蛇形的印記印入他的眉心。他眨眨眼，再度面無表情地起身退到一旁。

我轉頭望著呆立屋內的鳳麟，沉下臉：「你怎麼還沒把他抱走？」

他眨眨眼：「師傅，妳……這樣他們就能聽見妳召喚了？」

「當然。」我冷冷看他：「不然你以為呢？這叫授印，不是同心咒。哦～～～～」我壞壞笑了起來：「先前你聽到我對天水授印時不開心，是不是……因為這個？」我執鞭甩出，他頓時一驚，下意識閉上雙眼。

軟軟的蛇鞭沒有甩在他身上，而是在他面前停下，如蛇般軟軟地懸浮在空氣中。他緊閉的眼睛睫毛顫了顫，緩緩睜開眼睛，我輕點蛇鞭，鞭子的一側如我的手，輕輕點落鳳麟的唇。

他的黑眸登時圓睜，雙頰瞬間炸紅。他匆匆轉身：「我走了。」低沉地說了這麼一句後，他抱起天水，騰空而去。我凝望他有些倉皇的背影，陷入沉思。

還記得在神族時，時間與凡間是不同的，那是只有快樂、無所憂愁的生活，快樂讓時間宛如白駒過隙般。被封入黑暗後，我才感覺到，時間原來是那樣難熬的。

每一天睜開眼睛，是黑暗；閉上眼睛，還是黑暗。而與黑暗如影隨形的，是永無止盡的寂寥。

直到……

崑崙山上有了崑崙、有了鎖妖塔、有了仙尊，才知道我的存在，來到我面前，我才在歷經漫長歲月後，第一次看到活物。

然後，鳳麟出現了……

鳳麟不同於其他人，因為他只是個孩子，又正值善惡不辨的純真純善之齡，不像以前那些出現在我面前的老頭，不是懼怕我，就是貪婪地打量我的容顏，他的心裡只有一個想法——

「妳一個人被關在這裡實在太可憐了，如果我不來看妳，妳一定會害怕的，因為……我也很怕黑……」

他稚嫩的話音依然清晰如昨日般浮現耳畔，鳳麟是不同的。真被清虛那老頭說對了，我對他，是不可能沒有任何感情的。

所以麟兒，你不能再跟隨為師了。接下去的事情只會越來越危險，你又不像天水，有著不死之身……

❖

夜幕再次降臨崑崙上空，這讓我很煩躁，人世間的日月交替讓我越發感覺到時間的存在，尤其是這和被封印時一樣的安靜與黑暗。

我在床上翻來覆去。鳳麟那臭小子居然不來陪我睡覺，簡直是大逆不道！

小竹化作蛇形在我床邊盤成一圈，睡得安穩。我也曾想過讓小竹陪我睡，但小竹是蛇，身上實在太涼，與我睡在玉台的感覺幾乎一樣。我需要的是人氣、是溫暖、是有活人在我身邊的感覺。

我煩躁地閉眸，暗道：「麟兒！」

「什麼事？」他立刻回應。

我沒好氣地命令：「滾過來陪師傅睡覺！」

他靜默了片刻才說：「師傅，這不合適。而且天水師兄也還沒醒……」

又是天水？我絕對要把他們兩個拆開！

「師傅？師傅……我……」

「你閉嘴！我現在不想跟你說話！」我睜開眼睛，心煩氣躁。鳳麟根本不明白我為何要他陪在身旁！

因為黑暗。

因為安靜。

因為……恨！

夜的黑暗無時無刻不提醒我曾被聖陽他們六人無情地封印在黑暗中，心裡的恨意無時無刻不提醒我非得去拆他們神骨、奪他們神丹不可，這時時刻刻的折磨讓我根本無法安寧，我的心無法獲得片刻平靜。

這囚困了我三千年的黑暗與寧靜已成為我近乎致命的剋星，使我格外焦躁與煎熬。鳳麟不會明白，我需要的不僅僅是有人陪伴度過黑暗、不再睡在冷冰冰的石床上，更是為了讓自己的心獲得寧靜。

只有鳳麟可以做到。

我煩躁地起身，雙腳落在小竹的蛇身上，冰涼的觸感如同死物。我需要的是溫度，是讓我能感覺到自己已經自由、活在溫暖的天空下，而不再是那冰冷玉台的證明。

不行！

這樣我一刻也安靜不了，尤其現在將要去妖界，一想到終於能拆帝琊的神骨，我的整顆心就越發躁動跳個不停。好煩躁！好想掀翻崑崙！

我深吸一口氣，起身化作黑貓，前去尋找鳳麟，好讓自己平靜下來，克制衝動的情緒。

今夜的夜色特別濃重，無星無月，陰沉壓抑。

我向下俯看，眼前是一片黑暗，沒有半點燈光。崑崙弟子怎麼都那麼懶？晚上時間明明那麼長，不做修練只想睡覺，活該他們一代不如一代。

做為一個修仙弟子，少睡覺會死嗎？

現在的老師也真是懶，真該學學我，拿起鞭子狠狠教育學生，人的惰性不用鞭子是不會戒除的！

我來到鳳麟居住的浮島上方，卻發現島上屋子燈火通明。崑崙七子都沒睡？

我落到屋旁。屋裡除了他還有天水住著，不過今天裡頭的人很多，還未靠近，我便已經感覺到所有崑崙七子的氣息。

黑貓的爪子落地無聲。我悄無聲息地躍上窗櫺，看入窗戶，只見月靈又是一張焦急到像是老公快死的臉。

「大師兄怎麼昏迷了？好端端的，怎麼突然昏迷了？」

麒恆靠立一旁，斜著眼睛看一直沉默無言的鳳麟：「鳳麟一開始還不想告訴我們，要不是我發現，大家還不知道大師兄昏迷了呢。鳳麟，你為什麼要隱瞞大師兄昏迷的事？難道是你和他練習時不小心……」

「鳳麟師兄不會沒有分寸的！」霓裳生氣地站了出來。她的性格溫和，沉默寡言，看上去倒是賢慧老實……我靜靜看著她，不知不覺出了一會兒神。

「鳳麟，你倒是說句話。」潛龍沉沉盯著鳳麟，朝霞大師姐也目露擔憂：「是啊，鳳麟，到底是怎麼回事？別讓我們擔心啊。」

整個屋內瀰漫著兄弟姊妹間的關愛之情。

鳳麟擰擰眉，忽然像是察覺到我的存在，朝窗口看來。我的目光與他相觸後，他瞬間便知道是我，拋下了周圍的人，只盯著我的眼睛。

「鳳麟，怎麼了？」潛龍順著他的目光看到了我，笑道：「哪來的小黑貓？」

大家聽見潛龍的話，也紛紛朝這裡看來。麒恆離我最近，俯身朝我伸出手，漂亮的桃花眼裡流露出溫柔寵愛得膩死人的神情：「小可愛～～你是誰帶上崑崙的？」

「嘶！」一貓爪下去，我直接撓破了麒恆的手背，三條血痕，毫不留情。本娘娘也是你能碰的？哼！

麒恆瞬間後背僵硬。

鳳麟在他身後偷偷一笑。我躍過麒恆身邊，眾人視線隨我而動。我輕巧地躍上床，直接趴在天水冷冰冰的胸口，漠然環顧屋內眾人。

「原來是天水的。」潛龍看看我，又看看麒恆：「你沒事吧？」

麒恆一邊吹著手背，一邊恨恨看我。朝霞瞧了瞧麒恆的傷，嘆氣道：「貓不喜歡生人靠近。」

「哎呀，你們別管貓了！鳳麟，快告訴我大師兄到底是怎麼回事？」月靈急得都快成熱鍋上的螞蟻了。

鳳麟看看眾人，握拳輕咳：「咳……沒什麼，大師兄練功過度，急於求成，一下子虛脫了，現在他只是累得睡著了，明天就會醒來。因為我覺得不是什麼大事，才沒通知你們，哪知麒恆看見，把你們全叫了過來。你們別打擾大師兄休息了。」

眾人聽完，紛紛露出安心的神色。

月靈走到床邊，靜靜地望著天水，雙眸之中是無法隱藏的少女之情。儘管她背對眾人，無人看見她眼中的深情，但我看到了，看到了她對天水那份深藏在心底，但天水其實已知，並一直逃避著的情意。

她眨眨眼，匆匆藏起心意，拿起被單替天水輕輕蓋落，視線再次落在他的臉上，眼中難掩擔憂：「大師兄最近臉色很不好，是不是生什麼病了？」她俯身要去碰天水的手腕，我立刻起身朝她撓去：「喵！」

她匆匆收手，驚呆看我。

「哼哼，看來我們天水有個守護者了。」麒恆壞笑地到月靈身邊說，月靈冷眼白他。他對月靈壞壞地眨了眨眼：「人家小貓吃醋囉，還不走？」

「你這張嘴除了耍賤，還會什麼？哼！」月靈一把推開麒恆，轉身就走。

霓裳站在朝霞身邊，望著鳳麟。朝霞看看大家，神態依然沉穩大方：「既然沒事，我們就回去了。鳳麟，好好照顧大師兄。」

「知道了。」

聞言，朝霞和霓裳也離開了房內。

麒恆吹吹被我撓破的手背，狠狠瞪我一眼：「你給我等著！」

嘖，居然跟一隻貓計較。

我鄙夷地瞥了他一眼，他在我這一眼中愣住了神，低聲自喃：「真是成精了……」

我扭扭身體，輕輕躍回天水沒有任何心跳聲的胸膛，再次伏下，輕輕搖擺貓尾。

「你們看見沒？」麒恆大驚小怪地指向我。

潛龍看著他，納悶道：「看見什麼？」

鳳麟瞄向我，朝我擠眉弄眼，像是叫我不要惹禍。

「她剛才用很鄙夷的目光看我。」麒恆說：「天水帶了隻成精的貓回來？」

「哈哈哈——」潛龍毫不留情地放肆嘲笑：「誰教你連隻小貓都不放過，想調戲人家？」

「……滾！」麒恆白了潛龍一眼，不開心地走了。房內只剩潛龍與鳳麟。

潛龍見麒恆離開，後退兩步到鳳麟身邊：「鳳麟，你見到嫣紅那丫頭了沒？」

鳳麟神情微變，淡淡一笑：「沒有。你想找她？」

潛龍目光微瞇，望著鳳麟：「連你都沒見到她？不對啊……你們看上去感情很好，是真的沒見到，還是不想讓我見她？」潛龍的眸光銳利起來，緊緊盯視鳳麟。

鳳麟臉上的淡笑依舊，鎮定自若：「說笑了，我怎會不想讓你見嫣紅？」

潛龍後退一步，含笑看鳳麟：「仙尊忽然宣布嫣紅為七子候選，嫣紅卻從未露面，難道……她在祕密修練？」

「大概吧？」鳳麟說得面不改色。

潛龍笑容深沉地凝望鳳麟，鳳麟也淡笑依舊地回看潛龍，他們在燈光中彼此對視片刻。潛龍垂臉笑了一聲，再次抬臉時，臉上卻是格外的認真：「看在大家兄弟一場，我也不想與你再繞圈了。鳳麟，你是不是喜歡嫣紅？」

鳳麟嘴角的淡笑瞬間消逝，眸光裡浮出絲絲警告，沉沉看著潛龍：「潛龍，我也好心提醒你，離嫣紅遠點。」

「嗤！」潛龍輕笑一聲，轉身側對鳳麟：「果然。」

「不，潛龍，事情不是你想的那樣。」鳳麟認真警告，暗示我的危險。

「呵。」只可惜潛龍並不在意鳳麟的警告，或者……他已經誤會鳳麟的警告，視為對他的挑釁。雄性是最禁不起挑釁的物種，無論是人類還是動物。

嗯……麟兒，看來你是擺脫不了潛龍了。

潛龍回頭盯著鳳麟：「不必解釋了，即使你喜歡，我也不會放手，你知道我的性格，公平競爭，看誰先得嫣紅。」他像是在下戰書，神態如君王般狂傲而不容辯駁。但他並沒有確認鳳麟是否接受戰書，就這樣大步離開，氣宇軒昂的背影裡是滿滿的自信。

「嗯～～～挺囂張的嘛～～～」我趴在天水的胸口上，懶懶地說，眺眼望向潛龍的背影。

鳳麟沉下臉：「師傅是不是覺得很開心？潛龍迷上妳了。」

「哼……」我彎起細細長長的貓尾，妖嬈搖擺，但鳳麟明顯越來越不悅，身上的寒意漸漸瀰漫整個房間。我瞥眸看他：「迷上你師傅我的男人多了，潛龍算什麼？」

他一怔，臉上劃過一抹心虛和落寞，隨即側開臉，神情變得越來越低落。

「哦，對了，還有女人。」我補充道。鳳麟全身一僵，轉回臉用一種彆扭的眼神看我：「還有女人？」

我鄙夷地白了他一眼：「你大驚小怪什麼？男人還喜歡男人呢！你師傅我被女人喜歡有什麼

奇怪的？而且～～」我抬起黑色的貓爪舔了舔：「女人比男人更痴情，對愛情也更忠誠，不像你們男人～～除了女人還有兄弟、權利、金錢什麼亂七八糟的。哼！女人不過是你們發情時的發洩品，外加攀比的物品罷了。」

「師傅，妳怎麼這麼說我們男人？」鳳麟生氣地坐下，臉因為生氣而漲得通紅：「我相信很多男人不像妳說的那樣，至少天水師兄和我都不是！」

「你有女人了嗎？」我冷笑問。

他慌忙轉開臉，睫毛隨著眨眼而擺動：「我、我是清修的修仙弟子，怎麼會有女人？」

「哼……」我邪邪而笑，輕輕躍上他的雙腿，黑色貓尾掃過他的下巴，他的身體頓時緊繃。我蹭上他的身體：「那等你有了女人，再說～～」

「不要！」他忽然把我整個提起，慌亂地放在一旁。我先是一怔，立刻轉身陰冷看他：「為什麼把我推開？」

他擰緊雙眉不看我，繃緊的臉上是從未有過的複雜神情。鳳麟的呼吸變得有些粗重不穩，他深深呼吸，努力讓自己平靜：「師傅……妳該睡了。」

「我問你，為什麼把我推開？」

「沒有為什麼。」他越發側開臉。

「哼。」我陰邪地笑了起來：「因為你想女人了？」

「我沒有！」他驚然轉回臉，俯看我的眼睛，急急辯解：「師傅，妳不要亂說！」

我瞇起雙眼：「因為你知道自己長大了，是男人了，開始對女人有了不同的感覺，所以不願再陪師傅睡。不是因為什麼男女有別，而是你的身體開始不受你的心控制……」

「師傅！」他猛地喝住我的話音，眸光收緊，深邃而深沉地落在我的臉上：「妳知道妳在說什麼嗎？」

我咧嘴一笑，轉身在他盯視的目光中輕盈地躍上天水微微起伏的胸口，踩了踩，懶懶地伏下：「好吧，這個問題可能因為師傅是個女人，讓你比較尷尬。麟兒，這種事順其自然就好，你越是想壓抑逃避，越會成為你的心魔。」

他沉默地低下臉，神態漸漸平靜。

「今晚你是打算在這裡守夜嗎？」我搖搖自己的貓尾。

他低著臉點點頭：「天水師兄在我小時候——」

「也給你守過夜~~~」我受不了地瞪他，他看我一眼，再次垂落眼瞼。我趴在自己交疊的手爪上：「這件事你跟我說過無數遍了，你小時候得天花發燒，天水守了你幾天幾夜~~~煩不煩啊！你在救他被殭屍咬的時候就已經還清了。更何況天水又不是只為你一人守夜，師弟師妹生病，他哪個沒守過？哼，大愛真讓人噁心。」

「師傅不喜歡天水大師兄，可以離開。」他沒好氣地說。

「不行，沒活人我睡不著。」

「師傅還需要睡覺？妳可是神啊！」他更加煩躁地說。

我白了他一眼：「你以為神不需要睡覺？神睡覺是為了打發時間！」

他一時呆怔。

我瞥開目光：「不然漫漫長夜，你要師傅我對著月亮發呆嗎？那樣只會讓我更想快點上去拆了月神的神骨！那賤人為了成為聖陽的女人，可沒少陷害我！哼，偏偏聖陽全都原諒了！你知道為什麼嗎？」我狠狠看他。他怔怔搖頭。

「因為你們男人的大愛！」我長呼一口氣，再次撇開臉：「所以我才不喜歡天水，對誰都一樣好，對誰都可以原諒，濫好人、大聖人、毫無原則……自以為這樣能讓六界和諧，其實大家都在裝模作樣地騙他！如果做錯事，只要在他面前哭一哭、懺悔一下，就什麼事都沒了！」身下的胸膛大幅度地起伏了一下，我瞥眸看去，天水依然安睡。我揚唇一笑：「懶得跟你廢話，越說越氣，師傅我睡了。」我伸長四肢，側躺在天水的胸膛上，他平坦的胸膛不大不小，剛剛好。

屋內的燭光搖曳了一下，傳來他輕輕的話音：「師傅，小竹不是在妳洞裡嗎，他可以陪妳。」他的語氣似是說得非常違背心思。

我懶得睜開眼睛：「小竹那麼冰，就像抱著冰塊，怎麼睡？這殭屍還好點呢。」天水的胸膛起起伏伏，還算像個活人。雖然他已死，但衣服仍讓他帶上了一點溫度。

房間變得安靜。嘩——忽然，外頭下起了雨，沖刷了寧靜，卻帶來一種特殊的空靈，似是這裡被俗世隔離，形成單獨的幽密世界。

輕輕的，鳳麟把毯子蓋在我身上，安靜地坐在一旁。我能清晰感覺到他的默默注視。

有些事，我該認真考慮。

麟兒……畢竟只有這麼一世，我不能毀了他這世的愛情。

第四章 跟著娘娘能成神

睡覺是打發時間最好的方法，神族一閉眼一睜眼，或許幾百年就這麼睡過去了。我睜眼時，看到了清清淡淡、像是被沖洗乾淨的晨光。

晨光灑落在天水的胸膛上，屋內細小的塵埃輕輕飛舞，映入我的眼簾，很美。

儘管聖陽的神力來自陽光，但我不會因為討厭聖陽而討厭陽光，這或許是陰喜歡陽的本性吧。

我伸出貓爪，摸了摸陽光，很溫暖，讓我很舒服。

我懶洋洋地伸了個懶腰，起身看向一邊。鳳麟睡著了，睡得很安靜，淡淡晨光灑在他的臉上，讓他的容顏多了分夢幻的朦朧感。

我收回目光，看落天水，腳爪拍上他的胸膛，心語隨即而出：「起來！」

他乾淨濃密的睫毛微微一顫。

我再拍：「起來了！起來！」

他猛地驚醒，仍有些惺忪的雙眼正對我小小的貓臉。我冷冷俯視他：「起來！今天教你變形術。」

他眨眨眼睛，猛然回神，目露驚訝，一抹驚懼更是從他眼底浮出，宛如我是什麼可怕至極的魔神。

我轉身躍下床，扭頭看他，心語道：「還不快起來？別吵到麟兒，他昨晚守了你一夜。」

天水在我的話音中微微平靜，看向一旁，看到鳳麟時，他的眼神總算恢復平時的溫和與溫柔，薄唇露出一抹感激的微笑。他輕輕起身，拿起毯子隨手蓋在鳳麟身上，沒有離開，而是目露歉意地注視他片刻。我看著他眼中那抹奇怪的歉意，收緊眸光。

直到我轉身，他才隨我悄悄出了房間。

清晨人少，我站在天水的仙劍上前行，清晨的風帶著涼意。

我沒有看身後，但是天水今天格外安靜，靜得讓他更像個死人。這份靜，也出賣了他的心思。

我落在昨日他練習的浮島，躍下仙劍，轉身看他。他收起仙劍，握在手中，久久凝視。

「你想殺我？」我淡淡地說出了他的目的。

他驚詫地看向我，越發握緊手中仙劍。我看出他緊繃的臉上有一絲害怕，因為他知道自己將要面對的是什麼，但那視死如歸的眼神證明他即使知道自己沒有勝算，也不會退縮。

他咬緊牙關，眸光越發堅定，他緊握仙劍，法力微微撐開他的衣襬。他拿起仙劍指向我：「不錯！正邪不兩立，妳是淫神，天地邪神之一，我不會讓妳再魅惑鳳麟下去！」

我看著他一會兒，心中沒有怒也沒有氣，如同看一個小孩拿根木棍對著我，大言不慚地說要殺我。

「白痴，哼！」我忍不住笑了出來：「哈哈哈哈——真是白痴！哈哈哈——」我笑著笑著，撐開雙臂，緩緩站起了身體，黑色的衣裙遮住腳背。我瞥眸輕鄙地看他：「你以為天底下就你一個男人坐懷不亂，腦袋清楚？連麟兒也不及你～～連紫微星君也不及你～～」

他一時愣住，手執仙劍呆呆看我。

我高高立於他面前，揚手直接打在他的腦袋上：「白痴！若我真是淫神，你們的清白還能留到現在嗎？」

他像是被我打得發懵般愣愣望著地面，長髮在風中飛揚。

我收回手，喚出月輪坐上：「時間不多了，快練習仙術，少在那兒胡思亂想。就算你想殺我，把麟兒從我的魅惑中解救出去，也要先學成本事。」我白了他一眼，轉身退開到一側，輕揮衣袖：「好了，開始練吧，練不好我照樣抽你！」

他沉悶地低著臉，收起仙劍：「是！」

「你會變形術嗎？」

「嗯。」他劍指擺放身前，法力漸漸聚集，臉上開始長出皺紋，轉眼變成了一個老叟。

我看了半天無語，直接拿出鞭子抽了過去。

啪！

「啊！」他匆匆躲開，鞭子落在他的腳邊。

「你這叫障眼法！只能騙騙凡人，我看你還是天水！」

他的法力瞬間卸去，現出天水的神容，壓抑地看我：「那妳想讓我變什麼？」

我勾唇一笑，落地之間，已再次變成黑貓。他瞬間凝聚目光，牢牢捕捉我的身影，像是想從我的外表下看見我的身影，但我敢保證，他會一無所獲。

「變形術，也就是變化自己的身體，讓對方看不出你的真身，這是最基礎，卻也是最難的仙術……」我一步一步圍著天水慢慢走，身體在腳步中又慢慢變大：「形隨心變，骨骼、皮膚、眼睛、毛髮，無一不變！」

我巨大而布滿鱗片的尾巴掃過他腿側，當他驚然轉身時，我已變成巨大的黑龍，高高俯看他：「動物、植物……」我收起龍尾，轉眼間已化作桃樹，立於他的面前，粉色的桃花片片隨風飄飛在他身邊。他驚嘆地抬起手，接住從我身上落下的桃花，桃花不會像障眼法那樣化去。

「還有人。」

他在我的聲音中抬起臉。我收起樹枝，變成他的模樣，站在他身前。他黑色如珠的眸中映出了自己的身影——天蒼色的崑崙仙袍、煙灰色的罩紗，以及他長長的、隨風飛揚的長髮。

我與他面對面站著，如同一面鏡子照出了他自己。他驚訝而情不自禁地朝我伸手摸來，我一甩袍袖，化作一隻彩蝶飛過他身旁。呼！一陣大風颳過，他隨我的飛翔而轉身，驚嘆地仰起臉，久久看著我化成的彩蝶。

風停之時，我再次落回地面：「這才是變形術，隨著神力增強，變形也會越來越隨心所欲，可以化作萬物，甚至是不可見的風，而不再是那騙騙凡人眼睛的障眼法或是幻術。」我好笑地搖頭，然後瞥眸看他已然神往的神情：「想學嗎？」

他愣了愣。眸中明明已經浮出激動之色，但是他依然努力克制，讓自己冷靜，沉沉看我：「為什麼妳要教我那麼多，卻不教鳳麟？」他緊緊盯視我，依然在揣測我的目的。

我懶得看他，往後靠坐在月輪上，單腿曲起：「因為這次去妖界，我不打算帶麟兒。」

他在得到答案後，陷入了久久的怔立。

我瞥眸看向天水。他眸中閃爍著吃驚，側臉蹙眉，抿緊薄唇細細深思。

「你是不死之身，又超脫六界之外，進入妖界不會被人懷疑。相反的，麟兒身上的人氣無法掩藏，人類進入妖界，就像在餓狼群裡扔一塊鮮肉，定會被撕碎。」我的眼前彷彿已經浮現妖族圍在鳳麟身邊流著口水。

妖界妖氣濃重，忽然進來一個人，氣味鐵定非常明顯，更莫提妖類個個嗅覺敏銳。

聽我說完後，天水朝我看來，目光已不像剛才殺氣騰騰，變得平和寧靜：「你對師弟真的很好。」他忽然肉麻地說了這麼一句。

我全身立刻起了一層雞皮疙瘩，受不了地白他一眼：「你放心～～我帶你去妖界，也不是打算讓你去送死，所以我會教你變形術，一旦遇到危險，你還能變成老鼠之類的逃走，別成為我的累贅。」

他輕笑低頭，神態多了幾分柔和。

那神情讓我莫名地感到不悅。我蔑然地冷笑：「時間不多了，到時你要是還沒練成，入了妖界遇到危險，我是不會救你的，那時～～你可就成了妖族的美餐了～～哈哈哈——」

他在我的大笑中擰緊雙眉。

「還有，我不帶麟兒去妖界的事不准告訴他。」我低沉命令：「以麟兒的性格若是知道，你知道他會怎麼做。」我冷冷看著他。他單手背到身後，不卑不亢地點點頭：「好。」在保護鳳麟這點上，我們暫時達成共識。

「現在，請教我變形術。」他正色望向我，我在他沉沉的目光中邪邪而笑。

很好！現在，就開始吧。

天水的悟性雖然不及鳳麟，但他的不死之身對我的用處會很大。而且，我並不希望鳳麟捲入我的事，畢竟我不死不滅，但他不是。

我很快就感覺到麟兒正在遠處看我教天水練習法術，但他始終沒有靠近，不知是不想打擾我們，還是有其他原因，但我知道他也在偷學。

他好學的天性讓他無法抗拒新的法術，尤其是……我還沒教過他的法術。

❖

幾天來，我一直指導天水。天水原來是個凡人，突然接觸高階的法術讓他有些吃力，很多東西他也無法理解。但這次我很有耐性，因為以天水凡人之姿，進度已經算是不錯，至少比我的預期好上許多，我原以為直到出發前，他可能還不會變男變女呢。

仙風之中又隱隱帶出鳳麟的氣息，我再次裝作不知。最近我日夜教導天水，暫時打發了晚上焦躁難眠的時光。不過即使是殭屍，天水還是需要休息，所以我會讓他在白天稍作休息。

儘管我可以用同心咒感知鳳麟的想法，但我不打算這麼做。正因神可知世間事，做神才缺乏樂趣，毫無驚喜可言。

「變！」隨著天水一聲厲喝，他的衣服開始變作女子的衣裙。他很努力，雖然他依然討厭我。變形術裡，變成同物種是最基礎的練習，也是最能讓人上手的方法。這幾天，他已經可以變成他人模樣，但是要變成另一種性別，又是個很大的障礙。

漸漸的，他的臉型開始縮小，面骨的線條越發柔和，映在地上的影子也小了一圈，現出女子盈盈一握的腰身。

他轉身看我時，嫣紅的裙襬揚了揚，他滿意地垂下臉，看自己的身體、摸自己的臉，眼中已無法按捺住激動和自得的神情。

我躍下月輪，一步步到他面前。

他抬起臉激動看我：「怎麼樣？」

我白了他一眼，直接伸出雙手在他平坦的胸部上狠狠一抓，抓住了他胸膛空空蕩蕩的衣衫，冷蔑地邪笑看他：「你這麼平，洗衣板嗎？」

他的臉唰地紅起，匆匆往後退了一步，抓回自己胸口的衣衫，尷尬側開臉反駁：「有些女孩兒不也是平胸嗎？」

「有你這麼平？」我好笑地反問。他擰眉抿了抿唇，一時啞口無言，尷尬窘迫至極。我冷冷笑了笑，拍上他扁平的胸脯：「下次想變平胸，就給我變成十三歲以下的小女孩！哼，你原來的胸肌都比現在大。」

他僵硬了一下，窘迫地沉下臉，宛如我說了什麼驚世駭俗、不堪入耳的話。

這時天空中飛來了小竹的烏鴉。

「哇！哇！」

我揚起邪笑，血脈因他們的訊息開始沸騰。我瞥了一眼面色陰沉的天水：「你可以休息了，隨時聽我召喚。」

他沒有任何回應，他態度一向如此。

我坐上月輪，隨烏鴉而去。天水縝密的心思會讓他修成變形術的，有些人即使學會了，卻總是因為粗心大意，在變形時頻出紕漏。

我走了一會兒，停下腳步，聞了聞空氣，看來麟兒朝天水那邊去了。心思一動，我轉身揚手，讓烏鴉先回去，隨即折返。

我懸停高空，破開雲霧，下方浮島清晰可見。天水倒是沒有回去休息，反而繼續練習變形術。忽的，一身紅裙的月靈飛了過來，我壞壞地笑了。臭小子，悟性果然了得。

天水察覺到月靈靠近，停下來看著她。

月靈落到他面前，高傲地看天水：「大師兄，最近你在修練什麼，那麼神祕？是不是為了備戰仙法會？」

天水露出微笑，似是想到了什麼，淡笑地轉開身：「是。我還有事，先走一步。」

天水正打算要走，月靈立刻攔住他，忽然顯得有些委屈：「大師兄，你最近難道是在躲著我？」

「沒有。」天水垂眸退了一步：「我怎會躲著師妹？」

「那你為什麼不看我？」月靈難過地挺胸站到天水面前：「你為什麼現在都不敢看我？」

天水立刻看向月靈：「師妹，我……」

「我真的很喜歡你！」月靈的表白讓天水怔立在原地。下一刻，她就撲上天水的身體，緊緊抱住了他。

天水徹底僵硬，慌忙推開月靈，面紅耳赤地轉身：「師妹，使不得！對不起，我……」

「噗哈哈哈哈——」鳳麟的笑聲猛地從月靈口中而出，天水的後背瞬間僵直起來。

我的唇角揚起邪邪的笑。鳳麟原來也會使壞啊。

當鳳麟的笑聲從月靈口中而出時，冰山美人月靈已經變成鳳麟的模樣。他笑著撲到天水的後背上：「師兄，別生氣。」

天水一臉惱怒：「師弟，這一點都不好玩！」

「是……因為我裝作月靈嗎？」鳳麟放開天水。

天水擰擰眉，神情漸漸柔和，轉身看向鳳麟：「不要再拿月靈開玩笑。如果我變成朝霞來逗你，你不會生氣？」

聽到朝霞的名字時，鳳麟的眸光已然放冷，扯了扯嘴角側轉身：「你提朝霞做什麼？」

「做什麼你知道。」天水的面容忽然嚴肅起來，似乎比我更像個老師：「師弟，很多時候我也想裝作不知道，我以為那樣可以逃避我們無法控制的事情。但那個女人說得對，我逃避不了，這樣拖泥帶水下去，只會害了別人。」

「那個女人？」鳳麟的聲音清冷一分，眸光冷沉地看向天水：「你是說我師傅？」

天水抿抿唇，似是勉為其難地點點頭：「嗯，你師傅。」

「她現在也是你師傅了，大師兄！」鳳麟忽然火冒三丈，天水一時發愣看著他。鳳麟大聲地繼續對天水說著：「不要成天稱她『那個女人、那個女人』，請你尊重她！她現在可是只教你一個人了，甚至還是我從沒學過的變形術！」

天水在鳳麟的話音中愣怔，滿臉驚訝：「師弟，你剛剛說什麼？她沒教過你變形術？那你剛才……」

鳳麟皺了皺眉，煩躁地甩開臉：「我在她教你的時候偷學的。」

天水怔立在鳳麟身旁。鳳麟深吸一口氣，努力讓自己平靜，忽然轉身一把揪住天水的衣服：「她那麼悉心地教你，說明她很重視你，請你叫她一聲師傅。她當年什麼過錯都沒有，錯的是我們男人好色與貪婪！」鳳麟的話音裡透出了一絲痛苦和憤怒。說罷，他推開天水，轉身而去。

天水久久站在原地，沒有回神。

此刻我臉上的玩味和陰邪的笑容，早因鳳麟最後那句「男人的好色與貪婪」消逝。我努力讓自己平靜地望著鳳麟的背影，深思了片刻，依然心緒不寧，這份不寧來自我對未來的失控。

算了，這件事等處理掉帝琊之後再說。

我拂袖轉身，踏雲而歸。

遠遠看見自己的藏身之處，我心裡十分不甘。想當初——

哦……對了，我沒有宮殿。

我不喜歡宮殿，那裡沒有人氣，也沒有大自然的氣息，冷冷冰冰，住在裡面的人越來越一副自以為了不起的臭嘴臉。

不知道什麼時候開始，神要住在宮殿裡，而且一座比一座造得大，造得富麗堂皇。

世人以為神族是超脫的、是無欲無求的，哼！他們錯了，神族只是擁有神力的人，他們一樣有七情六欲，一樣有愛恨妒惡，對權欲一樣不肯放手。

❖

當我踏入自己的小窩時，小竹已經前來迎我，依然面無表情：「主子，焜翃來了。」

我看入室內，焜翃紅色的髮辮已映入眼簾。他站在我的仙桌旁，神情微露緊張，似是擔心被人發現。

「知道了。」小竹的烏鴉來找我，便是彙報此事。

我走入洞內，懶洋洋地往床上一躺，瞥眸看向焜翃，邪邪而笑：「東西都帶來了嗎？」

「帶來了。」焜翃從懷中掏出權杖，還有一份請柬，小竹接過放到我面前。我拿過權杖，細細端瞧：「原來現在通界令是這個樣子？」

通界令由神木而做，神木樹身通常是金綠色，水不能腐、火不能滅、雷劈不斷、蟲蝕不化，金綠色的權杖形同巨大的眼睛，當中是一個令字。

焜翃只給我帶來一塊通界令。

「一塊就夠了？」我問道。

焜翃點點頭：「嗯，夠了。我還給你們弄來了選妃的請柬。」

小竹又遞上了請柬，白玉鏤空雕刻的請柬精美得像件藝術品，拿在手中也是沉甸甸的，頗有分量。打開時，金字浮現其上：妖皇選妃，六界仙妖美人皆可參選，公平競選，莫傷和氣。

「哼，色鬼每千年都要來上這麼一次。」我冷蔑地蓋上玉柬。

「是每五百年了。」焜翃忽然補充。

我一愣，笑了：「哦～～～越來越飢渴了？好，本娘娘就去滿足他。」邪笑從我唇角揚起，小竹立刻面露緊張。

焜翃的紅瞳閃爍起來。劃過抹抹驚訝之後，他立刻說道：「我可不去。」

我陰邪看他：「早猜到你不去了，你這個膽小鬼。」焜翃看上去並不蠢，知我讓他拿通關令，自然不會做什麼善事。先前他說自己已成妖界通緝犯，此刻更不想再節外生枝，加重自己的罪刑，若是被妖界徹底放逐，他就無家可歸，更別提救自己的娘回家了。

焜翃因為我的話而顯得不服氣：「我不是怕！我是——」

「別廢話了。」我心煩地起身。他被我打斷，越加想說：「妳別小看我，去就去！」

「滾！」我直接白了他一眼：「別壞我大事！該幹嘛幹嘛去，你可以去蜀山先熟悉地形。」

他一愣，回神時情緒反而激動起來：「妳不讓我去我反而要去！妳如果不幫我救我娘，我就出賣妳！」他狠狠地放了話。

我立刻陰冷地斜睨他，周身寒氣爆發，瞬間將房內變成冰窖！比死亡更可怕的氣息讓焜翃的額頭不由冒出一絲冷汗。

「主子息怒。」小竹立刻說，神情微微凝重。

我收回目光，閉上眼睛，召喚天水：「天水，去妖界了。」

耳邊立刻傳來天水的驚呼：「現在？」

「沒錯，現在！」說完，我睜開眼看焜翃：「現在就去妖界。」

焜翃也是一驚：「現在？這麼快！妳不準備一下嗎？」

「準備什麼——？」我大吼，吼聲在玉宇內的石壁間迴盪。我再次揚起陰冷的笑，抓起自己纖長的手指，黑色的指甲開始慢慢延長而尖銳：「你都不知道我有多麼迫不及待地想見到帝琊——」我陰邪地、低沉地說出心中三千年的渴望：「我要把他壓在床上，撕爛他的衣服！然後……哈哈哈哈——」

「妳……找妖皇就是為了上他？」焜翃不可思議地瞪著我，神情呆滯。

小竹綠色的眼中頓時射出殺氣。焜翃好笑地看我：「妖皇選妃，以妳的容貌必然入選，完全可以滿足妳的要求。聽說妖皇床上功夫確實很好，沒想到名氣那麼大，讓妳如此痴迷……」

「住口——」小竹忽然化作巨蛇，朝焜翃撲咬而去，焜翃見狀也是絲毫不懼，轉瞬間就化出龍獸原形，朝小竹大吼。

「嗷——」

「嘶——」

兩個人在我狹小的密室內大吼，吼聲震開強大的氣流，狂亂地吹起我周圍黑色紗帳的同時，也揚起了正好進入的天水長髮。

天水一時怔立在我的鞦韆旁，看著屋內的一龍一蛇。

「夠了！」我起身厲喝，焜翃與小竹慢慢恢復人形，彼此目光不甘示弱。我高高站在床上俯看他們，開始捏緊雙手手爪，陰狠沉語：「我要挖出帝琊的心臟，扔出去餵狗！」

焜翃臉色在我的話中瞬間發白，甚至忘了呼吸。他猛地抽了口冷氣，紅眸驚詫地仰視我：「妳、妳到底是誰？妳想把妖皇怎樣？」

「哼！」我陰冷地笑道：「現在想知道，晚了！天水，我們去妖界！」我躍落玉床。落地之時，身上的衣裙已換作精幹的粗布短衣，滿頭長髮如小廝般盤於頭頂，方巾裹頭。

焜翃匆匆攔到我身前，目露緊張。

我冷笑瞥眸看他：「喲，看不出你對妖皇還挺忠心？」

「閃開！」小竹大步上前，一把將他推開。

我邁開步伐，天水仍怔怔立在原處。他這種常年清修的修仙弟子，又怎見過這場面？他心裡八成和鳳麟一樣還在糾結善惡對錯呢！

「我不能讓你們去刺殺妖皇！」焜翃又再次向前，急紅了眼：「我不幫你們了！」

我橫眉冷睨他：「妖皇跟你爹是一夥的，蠢豬！」

焜翃在我的話中大驚。

我揚唇冷笑，單手背到身後：「當年你娘是怎麼知道你爹會去人間的？定是有人騙她去的，即使妖皇沒有害你娘，但你爹和你娘的事他必然知道。」

焜翃的眼神混亂起來。小竹面無表情地冷眼看他，天水也緩緩回神，深思地靜靜看著這裡的一切。

「那、那為什麼……為什麼妖皇不告訴我？為什麼？」焜翃如同被自己最敬重之人背叛般，瀕臨崩潰。

看到他那副模樣，我頓時莫名火大，拂袖轉身化出龍首，朝他狠狠大喝：「因為你娘是低劣的妖——生出你更是神族的恥辱——」

重重吼聲在整個石室裡迴響，焜翃的神色徹底轉為一片蒼白，趔趄幾步跌坐在地上。我收回龍首，化出少年小廝的臉龐，整理衣袖，輕蔑冷笑：「哼，你以為帝琊是妖族之皇，就會幫你們妖族嗎？你們這群單純的妖族別傻了，因為帝琊根本不是妖，而是神！」我朗朗的聲音響徹每個人的耳邊。天水朝我看來，這是他第一次用正視而驚訝的目光看我。

我冷笑瞥眸：「沒錯，天地初開時，確實是眾生平等，但當神族的權欲越來越強烈時，大家已經不滿足於聽命一個人，他們也想要自己可以控制的族群，這才分了六界，那六人也成了六界之王，各自為政，互不干擾。」我拿出仙瓶，倒出一顆仙丹，隨手丟在神容呆滯的焜翃面前：「吃了它，可以去除你的妖氣，你現在的任務就是救出你娘。我不會動你們妖族，我只要帝琊死！帝琊一死，你們妖族才會真正自由！」

焜翃的紅瞳收縮了一下，怔怔朝我看來。我邪邪地冷笑：「現在，你是想守護你的妖皇，還是跟我們走？」

焜翃的眼中燃起了憤怒，毫不猶豫地撿起身前的仙丹一口吞下，起身，目光咄咄逼人：「我跟你們走！」

「好！」拂袖轉身看小竹和天水：「我們走！」我起身躍起，小竹的烏鴉赫然變大，落在我腳下，小竹和焜翃躍上一隻烏鴉。當我乘坐的烏鴉飛過天水時，我隨意伸出手，他也沒有絲毫猶豫地拉住我的手，翻身躍上我的身後坐下。我們頃刻間衝破雲天，飛上九霄，在雲海上疾行。

「妖門還在老地方嗎？」我問。

小竹的烏鴉飛到我們的身旁，焜翃坐在小竹身後：「沒錯，還在老地方，不過你們進去需要一個美人，因為妳拿的是參選妖妃的請柬。」他說完看看我：「妳為什麼變成這個樣子？」

我邪邪瞥眸看他：「若是我參加，別人還有得選嗎？你不知道那帝琊究竟有多迷我，哈哈哈哈哈——」我仰天大笑。

那些年，帝琊總是送來鮮花與仙果，只為博我一笑，在我覺得他人還不錯的時候，他卻在和別人滾花瓣，赤身裸體在花瓣中翻滾嬉笑，那時，我又多知道了一種男人，這種男人就是多情。多情的男人管不住自己的情欲，他對我痴迷，但同時也擋不住別的女人的誘惑，下半身的需求永遠比任何都重要，因為滾床這種事讓他上癮。

我收起笑，瞥眸看焜翃：「而且，本尊還有別的事要做。」

焜翃點點頭：「但還是需要一個美人。」他看小竹，小竹向我恭敬行禮：「小竹願為主子吸引妖皇注意。」

我看看他：「你不行。」

小竹一愣。

我唇角邪邪揚起，瞥眸看向前方雲海與藍天的盡頭：「帝琊是始祖之神，無論你變得多麼妖豔，他依然能看到你的原形，因為你們妖族是他造出來的，而且什麼樣的美人他沒見過、沒睡過？小竹，你的氣質無法吸引他的注意。」

「那該找誰？」小竹目露一絲困惑，綠色的短髮在空氣中飛揚。

我的嘴角大大咧起，扭頭看向後方，邪邪地笑了。

天水在我的邪笑中大驚，臉上的寒毛瞬間全數豎起，乾淨而散發著清修弟子特殊幽香的長髮和純白的髮帶一起在風中飛揚。

小竹和焜翃一起看向天水，異口同聲：「……他？」

我瞇眼笑了：「不錯，就是他。」

天水驚得站起：「原來妳教我變形術是這個目的！」

我抬起臉，緩緩起身，烏鴉的翅膀在我們身旁起伏，我們的身體也隨著牠在雲海上晃動不定。

我戲謔看天水：「誰要你變形了？我說過，帝琊屬造物之神，你才修練了多久，就想騙帝琊的眼睛？教你變形，是讓你可以及時逃跑。」

天水後退一步，沉下臉，拂袖道：「我是不會去的！」

「哼！」我好笑看他：「我從沒打算問你意見，因為這是命令。」我隨即放冷目光。天水一怔，側對我目露惱怒，胸膛起伏。

「帝琊什麼美人沒見過？現在他需要的是新品種，你正好符合他的口味。」我瞥眸打量他的身體。

「但我是個男人！」天水憤然甩袖，指向自己。

「哈哈哈哈——」我再次仰天大笑。

「妖皇是無所謂男女之別的。」焜翃忽然在旁諾諾補充，這句話讓天水整個人僵硬。

我收起笑，抬手撫上天水的胸膛，他驚然回神俯看我，我邪笑回看他：「放心，你是我造出來的，我不喜歡別人碰我的東西，所以，我是不會讓帝琊碰你的。」我滿意地順著他的手臂一點一點撫落，他的目光凝滯在我臉上。

嗯，他的肉感飽滿而富有彈性，不像殭屍那樣僵硬，也不帶屍臭。

我再執起他的手，手指無意地掃過他的手心，他手指微微顫了一下。他手背的皮膚更是晶瑩剔透，屍丹和他自身的靈丹正對他的身體產生奇妙的作用。

「嘖嘖嘖，看看這皮膚，帝琊一定會喜歡我送他的這份禮物，哼哼哼哼。」

「別碰我！」他有些慌亂地收回手，再次側對我，柔美溫潤的臉上浮現一絲心浮氣躁和心緒不寧。

「天水。」我睨向他帶一絲驚慌的臉上：「有多少人能跨出自己的世界，去別的世界看看？」

他的神情一時凝滯，恢復安靜的臉上再次顯露溫潤。

「有多少人是只聽聞過六界，卻未見其存在的？」

我的反問讓天水目露深思，沉靜的容顏恢復了他獨特的沉穩氣質。真不知道剛才他為何忽然驚慌了起來，難道是怕妖皇上他嗎？

「天水，本尊不打算用成神來誘惑你，因為成神需要機緣；但本尊可以告訴你，在本尊身邊，成神的機率會是你無法想像的。」

「不錯，主子已經把花神換了，現在的花神是主子選出來的。」當小竹淡淡的話音出口時，焜翃和天水立刻驚訝地看向我。

我冷眸看小竹：「小竹，你多嘴了。」

小竹抿抿唇，垂頭不再說話。

我冷冷掃過天水和焜翃：「既然你們現在知道了，在你們面前只有一條路，就是效忠本娘娘。」

「那萬一……不小心……洩密了呢？」焜翃有點緊張地看我。

我邪邪笑起。小竹轉臉看焜翃：「花神都讓主子殺了，你自己看著辦吧。」

「咕咚。」焜翃嚥了口口水，避開我的視線，伸手悄悄抱住小竹的腰，像是害怕得想把小竹抱緊。小竹轉身一巴掌：「放手！」

焜翃立刻放開小竹，委屈地捂臉：「抱抱又怎麼了？我們都是男的。」

小竹冷冷看他：「我們妖族沒性別，只要發情，什麼都可以……所以你這條臭龍別碰我！」

焜翃登時瞪大眼睛：「喂！我只喜歡女的。」

「誰知道？」小竹白了他一眼，轉回身。

焜翃氣悶不已地轉開臉。紅色的髮辮在風中亂舞，他煩躁地一把抓住，在脖子上纏了幾圈。

天水在一旁靜默不言。我看他一眼，隨即回頭看向前方，雲海的盡頭隱隱閃現霞光。

我揚起手，兩隻烏鴉停住。

焜翃站了起來，指向前方：「界門到了！」

「嗯，你可以走了。」我昂首立於烏鴉後背。

焜翃什麼都沒說，趕緊從小竹身後起身，更像是嚇得只想快跑。

「慢著！」我蛇鞭甩手而出，瞬間捲住了焜翃的腰，他還沒反應過來，已被我一把拽起。

「啊！」他落在我身前，甚至還沒站穩烏鴉後背。我一把拎住他的衣領拽下，吻上他的額頭。

「不要！」身為妖族的他已經感應到我要做什麼，頓時掙扎起來，伸手本能地推向我，正好落在我的胸部。

啪！天蒼色的身影忽然掠過我身旁，天水一把握住焜翃推向我的手翻轉，速度極快地轉到焜翃身後，踹上焜翃的後膝蓋，焜翃登時跪在我身前。他整個動作如同行雲流水，乾淨俐落。

我埋入自己的印記起身，滿意地看焜翃身後的天水，邪邪而笑：「看來～～你終於認我這個主子了。」

天水卻是一愣，下意識看了看自己的手，竟是一驚，似是一時不知為何擒住焜翃。他匆匆收手轉身，又是心神不寧地看自己擒拿焜翃的手。

「完了，完了完了。」焜翃捂住額頭，急急起身，連連後退：「這下真逃不了了……啊！」他驚慌的腳在烏鴉邊緣踏了個空，幾乎是眨眼間，他便消失在我們面前。

小竹面無表情地探頭看了看，接著淡定地望向前方：「主子，有人了。」

我看向遠處，霞光逼人，已可見不少仙妖各自乘坐騎仙駕往界門而去。也只有這時，仙妖格外和平。

我看看我們身下的烏鴉，揚唇一笑：「嗯～～看來我們也要裝飾一下。」我轉身走到烏鴉尾端，緩緩抬起雙臂，雲海立刻在兩側升騰而起，壯觀絢麗！

天水驚嘆地站在我的身旁。我瞥看他一眼，雙掌在面前合攏。

啪！兩側白雲合二為一。砰！雲霧炸開之後，是一座如同白玉般美輪美奐的雲車。

兩條雪白的鎖鍊上烏鴉的身體。白雲繞過牠們的身體，讓牠們穿上白色仙甲，瞬間讓我們看起來華麗尊貴。

我再看看天水，他穿著這件衣服，任誰都知道他是崑崙弟子了。

我開始扯自己的腰帶：「脫衣服。」

天水驚然後退：「妳要做什麼？」

我白了他一眼：「當然是要給你換件漂亮衣服～～」我隨手扯開自己的衣服，天水驚然轉身，抬起手臂遮住目光，即使未看我半分，耳根也已經血紅如豔麗的玫瑰。

我脫下紫垣給我的仙裙，仙裙在我手中恢復原狀，白色仙衣雌雄莫辨。我伸手掰過天水的身體，直接把仙衣塞入他手中：「穿上！」

天水愣愣看手中的仙衣，臉上的潮紅依然未退。

「還不快穿上？」我再次催促。

他回過神立刻穿上，仙衣上了他的身，立刻化作雪白聖潔的華袍。即使他的容貌比不過滿天神君，但他獨一無二的「品種」絕對會引起那色鬼的注意。

我再次回到烏鴉前端，看了小竹一眼，和他駕起烏鴉，帶著天水朝霞光之處快速飛去。身邊仙輩一一飛過，和我們一起穿過那霞光之處，雲天忽然消失，面前是長長的金光通道。

我回頭看看身後的仙輩，已經都不是我所相熟之人。而天水正在雲車內驚詫地看著從他面前一一飛過的各種仙妖。

忽然間，我感覺到了麟兒的氣息，心中一驚，立刻閉眸：「麟兒，你在哪兒？」

「師傅！師傅快救我！」

這個白痴，居然跟來了！

我立刻揚手，烏鴉停在霞光四射的通道中，跟在我們後面的龍輦驚得匆匆拔高，龍的呼嘯也在通道內響起：「嗷嗚——」

「找死啊？知道我們車裡是誰嗎？」有人朝我大吼，我冷眼看過去，是一條鯰魚，正瞪著一雙死魚眼。我冷笑道：「看你這樣子都知道是龍宮的公主了。滾！我們家公子讓你們先走還不好嗎？」

「……妳！」鯰魚朝我大喊時，龍身後的車輦裡立刻傳來女子急急的催促聲：「快走快走！你這條蠢魚還在那兒磨蹭什麼？別讓別人搶先了！」

鯰魚沒辦法，瞪我兩眼走了。

小竹面無表情地看我：「主子，怎麼停了？」

我沉臉揚手，小竹不再出聲。我從烏鴉身上站起，轉身陰沉地望向身後長長的通道，雲車裡的天水也從這光怪陸離神奇的景象中緩緩回神，看見我的那一刻，他順著我的目光轉身看向身後。

鳳麟的氣息越來越近。他到底是怎麼跟來的？他絕對不可能偷偷跟著我，因為他知道我會察覺……難道是……？

我立刻望著車中天水：「天水，你身上是不是有東西讓鳳麟能跟來？」

「鳳麟跟來了嗎？」他吃驚回神，隨即深深思索，猛地想起了什麼，提起手中仙劍。

我撫額。仙劍可以通訊，也可追蹤！

鳳麟應該是早就察覺天水有事瞞他了。

我的眼中出現了一輛雙頭怪獸的巨大妖車，它飛速地從我們身邊而過，帶著濃濃妖氣。鳳麟就在這輛車上！

「追！」我厲聲命令。烏鴉「哇————」嗷叫起來，緊追那輛妖車之後。與此同時，我起身躍起，落在了黑色妖車車頂之上。

人間依然居住著許多妖族，這些妖族算是妖中貴族，他們與仙族交好，獲得在人間居住的權利，還能時常從仙族手中獲得仙丹。這裡不乏有仙妖勾結骯髒齷齪之事，例如妖族幫仙族捉妖，供其煉藥；而仙族也對妖族在人間作惡睜一隻眼閉一隻眼。

我站在疾馳的妖車上，小竹駕駛烏鴉平行在旁，天水也從雲車中而出，神情像是準備隨時接應我。

濃濃的妖氣像是千年沒有清洗的馬桶一樣臭不可擋，如果不是我能感應到鳳麟，他那點人氣被這樣濃重的妖氣吞沒，根本無法察覺。

邪邪的笑從我心底而起，全身的血脈因為興奮而沸騰！因為妖氣越臭，代表他吃的人越多，老妖吃人和小妖吃人是不同的，老妖吃人還會吞噬靈魂，所以……哼哼，我的開胃時間到了！

「小可愛～～別害怕～～～」妖車內傳來嬌滴滴的聲音：「姊姊我會好好疼你的～～～」

我往下看落，穿透車頂，將裡面的一切看了個真切！

巨大的妖車之內，軟墊靠枕，香豔誘人，寬敞得如同一座小小行宮，人站著也沒問題。

一個金髮妖女袒胸露乳，一對狐耳興奮地高高豎起，七條碩大的狐尾搖擺不停。她正伏在某個人身上，從她白皙的玉腿下，可以看見天蒼色的衣襬和崑崙統一的布鞋。

「嗯～～～」妖狐伸手摸過下方，身體挪動時，我看到了鳳麟格外陰沉的臉龐。妖狐長長的指甲輕輕劃過他的臉，舔舔唇：「沒想到在路上還能抓到你做點心，真不錯，還是崑崙修仙的弟子呢，一定格外美味～～～」

我邪邪而笑：「不錯……真的很美味……」

「誰？」妖狐立刻轉身向上看。我緩緩浮起，然後一腳踩落！

喀擦！車頂被我踩碎，妖車也隨即晃動！

我落在滿車的軟墊上，鳳麟立刻看向我：「師傅！」

我冷冷看他一眼：「我們的帳過會兒再算！」

「師傅嗎～～～」妖狐嫵媚地打量我，眸光發亮：「喲，好嫩的娃娃，一定很好吃！」

我瞥眸看向她，邪笑浮於嘴角：「不錯，真的很好吃！」我伸出舌頭舔過紅唇，妖狐見狀一驚，我咧開嘴角：「我要吃了妳！」我立刻朝她撲去。

她蔑笑看我：「就憑妳？」她立刻翻身，身後七條狐尾朝我射出！

我一一閃過。狐尾從我身邊射出，穿透了妖車，通道內的霞光立刻透入，照亮整座妖車。

妖狐的狐尾立刻又從我身邊收回，我眼明手快地直接一把拽住，在狐妖尚未回神時，我抓起她的狐尾，用力甩了起來！

「啊——————」她被我帶起。我抓住她的狐尾不停地甩，甩到東甩到西，繞著圈地甩，她連連撞上四周，發出「砰砰砰！」的聲音。

鳳麟在一旁看得目瞪口呆。

我停下手，妖狐被我甩得軟趴趴地癱在地上。

「呼，手好痠。」

我甩了甩手臂。甩人也挺累的。

「咕咚！」鳳麟在一旁嚥了口口水。

唰啦！妖狐的利爪憤怒地抓破身下的地板。

「我、要、吃、了、妳——」

她忽然朝我撲來。我一巴掌拍了上去。

啪——妖狐的頭被我抓住，我直接把她拍扁在妖車上、我的腳下。

真是蠢得不自量力！敢惹娘娘我，就讓妳這輩子都不敢出現在我面前！

妖狐被我拍得全身顫抖：「妖、妖怪吃人啦～～～～」

好笑，妖居然喊捉妖？

我蔑然地看她一眼，直接伸手穿入她的身體，她刺耳的慘叫頓時響徹整座妖車：「啊啊啊啊啊——」

我抓住她的妖丹，直接拔出她身體，她瞬間失去全身妖氣，在我面前緩緩縮小，七條狐尾也合成一條，軟趴趴地掛在她身後。她徹底氣息奄奄。

我手持黑氣繚繞的妖丹，興奮地大笑：「哈哈哈哈——哈哈哈哈——」這是給我最美味的大餐！

「師傅！」鳳麟忽然喚我，更像是想讓我恢復正常。

我收起笑容，陰沉地狠狠看他。他似是知道了什麼，像個做錯事的孩子垂下臉。

「白痴！你知道剛才有多危險嗎？」我伸出手一把揪住他的衣領：「你就這麼想被妖怪當點心？」

鳳麟故作平靜地抬起眼瞼，深深看我：「我不放心妳。」

「哼！是不放心我，還是不放心天水？」我憤怒地推開他。他微微一怔，側眸看向千瘡百孔的妖車外，正是天水站立在烏鴉身上。

我抬腳踩上氣息微弱的妖狐：「居然敢吃我麟兒？找死！」

「饒、饒命！大神饒命！饒命啊——」

她在我腳下嗚嗚哭求。

「師傅！」鳳麟又喚住我，拉住我的手臂，目光中是一絲憐憫：「師傅，畢竟是條命。」

「被她吃了的就不是命嗎？」

我托起手中妖丹，一把捏碎！陰厲的慘叫聲登時從破開的妖丹中衝出，瞬間衝破上方的車頂，車頂撞上一旁的通道，化作點點碎片。

「啊——————」

鳳麟被震得捂住雙耳。

啪！我打了個響指，結界從腳下而出，封住所有逃竄的冤魂，連帶也把妖車和小竹他們一起隔離。

密密麻麻的冤魂瞬間染黑了整個結界世界。鳳麟和天水鷲呆在原地，小竹面無表情地仰臉看著四處亂竄的冤魂：「吃那麼多，難怪那麼臭。」

「吸——————」我開始吸收萬人的怨氣，身體的每條血脈都開始充盈力量。這次比上次花神的那次多了許多，應該足以跟帝琊抗衡。不過跟他打完後，可能又會虛脫吧。

唉，最近人間太太平，怨氣有點少。

冤魂在失去怨氣後漸漸恢復平靜，被我化作一顆顆靈珠，擠在這密密麻麻的世界裡。我右手甩出，將震天錘握在手中。

「震天錘！」天水鷲呼出口。

「收！」我大喝一聲，震天錘的錘身瞬間金光四射。靈珠被收入震天錘中，錘身上出現一顆巨大的黑色暗珠。

「師傅，妳在做什麼？」鳳麟急急上前，看著我手中震天錘。我冷臉瞪他：「這叫噬魂，每把神器都可以噬魂，噬魂後的神器威力會更加巨大。你放心，等我辦完事，會把他們放出來。他們已被狐妖吃了數千年，也不在乎多等一會兒。」

「噬魂……」鳳麟像是聽到了又一個新神術，久久沒有回神。

我抓起地上軟趴趴的黃色狐狸，邪邪一笑：「正好拿妳餵吃不飽。」黃色狐狸的眼淚瞬間流了下來，嗚嗚咽咽。

這次，沒人再為狐狸求情。

「走了！」我橫白鳳麟一眼，躍上一旁的烏鴉，鳳麟沉默地跟我一起躍落天水身旁。天水擔憂看他：「你怎能自己跟來？」

鳳麟先是靜默不語，忽然抬眸狠狠朝我看來：「妳為什麼要撇下我一個人？」

我沒理他。啪！結界破開，妖車立刻失控撞上霞光，瞬間消失在通道之中，宛如它從不存在。空空蕩蕩的通道內，車輛早已離開，誰也不會在乎這裡發生了什麼事，即使他們看見，也會認為那是為了成為妖妃而爭奪。

「師弟，是因為你身上人氣明顯，所以那個女……」天水頓了頓：「她才不想讓你進入妖界涉險！」

天水說得語重心長，但鳳麟依然目光不離我身：「如果是這樣，我願為妖！」

我一怔，抬眸看他堅定的眸光。

他深深地看著我：「妳說過成仙難，成神要看機緣，那麼若我做妖呢？只要我做了妖，就可以像小竹、像師兄一樣，一直跟在妳身邊了是不是？」

天水幾乎是震驚地看著鳳麟，連總是面無表情的小竹也目露訝異。

「鳳麟，你知道你在說什麼嗎？」天水勃然大怒地揪住鳳麟：「你到底知道在自己說什麼嗎？只有妖想做人，你卻想做妖？你以為像我這樣不人不鬼不妖真的很開心嗎？」

「因為我想守護師傅！」鳳麟沉沉說著，灼灼地看天水，天水怔怔地放開了他的衣領。鳳麟微微擰眉，側開臉：「我是真心的。但師兄你……我知道你是被我逼的，你只是在還我人情，並非真心想守護師傅，你恨她！這樣你又怎能真正守護好她？」

鳳麟的話句句刺入我的心。我拂袖轉身：「誰都別說了！既然已經來了，就留下吧。」

「師傅！」身後傳來鳳麟有些激動的聲音。

「但是你只能作為點心！」我甩回臉看他，他頓住了腳步。我嘴角揚起陰冷的笑：「誰教你是個凡人，妖族是可以帶食物在身邊的，而你就是我們天水的食物。進入妖界後給我老實點，不然師傅我可沒工夫救你。」

鳳麟僵住了神情。比他更僵硬的還有天水，他僵硬地指向自己：「我的……食物？」

雲車衝破通道，撲鼻妖氣立刻傳來。在鳳麟他們驚訝之時，我揚手轉身：「哈哈哈——帝琊！本娘娘來了！哈哈哈——」

鳳麟果真是察覺出天水有事瞞他，追蹤他的仙劍跟在我們身後，結果這一路上仙妖太多，他於是被七尾狐妖擒獲。

狐妖妖力的大小可從尾巴數量看出，修一千年多一條狐尾，當然，狐尾的數量也是可以隱藏的。

想修成九尾狐得強大妖力，需要九千年，但很多人是沒有那樣的耐心的，於是他們學會走捷徑。

人的靈魂一旦煉入內丹，便可增強妖力，所以麟兒即使已有所成，也對付不了一隻有相當於七千年妖力的妖狐。

在吃她妖丹時，我看到她妖皇選妃每次必到，可惜每每落選，這使她更迫切於增強妖術，讓自己變得更加妖豔，只盼帝琊看她一眼。

女人似乎總是在為男人而活？為什麼？
陰陽明明共存，別忘了沒有陰，陽也撐不下去！

第五章　妖界騷味重

一入妖界，那滿天的騷氣啊……

我擰緊眉，養狗之家總有狗味，但住長久便習以為常，不再聞其味。我初入妖界，還需適應一下這濃濃的妖騷味。

當然，小竹不會感覺到異常，鳳麟他們普通人類也聞不出來。

鳳麟被關入雲車之內，為了讓他更像食物，我們給他戴上了項圈。在妖界很講究項圈，質地越好，說明主人的身分越尊貴，這是小竹告訴我的，所以我用魔力化成一個黑色寶石項圈，一串黑紫色仙珠鍊在項圈上，握在天水手中。天水也覺頗為有趣，時不時扯一下，惹來鳳麟抗議的白眼，天水在一旁呵呵地笑。

現在妖族居然不僅僅吃人，還圈養人為寵物，玩夠了再吃？在我的那個年代哪有這種鬼事，妖是不准吃人的，誰敢吃，立刻就會被打回原形；同樣的，人也不准吃妖。

然而儘管妖圈養人在六界是不被允許的，但這反倒讓妖中貴族更加趨之若鶩，越是不允許越是刺激。

帝琊到底是瞎了眼，還是睜一隻眼閉一隻眼？

畢竟在上古真神的眼中，妖和人都是一樣的，人並不比妖高貴一分，都是眾神的玩具。

我聞著滿空妖氣，心中極為不悅……真是人心不古！

離開通道，面前是一排妖界大門，仙多妖雜，妖界多開了幾扇門，好讓仙妖盡快通過，若是耽擱了誰，誰也得罪不起。

很快的，輪到了我們的雲車。

妖界門口負責審查的妖兵牛鬼蛇羊，什麼鬼都有。

我端坐在烏鴉上，另一邊的小竹遞上請柬與通關令。審查的豬妖看了看，提鼻子聞了聞，滿臉花痴樣：「好香啊……」他長長的豬鼻下流下了口水，色眼瞇瞇，貪婪地看著我們：「你們帶了什麼好東西來？」

小竹面無表情地看豬妖：「我家主人需要吸人血，所以帶了個血袋。」

豬妖舔舔嘴唇，小眼睛瞇了瞇：「這個嘛……按規矩，妖界是不能帶可疑物品進入的，尤其是……嗯？嗯？」

豬妖對我們直挑眉，伸出了臭臭的豬爪。

六界不允許妖圈養人，所以把人帶入妖界屬偷渡與走私，違反所謂的妖界法令，包括這裡的妖族帶自己的「食物」都是不被允許的。

但現在妖界已經混亂不堪，對這種事採放任默許，要帶入自然要給過關費。

我冷眼看去，小竹深知其理，正準備掏口袋。我直接起身躍到小竹身邊，一腳踹在豬妖身上，豬妖直接被我踹飛，撞上界門。

小竹登時僵硬在烏鴉身上。

了過來。

「走！」我厲喝一聲。烏鴉飛起，飛向界門。

「大膽！居然敢闖界門？」豬妖爬了起來，在烏鴉下嘶喊，其他守衛和門口等候的人立刻看了過來。

「真是蠢豬！」我立在烏鴉身上蔑然地俯視他，邪氣在唇角蔓延：「居然敢跟我們索賄？你知道雲車裡坐的是誰嗎？」

豬妖被我凌人的氣勢一下子嚇住……這裡全是欺善怕惡的東西！

周圍的妖兵一時也不敢靠近。

「是是是誰？」豬妖小心翼翼地問。

「哼，你小小豬妖怎配知道？滾開！不然跟帝琊要了你做烤豬！」在我直呼妖皇名字時，那豬妖一下子懵住，臉色徹底大變，匆匆跪下：「原來是妖皇的貴客，快請請請進。」

我一拂袖，烏鴉雙雙飛入界門之內。蠢笨的豬妖，六界哪有人敢直呼妖皇名諱？也是被我一下子給嚇住了，哼！

妖門一過，立刻紫天粉雲。妖界常年妖氣繚繞，讓天空帶上一分淡淡紫色，白雲也染上了淡淡紅色。

我們飛速而下，下方是一座繁華都城。我高高立在烏鴉身上，眼前的景象恍惚起來。

那時六界初分，共用一片雲天，妖界的天空和人間是一樣的——碧藍的天、雪白的雲，大如宮殿的雲朵在空中緩緩飄過，投落在下方空曠無垠的綠地上。

三千年過去，那片綠地已然不在，眼中只有繁華的都城、喧鬧的街市，還有來來往往、密如螞蟻的妖族。

妖類繁衍得好快！對了，妖生生一窩嘛！

我們隨著一輛輛妖車仙輦飛過下面繁華的都市，絲絲記憶浮現腦間。

「那是我以前的家。」小竹指向下面一個小小的村莊，此時已不知飛過多少城鎮。小竹微微神傷：「那時的妖界很快樂，大家老實本分，但和人類一樣有了貴族之後，妖界就不再是原來的妖界了……」

我在他充滿懷念的話音裡拉回神思，側臉窺看他，隨即收回目光，淡漠看著前方：「神界都是如此，更何況其他六界？如果覺得世界不對，就去改變它吧！自怨自艾、懷念過去又有何用？」

我不愛廢話，看不慣的，要嘛不看，要嘛就讓它灰飛煙滅！

徐徐的風吹散了濃重的妖氣，小竹坐在一旁的烏鴉上，久久看我。

不久之後，前方出現了一片矗立於山頂的宮殿群，位於中央的最為巨大，山頂之間建有廊橋，俯看下去，異常地巍峨壯觀。

每一座宮殿前都留有寬敞的空地，供人停落座駕，此刻已有妖兵飛起，揮舞旗幟，有序地安排客人下落。

一隻山雀妖身穿妖兵鎧甲飛到我們面前，揮舞旗幟：「請問來客是哪方的尊貴？」

我冷冷勾唇：「靈山七尾狐。」

「喲！你家主子又來啦。這邊請。」山雀看看我們身後雲車，領我們下落，位置倒是離妖皇宮較近。

我瞥了一眼妖皇宮，一怔，只見那無比寬敞的廣場上趴著兩隻巨大如小山的神獸，左邊那隻是無類八翼，屬飛獸，飛獸之中無人能及他之速。八翼精氣神極好，高昂地站在那裡，冷眸無比不屑地瞥看身邊的另一隻。

那隻神獸全身青黑，精神萎靡，軟趴趴地趴在地上，像極了一隻巨大懶貓。幾個妖兵抬著一個巨盆，小心翼翼來到他面前，放落巨盆就跑，然後就見那隻懶貨連動都懶得動一下，張開嘴：「吸——」用力一吸，把盆整個都吸了進去。

八翼繼續無比鄙夷地俯看他，我的臉已經黑到了極點。沒錯，那隻連吃都懶得動一下，甚至連盆也吞的畜生，就是我家吃不飽！

我打從重獲自由以來，向來是見神殺神，無人敢與我為敵。但吃不飽那畜生實在讓我丟臉至極！吃個飯懶到連挪動都不想，甚至懶得咀嚼直接吞盆……我不想救他了！

看看人家八翼！昂首挺胸、目如銅鈴；再看那吃貨，眼睛的確很大，卻是在瞪著來來去去的妖兵。一個妖兵從他面前走過，他又張開嘴，猛地一吸。

「啊——」

那妖兵就這樣被他吸入嘴裡。

吃不飽閉上嘴，八翼斜眼看他，眼睛瞪得更大。吃不飽舔舔唇，轉眼看八翼，八翼鄙夷地斜睨吃不飽。作為如此狂妄的我的坐騎，吃不飽應當用眼神回擊！

但是……那傢伙居然趴在地上，看著八翼開始流口水了！

我要去殺了他！

我殺氣升騰，吃不飽像是感覺到什麼，收起口水朝我的方向看來。我怒極攻心，恨恨地俯視他，心中厲喝：「吃不飽，你還是本娘娘的坐騎嗎？」

他嚇得站起來，身旁的八翼像是看到一座千年不動的山挪動了一下，驚得目瞪口呆。

我、我、我要說人類那個詞語……叫什麼？對了，我去你的！

那還是我的坐騎嗎？整個就是一座肉山！

吃不飽張開嘴呆呆看我，肚皮肥碩得直拖到地上！

「娘娘！」驚呼傳入我的腦中，聲音倒還是和三千年前一樣動聽：「您、您出來了！」他驚喜地在地面上蹦蹦跳跳，滿身贅肉就像老嫗的手臂，撲扇撲扇。

我萬般嫌惡地轉開臉，好想吐。

想我魅姬天生魅惑，被譽為神界第一女神，我的坐騎當然也是威武精壯，帥得逆天。我還記得他黝黑透亮而緊繃的皮膚，記得他雄壯結實而偉岸的胸脯，記得他頭上飄逸的銀藍色鬃髮，記得他那對青白色的傲氣銳角！

現在我眼前那東西是什麼鬼？他四腳間撲扇撲扇的贅肉是翅膀嗎？

「哼！我就當作沒看見你！」我嫌棄地扭頭就走，耳中立刻傳來他的疾呼：「娘娘！是娘娘回來——」

當年為保持他俊美的體型，我要求他節食，因為他實在貪吃。他是第一隻饕餮，常和第一隻混沌廝混在一塊，一不留神就會發胖。沒想到才過短短三千年，他卻被帝琊養成了一頭豬！

帝琊，我絕對要殺了你，居然毀了我的吃不飽！

「娘娘……嗚……娘娘不要我了……嗚……」吃不飽開始哭了。我扭頭看，那傢伙趴在地上掉眼淚，又把一旁的八翼給驚到了，呆呆看他，似是在想這傢伙今天犯什麼毛病？

我正心軟想安慰他，卻見那傢伙啜泣了一下，忽然張開嘴，巨大的舌頭像是抹布一樣，瞬間把他自己臉上的眼淚鼻涕全抹了去，然後舌頭收回嘴中。

八翼扭頭就吐！

他們已經不是獸了。雖然他們是神族的坐騎，但他們真的已經不是獸了，個個都能化作人形美男！

看到這一幕，我果斷扭頭離開，掐斷了與吃不飽的感應，不想再聽到他半句話！

山雀妖領我們緩緩降落，面前的宮殿和其他座大同小異，能收到請柬參加妖皇選妃的，身分本是尊貴。

焜翃應該是拿了自己族裡的請柬，畢竟他也是這裡的皇族。

「請各位好好休息，晚宴酉時開始。」山雀妖的喉嚨又細又尖，睜著小眼睛看雲車：「尊客若自備『食物』，請千萬自行保管，若是被他人所食，小的不便處理。今日來的都是妖皇的尊客，小的得罪不起，還請諒解。」

「知道了。」小竹躍下烏鴉。

「哦，對了，還請不要亂走。不過七尾大人也是常客了，小的就不多說了。小的告退。」小山雀撲撲飛走。

我們立在一座精美的宮殿之前。我單手扠腰，細細觀瞧：「嗯～～～妖界的宮殿倒是造得精緻。」

一旁傳來天水和鳳麟下車的聲音，帶著珠鍊叮噹的脆響。

「啊！你輕點！」鳳麟鬱悶地說。我朝他們看去，見天水氣定神閒地拉著珠鍊，又是一扯：「難得師弟你也會落到我手上。」

鳳麟被這一扯扯了個趔趄，站穩鬱悶地看天水：「你一定是在報復我月靈的事。」

天水溫柔而笑，笑容卻分外陰森：「既然知道，下次就別再犯了。師兄雖然生氣，但不會怪你，你一直是好孩子。」

我的全身頓時起了雞皮疙瘩。

鳳麟也是滿臉的受不了：「師兄，你真是越來越肉麻了。」

「只有對你是特別的。」天水微笑地補充，讓鳳麟全身一陣戰慄。

小竹面無表情地走到他們身邊：「到了這裡，說話小心。」

天水點頭。鳳麟一笑，正要說話，小竹忽然開口，眸光嚴厲：「你現在是食物了，沒你說話的份！」

鳳麟一時目瞪口呆，雙手環胸，哭笑不得地看小竹。

小竹沒看他，轉身就走。天水拉起手中珠鍊，溫柔笑看鳳麟：「走了，我的食物。」那笑容裡是分分明明的壞意。

鳳麟氣鬱地深吸一口氣，跟在天水身後，卻在走過我身邊時停住腳步。他見天水隨小竹走，一把抓住脖子下的珠鍊，強行拉住天水。天水疑惑轉身，鳳麟擔憂看我：「師傅小心。我知道，我說什麼都阻止不了妳，但妳一定要答應我，千萬小心。」他深深的目光裡劃過一抹無奈，低頭走向天水。

天水在他的話音中，神情微露深思，隨即轉身隨小竹繼續前行。

我回頭望向不遠處妖皇恢宏的宮殿，抬起因為激動而有些輕顫的手，捏緊拳頭。這裡人太多，還不知道別的神族會不會來？如果其他人來了，我就不便行動，畢竟我體內的力量可能只能與一人對戰，還需留下逃跑的力氣。

忍一下，我需要再忍一下。

這時，天空中閃耀霞光，我立刻擰眉——別的神族果然來了。

霞光直落巍峨的妖皇宮之內，閃現一抹銀白光芒後便徹底消失在妖天之下。

看那顏色的神光應該是她……她怎麼會來？以前她不是最討厭帝琊嗎？

嗯～～～？這三千年似乎變化很大啊。

那個該死的女人，我要去看看！

「哇！」烏鴉在我身邊叫了聲。我看向站在宮殿台階上的天水、鳳麟和小竹，他們都停下腳步看著我。

「我先去一個地方，晚宴時我會回來。」說罷，我在鳳麟擔憂的目光中騰空而起。

隱去身形，我直接從白色的宮殿上方飛過。整座宮殿奢華而雄偉，如西瓜般碩大的琉璃珠懸浮於宮殿頂部，璀璨生輝。

宮殿內精美的壁畫與雕像隨處可見，水晶噴泉在陽光中繪出一道道美麗彩虹，讓整座宮殿如夢似幻。

循著那抹神光消失的方向，我落於地面，一排髮髻高挽的兔妖侍婢從旁走過。

兔妖婢女的長相幾乎相同，兔形的臉上塗抹著如臉譜般的豔麗紅妝，身上是同樣的白衣紅裙，麻質衣裙讓衣服顯得寬大有型，帶出宮廷的莊重，但她們臉上的紅妝又顯露妖界皇宮的妖異。

我閉眸感應了一下，確定了帝琊的位置，正是那排婢女前往的方向。我隱身尾隨在後，悄悄前行。

日光漸淡，宮殿頂部的琉璃珠顯得更加璀璨，七彩光華投落在白色宮殿上，預示妖皇宮在夜晚會更加奪目絢麗。

前方出現了一片水晶湖，湖心一座同樣白色如玉的小小宮殿名為晶玉殿，巨大琉璃珠懸浮在上方，照出一片迷人色彩。

婢女們走上水面巨大的荷葉，一圈一圈漣漪在荷葉下蕩開。我跟隨在後，進入晶玉殿，殿內的格局很簡單，入目就是飄飄搖搖的紗帳。我看到紗帳內隱隱散發的月光，那是只有神族才看得到的神光。

她就站在飄搖的紗帳後，真的是她！

婢女從我面前一一離開。我盯著紗帳後的身影，她一身月牙色長裙，裙襬長長拖曳在地，一顆顆仙珠綴飾在長裙上，如同將月光披在身上。

她是神族裡最高貴孤傲的女神，被認為是年歲最長、身分最尊貴的女神，每個神族人都認為聖陽造出她，是為了做自己的妻子；每個神族人都認為她是註定的聖母，也是所有女神的統領。

她早我一步出現在世上，所以被認為是第一個女神。而當我出現時，神族慌亂了，他們的內心產生了一絲恐懼，因為我不是任何一個上神造出來的。

月神娥嬌，我們又見面了。

我陰邪地笑了，耳邊不斷迴響一個聲音：「拆了她的神骨……拆了她的神骨……拆了她的神骨……」我伸出手，真的好想好想拆了她的神骨。

她在紗帳內幽幽轉身，高貴的容顏讓她第一女神的地位毋庸置疑，世間所有鵝蛋臉型的女人皆是以她的臉型而造。不得不承認，聖陽很會造女神。

他將神骨埋入月華，修飾了她的容貌，成就這位傾倒眾神的月神，使她成為第一個女神，清冷月光如同她天生的高冷，令人不敢褻瀆，心生敬畏。

而她完美無瑕的容顏和清冷漠然的目光，也讓她成為獨一無二的冰山美人。

有那麼一瞬間，她的目光與我相觸，我看到了她眼中的空虛與寂寞。

有意思。她以前雖然冷漠孤傲，卻不寂寞，因為她愛聖陽，聖陽的大愛與溫柔也時時在她身邊，讓她一直認定自己是聖陽的妻子。

可是現在她眼中的冷，正是寂寞與空虛，那有些虛無，甚至空洞的眼神，宛如靈魂不知飄飛到了何處，我眼前站著的，不過是一副神骨支撐的月光軀殼罷了。

我忽然改變了主意。如果我現在殺了她，豈不是將她從這漫無邊際的空虛與寂寞中解脫而出嗎？

不，我要讓她繼續活在這種折磨中，讓她在寂寞深淵裡不斷地墮落……

一陣風掠過所有紗帳，我後退了一步，一個身穿銀黃華衣的人影漸漸從空氣中浮現，他豔藍色的碎短髮格外惹眼。他如同鬼魅般浮現娥嬌身旁，被碎髮遮蓋的側臉貼上了娥嬌的臉龐，他的身體很柔軟，讓他可以如蛇一般緊貼娥嬌清冷的身體。

「你來了？」沙啞妖媚的聲音緊貼娥嬌的耳畔說出，輕輕地呵氣吹拂在娥嬌的耳垂。娥嬌的身體微微搖曳，似是被他只是輕輕吹拂，身體便已經不受控制地酥軟。

「琊，你寂寞了？」娥嬌側開了臉，避開帝琊的挑逗，努力保持自己的高冷。

帝琊依然緊貼她的身體，一手攬住了她的腰，一手已經緩緩攀向她雪白衣裙下的酥胸，臉緊貼在她的頸項輕輕摩挲：「不，是妳寂寞了。」

「我沒有……」娥嬌的聲音微微輕顫。帝琊一把握住了她的酥胸：「真的？」

娥嬌的氣息輕顫起來，不由自主地揚起脖頸，閉上了眼睛，睫毛在帝琊輕輕的啜吻中輕顫。

嗯——我邪邪地笑了。有意思，原來是這樣啊！

帝琊順著她白皙的脖頸輕輕舔吻而下，藍色的碎髮微微散開，露出較常人尖削的下巴，宛如倒三角的臉型讓他的眉眼更加拉長，藍色妖冶的眼影沒入鬢角之內，讓他即使沒有任何表情也妖媚異常。

帝琊是男神之中最為妖媚的，他是世間所有妖豔男子的始祖。

「妳在我選妃的時候來……是吃醋了？」帝琊伸出舌頭順著娥嬌的脖頸而下，青白的手指挑開了娥嬌的衣領，緩緩入內。

娥嬌的呼吸越來越急促，身體微微傾倒。她胸部的衣衫鼓起，現出一隻手正在衣衫下肆虐。

「少廢話……你閉嘴！」娥嬌微微睜開眼睛，清冷的容顏染上欲望的顏色，那雙眸子裡卻溢出了一絲深陷情欲但又備感恥辱的痛苦。

我側目深思片刻，蔑然一笑，轉身離開，身後傳來帝琊同樣輕鄙的聲音：「娥嬌～～妳不累嗎？明明想要，卻又嫌我齷齪？我知道……妳需要我的身體，我也覺得妳身體不錯，大家各取所需而已～～哈哈哈……」

帝琊邪惡的笑聲迴盪在這座漸漸被情欲充斥的房內，讓人感覺到一絲悲哀與孤涼。

哼！讓他們先快活一下吧。

我邪邪勾唇站在殿外，陰沉沉地望著那座已經滿是嗯嗯啊啊聲音的偷歡殿。

我抬起手細細計算，以我現在的力量要殺兩個神是絕對不可能的，單單對付一個帝琊，已經很是吃力。

那萬千怨靈之力雖然只能化作幾千年妖力，但在我身上可以擴大數百倍！因為我是天地之陰、是黑暗之源，我用這些力量對付娥嬌綽綽有餘。

然而一旦娥嬌死，帝琊便會陷入戒備，想再殺他不再容易。

相反的，娥嬌的力量遠遠不及帝琊，我隨時可以除之，所以還是得先除掉帝琊，而且要把帝琊單獨引入我的圈套之內，削弱他的力量，以我黑暗的優勢來戰勝他！

嗯……我需要設一個陷阱，讓帝琊自己走進我的結界，不然我和他一旦開戰，驚天動地，其他神族必然察覺，到時前來，我又會再次受制。

我化作烏鴉，靜靜立在這座原來是帝琊用來和月神偷歡的宮殿上，耐心地聽完裡面一切銷魂的聲音。這世上只有兩個人在不動用巨大神力時可融入陰陽自然，無人能察覺，一個是聖陽，另一個便是我。

即使帝琊是第一代神，依然不會感覺到我的存在，這也是他們當初忌憚我的原因。

「她回來了。」屋頂下傳來娥嬌帶著恨的聲音，看來連時間也無法磨滅一個女人的恨。

「哦～～看來妳還恨她？不不不，妳是……嫉妒她。」帝琊沙啞性感的話音裡是滿滿的嘲諷。

「她殺了花神！」娥嬌變得異常激動，激動讓她的氣息徹底紊亂，帶出輕顫。

「怎麼？心虛了？」帝琊更加悠閒：「我倒是希望她盡快來找我，這樣……我就可以獨占她！」他的聲音變得陰狠。帝琊對我似乎是志在必得。

「哼！你以為你能嗎？」她冷笑。

「哈哈哈……我有了她，就不需要妳了～～」

「……你！」

話音在娥嬌憤怒的聲音中戛然而止。我拍打翅膀，冷冷俯視帝琊離開。

他回頭輕鄙地看了殿內一眼，嘴角掛著異常無情冰冷的笑容。月神的故作清高反倒讓她成為真正的娼妓，至少，我在帝琊眼中看到了這兩個字。

又要做婊子，又要立牌坊？哼！

當帝琊的身影消失在華麗的夜色中後，我輕輕飛落屋簷，人形從黑氣中化出，黑色衣襬隨我前行拖在身後。

飄搖的紗帳內，娥嬌呆滯地坐在巨大的華床上，月牙色的長髮此時已經完全散開，披散在自己的胴體上，光潔的肩膀從髮絲間露出，上頭還帶著情欲未退的潮紅。

「嘖嘖嘖。」我雙手揮開，魔力瞬間圍繞整座宮殿，讓它從這個世界徹底隔離，無人再知我的存在。

娥嬌聽到聲音，冷冷轉臉：「誰那麼放肆，敢闖進來？滾出去！」

我撩開紗帳，走入依然瀰漫著濃郁情愛氣味的房間，她的神情在看見我的那刻陷入了與花神一樣的驚詫，手中的被單滑落，露出她完全赤裸的身體，與那明顯被狠狠寵愛過的紅腫紅莓。

「原來……妳這麼寂寞啊？嗯……我倒是不想殺妳了。」我坐在她身前。她驚詫得完全忘記了戒備。

我伸出手，手指輕輕撫過她近乎蒼白的臉龐，她的瞳眸已經混亂得如同一幅被各種顏色潑髒的畫布。我順著她的頸項一點一點劃落，唇角邪邪地勾起：「怎麼，害怕了？是怕我殺了妳，還是害怕被我看到妳跟帝琊滾床？」

她猛地從混亂中驚醒，撐開雙臂，神力陡然爆發：「魅姬，我要殺了妳！」她手中泛出神光。我不退反進，閃身到她面前，幾乎要與她紅腫的雙唇相觸。那一刻，她再次怔住。在她發怔的同時，我對著她的唇「呼～～」吹了口氣。

她月光般迷人的瞳仁恍惚了一下，緩緩倒落。

我撐上她的身體，給她拉好絲被，蓋住那迷人的酥胸，同時在她渙散的目光前陰冷而笑，沙沙低語：「你們神族怎麼總是那麼蠢呢？是因為覺得無人能敵，才對周圍鬆懈嗎？哎呀呀，妳現在一定在想，居然偏偏被魅姬這個騷貨看見我跟帝琊廝混，還不如死了算了，是不是？」她渙散的眼睛裡隱隱浮出淚光。我咬唇妖魅而笑：「我可是在上面一直聽著呢！嗯……我以為像妳這樣的冰雪美人，在床上一定很無趣，想不到原來妳叫得也是那麼撩人啊～～哈哈哈——」我大笑離開她的身體，她無神的眼中劃落一抹淚痕，我轉身飄然而去。她將在這所宮殿內陷入深眠，直到我魔力消失。

在獲得肉體的歡愉後，面對的卻是更深更深的空虛和寂寞——這是我在月神眼中看到的。她已經死了，不值得我再費神記恨，我已經不屑再恨她，她只是在等人將她的軀殼殺死，幫她結束這份痛苦與羞恥。

我會滿足她，不會因為不再恨她而放過她，這樣的神只是一具行屍走肉，怎能為神？

第六章　誘捕妖皇

妖皇宮此刻已經進入晚宴時分，各色美人身著最漂亮的華服，走上妖皇宮殿前長長的台階，妖異的曲樂之聲從宮殿內傳出，在幻彩的夜色下繚繞。

忽然，我發現八翼和吃不飽已經不在宮殿台階下，難道是遛狗去了？唉，還是得把我的吃不飽找回來才行，居然被帝琊糟蹋成這樣……帝琊是不是故意的？

我俯看恢宏的宮殿群，果然看到有人飛在八翼身旁，帶八翼活動。作為一隻坐騎，是要經常活動的，以保持矯捷的體型。

但我沒看到吃不飽。

我擰眉鬱悶，沒好氣地心語：「吃不飽，怎麼沒見人遛你？」

「娘娘？娘娘！妳終於願意和我說話啦……」他說得越來越委屈：「妳為什麼不理我？」

「你胖成這樣，看來真的活得很好嘛！」我陰狠咬牙。

「娘娘……我真的很想妳……不要看我胖了，我是因為失去妳而化悲傷為食欲。」

「少放屁了！說，你怎麼不像八翼那樣活動活動？」我養的時候，吃不飽可沒懶成這樣！

吃不飽半天沒說話，我只得自己感應他的位置。

我閉上眼睛，尋到當年留在吃不飽身上的神印，神思風馳電掣般穿透世界，看到了吃不飽趴在一片碧池之上，身下是一塊圓形的碧玉平台。

他也立刻感應到我，抬起那張肥臉：「娘娘……」

「怎麼沒人帶你去活動？」

他臉上露出一抹心虛，扭頭不敢看我的臉：「因為……我總把……人家吃了……」

「什麼？」我的頭一陣脹痛。這是本娘娘自自由以來從未有過的感覺！即使知道鳳麟學了我的神術卻不用，我也未曾如此。

「娘娘……妳……不要嫌棄我……」吃不飽諾諾地轉回臉，可憐巴巴地看著我：「我以為我們的感情是超越一切的，比如……我現在的樣子。」

「行了行了，給我待著。」我嫌棄地看他兩眼，實在受不了他現在這副熊樣：「稍後我來找你。」說罷，我收回神思，睜開眼睛。一口氣堵在胸口不上不下，我需要發洩一下。

我落於我們的宮殿前，望進去，只見眾人都在大殿裡。小竹和鳳麟正焦急等待我回來，天水倒是沉靜無言地坐在如妖藤纏繞白銀的椅子上。

我看看他們，走入殿內。他們還沒去參加晚宴。

「師傅！」鳳麟急急朝我走來，脖子裡的珠鍊叮叮作響。小竹安心地鬆了口氣。天水朝我看來。

鳳麟上上下下細細打量我，似是在檢查我有沒有受傷：「師傅，妳到底去哪兒了？」

我看著他擔憂的神情，邪邪地笑了：「我該帶你學學的，畢竟你是個男人了。」我把他再三強調的話原封不動還給他。

他一怔，目露困惑，但似是察覺我說的必不是好事，目光忽然深沉，原本帥氣的少年臉上瞬間流露出如同仙尊一般的老成：「師傅，妳又去做什麼壞事了。」

「哼哼哼哼！」我沒有回答，反而瞥眸看向殿內天水：「稍後，我要你帶妖皇來這裡。」

天水的臉色立刻難看，一副完全不想說話的模樣。

「師傅，妳怎麼確定師兄能把妖皇帶來？」鳳麟目露困惑。

我自信地冷笑：「哼！就憑我對帝琊的瞭解，他一定會約天水。一旦他約了，天水，你不必理他。」我再次看向天水，他的臉色更加難看。我陰邪地笑看他：「很好！你知道你現在這樣更能吸引帝琊嗎？」

「……我！」天水氣鬱至極地看了我一眼，鐵青著臉再次甩開。

我繼續看著他：「你直接回到這裡，帝琊必會跟來！」

「然後我們就在這兒伏擊他！」小竹面無表情地說，綠眸閃閃：「主子，宴會開始了，我們是不是該送天水過去了？」

天水的臉色更加陰沉一分。

「不用。」我揚起唇角：「現在那麼多人，怎能讓帝琊好好看清我們天水的獨一無二？」

「別再說了！」天水憤然起身，厲喝迴盪在宮殿之內，雙眼瞪到最大，氣呼呼地看我一會兒，眸中百般掙扎。他咬咬牙，拂袖再次坐回原處，胸脯起伏，讓自己平靜。

鳳麟同情地看他：「師兄，如果我可以，我願意替你……」

天水不說話，搬起身下的華椅，直接轉身繼續生悶氣。看來這次他是真的生氣了，連鳳麟說話也不理。

我看看殿內：「我們要先做點事情。」我抬手一口咬破自己的手指，鳳麟大驚：「師傅，妳在做什麼？」他心疼地匆匆扯開自己的髮帶，長髮披散在他煙灰的罩紗上，和他額前劉海合在一起。

鮮血從我指尖滴下，黑氣繚繞，滴落在我所站之處，立刻泛起黑紅色的神光。

我揚手阻止鳳麟給我包紮，邪邪而笑：「我要設下血印，增加我的神力！」我甩手而出，鮮血如同黑色的絲帶劃破空氣，形成巨大三角，一道月形神紋位於中央，黑氣繚繞，神光閃閃，周圍的燈光也跳躍抖動，宛如因為懼怕而顫抖。

血印從空氣中緩緩降落，經過天水面前時，他揚起臉，站起身，驚訝地看著血印墜落地面，在地上燒出黑紅色的痕跡，然後消失。

一切再次恢復原樣，地面上乾乾淨淨，絲毫看不出已經埋下陷阱。

這可不是抓一隻野豬，而是抓一個神。好在這個神有弱點，高高在上更讓他們驕傲自負，不把別人放在眼中。他們從不會擔心身邊人會設計害他們，因為他們實在太厲害了。

我的傷口在鳳麟微微緊張的目光中癒合，他放心地垂下手拿髮帶的手，髮帶在妖風中微微飛揚。

我轉身看向殿外：「現在這個時候，差不多了。」我冷笑地咧開嘴角，我必須成功，帝琊，今天不是你死，就是我活！

妖皇正宮大殿外的台階上已經空空蕩蕩，連妖兵也不見一人，因為帝琊是神，還有誰，敢在神的地盤上放肆？

所以，他不需要別人的守衛與保護。

這就是月神為何會被我偷襲成功的原因，他們沒有防備人的習慣，因為千萬年來，沒人，敢襲擊他們。

我手中是鳳麟的珠鍊，我們不能把鳳麟單獨留在殿內，我和小竹跟在天水身後，我牽著鳳麟，一步一步走上長長的白玉石台階，天水聖潔雪白的華袍緩緩拖過台階。他的身上，散發著只是仙袍的華光。

鳳麟快走了幾步到我身旁，輕問：「妳也給師兄一件仙服？」

「當然。」我輕語，天水在前面腳步微微一頓，然後繼續前行，我嫌棄道：「難道讓他穿著崑崙的衣服？」

鳳麟看看天水，不再說話，繼續跟在我的身後，老老實實做他的食物。

光芒越來越亮，天水站在了正殿的門口。巨大的殿堂裡擺滿了筵席，中央舞姬正在歡舞，妖嬈的人影之間，遠遠可見帝琊豔麗的藍髮。

當天水出現時，位於門口的人先看了過來，目露淡淡驚訝。天水現在是一張像是全天下欠了他債的冷臉，他面對這樣的任務已經無法再溫柔微笑。

天水一身寒意地跨入殿內，連看也不看他人一眼。

但是，那宮殿遙遠的盡頭的人，已經把目光放在了他的身上。

兔妖女婢上前：「請問尊客是何人？」

小竹面無表情地答：「我家主人替七尾狐而來。」

「知道了，尊客這邊請。」兔妖女婢請天水入內，更多的目光朝這裡而來，每一個新出現的人都會成為這裡每一個人的競爭目標。除了看天水，妖族們紛紛提鼻子聞起了空氣，像是發現什麼美食，伸長脖子朝這裡張望。

我牽著鳳麟站在門檻之下的台階上，所以，他們一時無法看清我與鳳麟。

僕人不能入殿，小竹在天水入殿後轉身，對我點點頭，我們一起轉身牽鳳麟走下台階。我的唇角慢慢勾起，我跟來是想確定天水有沒有吸引帝琊的注意。哼！果不出我料，帝琊，你還是真沒什麼長進。

我們走下台階，站在寬闊的廣場上，我回頭仰望金碧輝煌的宮殿，鳳麟目露擔憂：「師兄不會出事吧？」

「放心，不會。」帝琊可不是為了享受歡愉，千萬年下來，肉欲對他的吸引並不大。他想要的，是收藏品，而隨著時間的推移，特殊的收藏品，也將越來越罕見，越來越稀少。

「主子，現在我們去哪兒？」小竹問。

我看向一旁寬敞的石路，笑了笑。牽起鳳麟前行。

石路由大塊大塊的夜明石鋪成。夜明石在夜晚會散發出五彩的螢光，恰如一條七彩的星光之路，無需路燈照明。我們的右側是如同城牆的崖壁，崖壁之下，又是星光點點的其他宮殿。

小竹面無表情，寂靜無聲地跟在我身旁，一邊走一邊觀賞懸崖外的景色。我看向他：「妖宮可來過？」

他搖搖頭。

「可想做妖皇？」

他愣了愣。但還是搖搖頭。

「為什麼？」鳳麟問：「小竹，這可是一界之皇。」

小竹在夜明石淡淡的螢光中停下腳步，垂了垂眼瞼：「我只想跟在主人身邊。」

鳳麟看他的目光帶出了一分深沉。我勾笑點頭，見鳳麟還在看小竹，一扯珠鍊：「走了！」

鳳麟被我扯了一個趔趄，到我身旁，抱怨看我：「師傅，現在又沒人。」

「你就好好做你的食物，你們凡人不是總說隔牆有耳嗎？」我白他一眼，他陷入語塞。小竹淡淡看他一眼，唇角默默地揚起一抹淡淡的笑。

鳳麟氣鬱地不再說話，緊走幾步走在了我的身旁。小竹安靜地跟在我們身後，始終保持一分距離。

離皇宮越來越遠，嘈雜的樂曲聲也慢慢消失，寂靜開始籠罩這條夢幻的道路，我和鳳麟靜靜前行。

他不再說話，拿起掛在項圈上的珠鍊自己把玩，但始終不離我身，偶爾還會偷偷看我一眼。

「看什麼？」我冷冷睨他。

「沒什麼。」他說，側開目光，再次陷入安靜。

時間在安靜中變得格外緩慢。曾經，我最不愛時間變慢的感覺，那讓我的身心格外煎熬。可是此時此刻，我和鳳麟、小竹這樣靜靜地走在一起，難得地像是悠閒地散步，忽然覺得，這樣似乎也不錯。

「哇！哇！」兩隻烏鴉撲棱棱飛在一旁，時而衝向天空，時而盤旋而下，在妖界妖異的夜空騰飛。

我看了一會兒兩隻追逐的烏鴉，回過頭看鳳麟，他正好也盯著我，目光相觸，他匆匆移開，看向了別處，夜光落在他的側臉上，他顯得有絲心虛與緊張。

我久久看他，心跳似是受到與他同心咒的影響，微微發生了改變。我撫上心口，想了想，有些事，還是要直接跟麟兒說。

忽然間，他轉回臉，對我揚起一抹故作輕鬆的笑：「師傅，妳又在看什麼？」

我邪邪地笑了：「在想怎麼甩掉你。」

立刻，他如星的黑眸閃了閃，沉臉轉向別處，雙手環胸，傳來他悶悶的話語：「妳別想甩掉我！」

「麟兒。」我開始正經：「師傅有些話想跟你說。」我不能再讓他跟著我，他應該知道有些事未必像別人想的那樣，是件好事。

忽的，他頓住了腳步，目光直直看向左前方，我順著他目光看去，也有些驚訝，竟是不知不覺已經走到吃不飽所在之處，巨大的吃不飽就在我們前方碧池的浮台之上！

察覺到有人，吃不飽只是懶懶地抬了抬眼皮，然後就再沒看我們一眼，繼續軟趴趴趴在碧綠的浮台上。

「好大。」小竹的聲音裡，終於透出了驚訝。

我冷冷看吃不飽，沒有與他感應，他沒認出小廝裝扮的我。

我氣悶地扯起鳳麟的珠鍊，邁步向前，卻沒想到被鳳麟用力拉住，我正氣吃不飽這懶豬，鳳麟又不乖了，我扭頭狠狠白他一眼。他一怔，面露懼色：「師傅，就算妳想甩掉我，也別把我餵怪獸啊。」

原來他以為我要把他餵吃不飽。

我懶得跟他說話，直接扯起他向前，走上碧池上的翠玉浮石：「少廢話！叫我一聲師傅就要聽我的！」

「師傅！」鳳麟被我拖得一個趔趄接一個趔趄，身影倒映在碧透的水面上：「小竹，你倒是說句話啊！」

水面上，小竹面無表情從鳳麟身旁飄過：「我不敢。」

吃不飽懶懶地抬起眼皮，看我們走近，我到他面前時，他如山一樣一大坨趴在我的面前，我雙手扠腰，冷冷仰視他那雙幾乎快要因為看我們而鬥雞的眼睛，開口大喝：「吃不飽，你這頭豬！」

登時，吃不飽的眼睛徹底張開，連帶他那張臭嘴也緩緩打開，像是千年沒漱口的臭味立刻撲面而來，讓我恨不得立馬找個塞子把他的臭嘴塞住！

妖吃人，妖氣會臭，仙神也是同樣的。神獸只要開口吃人，口氣必臭，更別說這傢伙還吃妖，吃別的我根本不知道的東西。

「你是吞糞了嗎？」我終於忍不住一腳踢上他厚實的下嘴唇：「閉上你的臭嘴！居然變成這

副蠢樣，枉我還給你帶了點心！」

吃不飽呆呆看我片刻，大如銅鈴的眼珠從我身上緩緩移向我的身旁，我的心中立感不妙！牠不會把鳳麟和小竹當作我帶給他的點心吧？

我立刻察覺吃不飽的意圖，正想讓鳳麟和小竹站遠點，吃不飽那巨大的頭已經風馳電掣般從上而下扣落我的身旁，瞬間帶起一股強烈的口氣，噴上我的全身！

本娘娘絕對要殺了他！

他除了吃的動作還是那麼快，其他還有什麼長進？

跟鳳麟相連的珠鍊因為吃不飽抬起頭而被帶起。他發現了鍊條，閉著嘴，眼珠轉動看向我，鳳麟的珠鍊從他嘴角露出，像是嵌在牙縫裡。

「師傅救我——」鳳麟在吃不飽嘴裡喊。

「主子救命——」小竹也喊。

憤怒的火焰瞬間竄上我的全身，我的衣襬和頭巾被魔力撐開，吃不飽驚得後退一步，帶起我手中的珠鍊，讓我的手被提起。

「把他們給我吐出來——」殺氣從我身上炸開，我全身的魔力快要控制不住地燃燒，如果不是不想現在引起帝琊的注意，我絕對會把吃不飽給打成狗！

吃不飽嚇得縮了縮脖子，緩緩放下臉，兩隻眼睛始終小心翼翼地看著我的臉色，輕輕地噗一聲，吐出了鳳麟和小竹，他們立刻跑到一旁跪在地上開口就吐！

吃不飽縮回臉，小心翼翼看我：「我以為……他們是……點心……」

我陰冷狠絕地抬臉蔑視他，抬手指向吐著的鳳麟和小竹：「你看清楚了！他是我徒弟鳳麟、他是我隨從小竹！你要是敢再吞他們，我就殺了你做成臘肉！」

吃不飽立刻縮成一團，滿臉委屈：「妳不愛我了……妳嫌棄我了……我以為我們的團聚是歡樂的……」

「滾！你還有臉說？你把我和我的人全噴臭了！」我抬起手臂聞聞自己……嘔！

撲通！撲通！小竹和鳳麟已經跳入池水開始清洗。

我甩出手，那隻可憐的狐狸現於我的手中：「這才是你的點心！蠢貨！」我把狐狸甩向他。他的雙眼立刻放光，卻依然連動也懶得動一下，張開嘴，讓狐狸自己落入他的嘴中。

「嗚～～～」狐狸悲鳴了一聲，消失在吃不飽嘴中。

吃不飽開心地舔舔嘴：「娘娘還是愛我的，三千年後，娘娘終於給我吃活物了。」他滿足快樂地咧開嘴，又是一陣讓人嘔吐的口氣。

嘩啦！嘩啦！小竹和鳳麟雙雙從碧池中爬出，擰乾自己身上的水。鳳麟站得老遠，氣鬱煩躁至極：「師傅，那東西到底是什麼？」

「你看不出來嗎？」此刻我感覺無比丟臉，曾經威武的神獸居然被人認不出來？我還是滅了吃不飽比較好。我心煩地指指吃不飽：「我的坐騎，也是這世上第一隻饕餮！」

「噗！」小竹一口水噴出，也不知是正好要噴出池水，還是聽我這話噴的，然後他呆滯地、下巴脫臼地看吃不飽。

「完全不像啊！師傅！」鳳麟更像是替目瞪口呆的小竹說出了這句話。他一邊擰濕髮一邊走到我身邊，緊挨我的右肩看吃不飽：「這哪裡像饕餮了？」

吃不飽的目光驟然放冷，死死盯住鳳麟，像是又想把他一口吞下！

我直接上前抬腳就踹，一腳踩上他厚實的嘴唇，他疼得閉眼。

「你這頭肥豬現在倒是要面子了？啊？」我陰沉地橫眉冷睨他：「八翼那樣趾高氣揚地看你，你居然能忍？你還是本娘娘的坐騎嗎？你太丟本娘娘的臉了！」

我還沒罵個夠，就感覺到八翼回來了。

我強行忍住憤怒收回腳，小竹和鳳麟也立刻側身站到我身旁。

妖兵帶八翼飛落。八翼穩穩落在碧池裡另一塊浮台上，妖兵驚訝地看我們：「你們是誰？」

我正氣著呢，不想說話。

小竹上前，淡定解釋：「我家主子需吸食人血，人血需保持鮮美，所以我們帶主子的食物出來活動一下。」他的頭髮還在滴水：「然後看到此獸，心生好奇前來觀看。」

小竹說的這番話在妖界極為平常。

妖兵聽後，並無懷疑，而是害怕地看一眼眼皮耷拉的吃不飽：「那你們可要小心，那是饕餮，要是離他太近……」妖兵放低了聲音，八翼也極為鄙夷地斜睨趴在地上的吃不飽。妖兵小聲繼續說道：「會被他吃了的……」

我立刻冷睨妖兵：「你眼瞎了嗎？沒看見那兩個已經被吃過了！」我甩手指向全身濕淋淋的小竹和鳳麟。

妖兵被我嚇得一縮脖子，宛如此刻的我遠比饕餮更加可怕！

「那、那你們自便。」妖兵哆哆嗦嗦說完，趕緊飛離。

八翼傲然而優雅地收回翅膀，抬起下巴再次鄙夷地看饕餮：「你還真是不挑食，什麼都吃。」遠比饕餮更加美妙的男聲從他口中而出，讓八翼更有神獸之姿。

我的臉立刻拉黑，還是殺了吃不飽，收八翼為坐騎比較好。

吃不飽看了一眼我的臉色，眨眨眼，眼珠慢慢轉向八翼：「你瞅什麼？」

八翼故作驚訝地挑眉道：「喲～～原來你會說話啊，這三千年來你從沒說過話，我還當你是啞巴～～」

吃不飽的眼神漸漸陰冷：「我問你，你瞅什麼？」比八翼粗獷的聲音如同悶雷般發沉。

八翼冷笑：「哼，當然是瞅你那副豬……」就在八翼還沒嘲笑完時，吃不飽那巨大的腦袋又以閃電般的速度，從上而下扣落！

完全察覺不到吃不飽的腦袋何時在八翼的上方並且變得巨大，吃不飽的身體依然如常，但他的脖子已經拉長，腦袋如山般黑壓壓地壓下。

瞬間變大的巨嘴猶如黝黑無底的黑洞，宛若一個巨大無邊的鍋蓋朝八翼扣落——砰！這次揚起了更大的氣流，伴隨著吃不飽的口臭迎面撲來，整個碧池都在震盪，不再是漣漪，而是水浪拍打上岸，我、鳳麟和小竹的衣衫也被這颶風鼓起。小竹險些站不穩，被颶風掀起，鳳麟匆匆抓住他的手，我穩穩拉住鳳麟的鍊條，他們兩個才沒被掀飛。

一切恢復安靜，眨眼間，吃不飽已經恢復原樣，舔舔唇，用尖利的腳爪剔了剔牙，身邊浮台上的八翼已經徹底消失不見，只剩下浮台周圍一圈圈漣漪在蕩漾。

「哼哼哼……哈哈哈哈——」我終於得意了！

我一腳踩上吃不飽的肥臉，一邊踩一邊大聲稱讚：「做得好！做得好！哈哈哈哈——這才是本娘娘的坐騎！哈哈哈——」

「娘娘妳高興就好……」吃不飽被我一邊踩一邊說：「其實我想吃他很久了。」他痴痴地咧開嘴，滿嘴骯髒黑牙。

「吃……吃了！」小竹充滿崇拜的驚呼在寧靜的碧池上響起，他第一次露出崇拜的目光，而且不是對我，而是對吃不飽。

鳳麟目瞪口呆地站在我身旁，似乎是完全來不及反應，八翼已經徹底消失在他面前，那閃電般的速度幾乎無法捕捉。

吃不飽是最快的捕食者。聽八翼說吃不飽三千年沒有說話，再加上八翼現在看吃不飽囂張鄙夷的神情，可見他對吃不飽徹底放鬆了警惕，並且已經完全不放在眼中，才會被吃不飽一口吞下，毫無反抗的機會。

作為八翼一族，也是夠丟臉了。

「吃不飽大人！您為何先前不吃那八翼？」小竹崇拜地稱呼吃不飽為大人！

吃不飽看了他一眼：「你傻了嗎？我要是吃了他，不就被帝琊騎了？」

「原來如此！」小竹張大眼睛，十萬分的崇拜。

吃不飽再次用利爪剔了剔牙：「吃八翼不過是小事，被人騎可是大事。帝琊屁股太臭，哪有娘娘的……」

我立刻抽眉，直接揚手，「啪」的一個大耳刮子扇在了吃不飽的肥臉上。打他我從不手軟，因為他皮厚。

吃不飽的肥臉顫動了一下，閉嘴變得老實，委屈看我：「娘娘妳又打我……」

「你被人崇拜，得意了是嗎？廢什麼話？」

他委屈地低下臉。

「好奇怪……他吃了八翼，體型怎麼不變？」鳳麟奇怪地打量吃不飽的身體：「他把八翼吃到哪裡去了？」

吃不飽又看向鳳麟，大大的眼珠落在鳳麟身上，死死盯著，一言不發。

「吃不飽體內有個空間。」我拍上吃不飽肥碩的身體：「可以讓他吞食天地，後來被我放雜物用。」

鳳麟站在吃不飽鼻孔下，驚奇不已。而小竹一直保持崇拜的仰視。

雖然吃不飽吃了八翼，讓我心情好轉，但看看他那肥碩的身體，我直皺眉：「你現在肥成這樣，我還怎麼騎？」

吃不飽的眼睛再次轉向我：「沒問題的。」他如山的身體開始挪動起來，開始用他長期攤開的四肢，努力支撐起自己那坨巨大肥碩的身體，然而這並沒有作用，他依然趴在我面前，沒有站起一分。

「嗯……最近可能不行。」他說。

我扭頭就走：「小竹，你升級了！從此你就作為我的坐騎吧！」

「等等！」吃不飽趕緊喊：「我……我可以的、可以的，只要再縮小點。」

小竹和鳳麟還站在遠處呆呆看他，我轉身一愣，吃不飽不見了。我目光放落，看到一頭長角的黑豬在我面前！

我的殺氣立刻升起，甩手之時，魔力纏繞之間：「殺了你做烤肉！」

「等等！」吃不飽抬起豬蹄：「娘娘，我是愛妳的——」他淒厲大喊，呼哧呼哧地挪到我衣襬下，啪的一癱，抱住我的腳開始哭：「我等妳三千年了……為了妳我守了三千年的節……無論帝琊如何用美食誘惑我，我也絕不就範給他騎，我對妳的愛天地可鑒啊——」

「你再扯？」我直接抬腳踩扁他的臉：「我看你更喜歡帝琊吧！你的身體已經說明了一切！」

他圓滾滾的臉在我腳下滾來滾去，含糊地說道：「憑良心說，帝琊的伙食確實不錯……」

「你說什麼——？」我更用力地踩。

「但我只愛娘娘——」他嘶喊。

我氣悶地收回腳：「算了！你現在不能騎，又這麼肥，我們怎麼帶著你？」

「我、我可以再變小點。」

說完，他又開始縮小，最後成了一隻長角的肥兔子，身體往後坐下時，全身的肉像鋪開一樣落在地上，格外穩當。

「這樣可以了吧？」他委屈地看我。

我沉臉看他。他目不轉睛，百般委屈地看我。

「主子，我願抱著吃不飽大人！」

小竹激動地自薦，跑到吃不飽身後。

我甩臉就走：「就這麼辦吧。」真是越看越胸悶，明明是個坐騎，現在卻要別人來抱。

鳳麟和小竹趕上我。小竹手裡抱著吃不飽，吃不飽的目光又死死盯住鳳麟，鳳麟察覺，往我身邊靠了靠，面色開始緊繃。

我橫眉睨向吃不飽：「不准吃鳳麟！」

吃不飽眨眨眼，砸吧砸吧嘴：「娘娘，我以後是不是又只能吃素了？」

我冷冷看他：「你說呢！」

他低下臉，沉默了許久，諾諾地自語：「還好吞了八翼，應該能消化很久……」

鳳麟僵硬了一下，側目看了一眼吃不飽，看向我：「師傅，吃不飽不會傷人吧？」

「已經傷了。」我瞥眸看他，邪邪而笑：「神獸都已經修成人形，八翼聲音清朗，必是一俊美男子。你說，八翼算不算人？」

鳳麟的神色緊繃了一下，垂眸不再說話。看他那副樣子，估計又要消化許久才能慢慢適應。

「唉……娘娘被關了三千年，脾氣怎麼變得如此古怪……」吃不飽又在那裡廢話，我立刻橫睨他。小竹慌忙捂住吃不飽的嘴，小聲警告：「吃不飽大人你別說了，主子真的會殺了你的！主子已經把花神拆骨扔入地獄了！」

吃不飽登時瞪大眼睛，像是一雙死魚眼般呆呆看我。我懶得看他，收回目光，拉起鳳麟的手腕直接飛起，時間差不多了。

「師傅！妳快看看師兄那裡怎樣？」

鳳麟也有些著急地提醒。

飛在半空中，已經可見妖皇大殿。我正想感應天水，卻已見天水從大殿中沉臉走出，腳步雖然不疾不徐，但渾身透著煩躁。

「是師兄。」鳳麟沉語。

我勾起唇角，眯起雙眸看天水的身後。帝琊，可別讓我對你的品味失望啊～

果然，帝琊走出了大殿門口，好整以暇地看了天水背影一眼，然後開始慢條斯理地跟隨在他身後，不遠不近的距離卻帶出了絲絲曖昧感。

我揚起手：「你們兩個留在這兒。」

「師傅！」鳳麟到我身前，目露憂急：「讓我們幫妳！」

我好笑地瞥眸看他：「這是我們神的事，你進去有什麼用？老實待著。」

鳳麟深邃的眸中劃過一抹僵滯，落寞地垂下眼瞼。

「主子。」小竹懷抱吃不飽也到我身前，滿面正經：「天水如果能喝到人血，一定能幫到主子！」

「你多嘴什麼？」

我的厲喝讓小竹也低下了臉，吃不飽在他懷裡一縮身體。

我看看小竹，再看看側開臉閃避我目光的鳳麟：「你們兩個別自作聰明，連累我。小竹，你保護好鳳麟。」

「是。」小竹低頭答應。

我一把握住吃不飽的角，從小竹懷中直接拎起。

「啊！啊啊——」吃不飽沒出息地痛呼。

我拎起他，提到面前冷冷看他：「你跟我去減減肥！」

他的前爪握住自己犄角根部：「啊！啊！知道了知道了。娘娘，痛啊～」

我不理他，拎起他直接飛下，吃不飽痛呼了一路。

魔力開始圍繞身體，連帶吃不飽一起包入我的氣息，把他隱藏。我輕輕落於殿外窗邊，已見天水和帝琊立於殿內，帝琊尚未跟隨天水走入血印。

我看天水的背影，心語而出：「跟他說話，引他入圈！」

天水的後背一時僵硬。我立刻擰眉，真是不會演戲！好在帝琊現在對天水很感興趣，即使天水後背僵硬，也不會讓他懷疑是因為我的存在。

天水緩緩轉身，表情很不自然地看帝琊：「妖皇一直跟隨在下，有何事嗎？」

蠢！哪有對妖皇自稱在下的，而且還這樣站著？

卻沒想到帝琊臉上的興趣更濃。他的唇角勾起邪魅的笑，藍色的短髮在燈光中閃耀，微微眯起的眼睛裡閃爍出占有的欲光。

「在下？」帝琊滿是玩味地挑眉打量天水，果然這「在下」的稱呼引起了他更強烈的興趣。他微抬異常削尖的下巴，修挺的身姿帶出王者的氣度，讓人深深地為他傾倒。

他單手背到身後，如同一隻獵豹瞇起眼睛遠遠打量自己的獵物、那隻停在原處的小白兔。然後他邁出腳步，一腳踏入了我的血印。那一刻，天水立刻面露緊張，可是這份緊張是那麼地恰到好處，畢竟白兔見到獵豹怎能不緊張？

我邪邪地笑了。今晚，帝琊，你是我的了。

第七章　大亂妖界

天水緊張地看帝琊一步一步朝他邁進。帝琊走到天水身前，伸手執起他胸前一抹墨黑髮絲，放到鼻尖深深一吸：「吸——有意思，人不是人，鬼不是鬼，殭屍不是殭屍，你身上……還帶著劍仙的清氣，到底是誰幫你吸走了屍丹的屍毒，造出了你？」

天水不由自主地後退了一步。面對妖皇帝琊，一位真神，讓他這崑崙的久經沙場見慣妖魔鬼怪的大師兄，也無法保持冷靜與鎮定。

帝琊在天水後退時，倏地伸手一把攬住了他的腰不讓他後退，妖異的目光在天水的身上流連忘返：「不管是誰，本神都要謝謝他，讓本神又多了一件……獨一無二的收藏品……」帝琊沙啞而性感地說著，妖豔的臉上卻是君王的霸道與強勢。他伸出手，朝天水的臉摸去，天水登時瞪大眼睛，緊張後仰。

我邪邪勾唇，懷抱吃不飽悠然走出，側對他們而立：「你是該好好謝謝我沒錯～～」

帝琊聽見我的聲音，立刻放開天水轉身，我此刻還是小廝裝扮。他眯起了雙眸，但依然沒有半分防備，因為他們是神，他們不會把任何人放在眼中。

他蔑然地沉下臉，冷冷看我時，看見了我懷中的吃不飽：「吃不飽？」看到吃不飽後，他立刻驚詫起來，隨即變得狂喜：「魅兒！魅兒，是妳嗎？」他激動得連聲音都顫抖起來，宛如沉迷於古玩的人忽然看見了夢寐以求的珍品。他朝我疾走幾步，正好停在了血印中央。

天水在他身後終於恢復了鎮定，靜靜觀看，宛如在等待時機。

我沒有轉身，依然側對他，抬手輕輕撫過吃不飽肥嘟嘟的身體，瞥眸看向帝琊：「對我的誘餌～～還滿意嗎？琊？」

他妖豔的眸中登時綻放出刺目的精光，他像是完全確定是我般，越發激動：「滿意！很滿意！魅兒，妳終於來找我了，哈哈哈哈——」他激動的聲音也粗重起來，雙眸更是牢牢捉住我的身體，像是要把我生吞活剝：「沒想到妳第一個找的人是我！我是絕對不會放妳走的！」說到最後一個字時，他的眸光驟然變得陰狠，強烈的占有欲瞬間吞沒了他碧藍的眼睛，他眉心的神印已經閃耀起來，神力開始在他身邊如同青藍色的火焰般，熊熊燃燒。

我懷抱吃不飽邪邪而笑，雙眸眯起：「這句話也是我想說的！」話音出口之時，我猛然睜眼，血印瞬間燃燒，帝琊腳下頓時出現了無底黑洞，整座宮殿瞬間被結界吞沒，陷入無邊無際的黑暗。

「啊——」天水毫無防備地墜落腳下黑洞，漸漸被黑暗吞沒。帝琊跌落了一下，迅速站穩，接著緩緩浮起，目光越來越興奮。

「原來如此！」帝琊瞥眸掃視四周，轉回妖異的眼睛邪魅地笑看我：「魅兒，為了誘捕我，妳真是費心了，但以妳現在的力量是無法戰勝我的，最後妳還是我的！」他自負地高抬下巴，依然不把我放在眼中。

他的輕敵並不讓我意外！哼，他們一向自大自負，因為他們是造物之主、上古真神，除了那五個人，誰人能敵？

而我剛獲自由，神力被他們的法陣耗盡，想要恢復與他們匹敵的力量，在他們看來是天大的笑話！

「是嗎？」

我瞥看他一眼，目視前方，邪笑勾唇，黑色的衣裙從腳下化出，長髮開始披落身後。我化出真身，與他側對。

他在看見我的真身時，眯緊雙眸陰狠而笑，絲毫不掩藏他想得到我的強烈欲望！

我抬手撫過自己臉邊的髮絲，清冷一笑：「哼，現在的凡間的確很太平，沒什麼戰事，天不怒、人不怨，怨氣少得可憐~~~但沒想到天不絕我，把美食送到我的面前，讓我吃飽了，好來拆你的神骨。琊，你準備好了嗎？」我抬手隨意地看自己的指甲，黑色指甲在黑暗中開始慢慢變得尖銳。吃不飽黑溜溜的眼珠慢慢轉向我變長的指甲。

我拆掉花神的神骨時，吸了那上百死靈的怨氣，其中處女的怨氣更是以一敵百，孩童的怨氣可謂以一抵千，怨氣會隨著時間的增加而越來越濃郁，好比人間釀酒。

儘管人間雖然不斷產生怨氣，但並不濃郁，因為過於新鮮，反而易被天地正氣淨化，再加上怨氣相對於整個人間來說並不算多，畢竟這是個和平年代。

那些怨氣只夠我小打小鬧的。

若想儲存達到毀天滅地的力量，除非引發戰爭！那是怨氣產生最快、快到都來不及散開供我吸食的最好方法！

當年，就是因為人類與神族開戰，神族與神族又是內戰，才讓我的力量與日俱增，成為他們最大、最忌憚的眼中釘。

我瞥眸看向帝琊：「我知道你一直想要我，不僅僅是我的身體，還有……」帝琊在我慵懶的話音中眸光閃耀：「我的神丹。現在我就站在你面前，來呀～～～哈哈哈哈——————」

「魅兒……」他的聲音粗重起來，像是已經快要被情欲燃燒殆盡的男人，長長的藍色神器「滅殃」從他的手心裡而出，那是一把像戟一樣的武器，在它的頂端懸浮一顆藍色神珠。「妳被關了三千年，沒想到更迷人了！我的心已經癢得無法忍受！妳可知妳被封印在玉台上的時候，我好想把妳用鎖鍊綁起來，然後一下一下進入妳的身體！」

我瞥眸看他，慢條斯理地輕撫吃不飽：「那你還在廢話什麼？你說的好像很刺激。」

他的嘴角大大咧開，異常削尖小巧的下巴讓他的嘴看上去像是徹底開裂般恐怖。他舉起滅殃：「是不是很期待？我來了！」話音一落，他揮舞滅殃朝我撲來，極快的速度肉眼根本無法捕捉。

我瞬間化去身影，如同煙霧般散開，現於帝琊身後。他哼哼一笑，轉身揮起滅殃，滅殃瞬間拉長變粗，朝我狠狠橫著掃來！

我直接扔掉吃不飽，他太重了！

吃不飽橫飛出去，眼睛直直瞪著我，宛如沒想到自己就這樣被我直接扔掉。滅殃眨眼間掃上我的身體，我再次化作煙霧。

啪！滅殃瞬間打散了我的身體，我在黑暗中再次凝聚。帝琊灼灼看向我，攤開右手，滅殃脫手而出。他再揚起左手，神力化出一張巨網朝我撲來。

滅殃在我身後追趕，神網近乎罩住了整個世界。

我蔑然一笑，在神網落下時，抬手「叮」地彈出震天錘，震天錘化作月輪，黑色神力徹底釋放，化作黑色火焰般的翅膀在身後燃燒。我揮起手臂，月輪頃刻間劃過神網，劃出無數條青色的光線，神網碎成點點星光被黑暗吞沒！

滅殃隨即而來，我懶得看一眼地抬起左手在耳邊，手心握拳，月輪閃現身旁，「噹」擋住了滅殃。

神器的摩擦瞬間撞出了火花。

帝琊站在遠處，目露驚訝：「震天錘！」他看出了月輪的真身，瞇起細長妖豔的雙眸：「震天錘不過是二代神器，不可能擋住我的滅殃！妳做了什麼？」

「哼！」我咧開了嘴，邪邪看他，魔力撐開長髮，黑色的髮絲在我的臉龐亂舞。我抬手撫過月輪，月牙尖尖角下懸浮出一顆碩大的魂珠，魂珠唰地急速旋轉，鬼哭狼嚎的怨靈嘶喊立刻從裡面衝出！

「啊——————————」

帝琊立刻收回滅殃，極為震驚：「妳居然用神器噬魂！魅姬，妳瘋了，妳這是在墮入魔道！」

「哼哼哼哼……」我垂臉陰冷地笑了，實在掩藏不住內心的激動，因為我此時此刻終於感覺到了帝琊的一絲恐懼。我甩開雙臂仰天大笑：「哈哈哈哈————哈哈哈哈————在你們封印的那一天起！」我收起大笑，低下臉陰狠地看向他，低沉沙啞地吼出我壓抑了三千年的怒吼：「老娘就已經入魔了————去死吧渣男————」我急速朝帝琊飛起，月輪在手中化作震天錘，朝帝琊狠狠掄去！

帝琊瞇起了雙眸，收回滅殃神力綻放，後背射出藍色火焰般的翅膀，舉起滅殃大喝：「破！」滅殃的神珠立刻衝出他的神力，他想破開我的結界通知他人！

可是神光無限地上升，絲毫沒有邊界，而我的震天錘已經掄到他面前，他立刻舉起滅殃擋住，我一錘敲下，直接把他往無底的深淵狠狠砸下！

「妳到底做了什麼——」他狠狠看我。我在他上方陰冷而笑：「你終於察覺了嗎？哼，這根本不是結界！而是我的家！」

他在聽到我的答案後驚訝地瞪大了眼睛，他終於明白自己到底身處何地。他立刻收緊雙眸：「原來這才是妳的目的？」

「哼，你明白得太晚了！今天，你別想活著出去！」神力纏上雙腿，立刻化作巨大的蠍尾，甩到帝琊的後背，毫不猶豫地刺入！

倏然，帝琊消失在我的面前，連同他的滅殃一起。我停下身形，黑色的蠍尾上是一截破衣，我甩了那破布冷冷掃視周圍，這是我的地盤，他無處可藏！

「我還在想妳怎能殺了花神。」一聲音從黑暗中隱出，微微帶出一絲氣息的不穩，他再次立在我的面前：「上次廣玥設計誘妳出來，妳沒有出現，到底是誰給了妳力量？」他發狠地看我，眉心的神印像是火焰一般燃燒，他完全釋放了神力！

邪笑從我的嘴角揚起，但我的心已被憤怒吞沒：「果然是你們。哼！為了捉我，你們也真是夠拚的，居然害死了那麼多的無辜生靈！」我的厲喝在黑暗的世界裡迴盪。我瞥眸看他，他的臉上是毫不在意的神情。人都是他們造的，生命在他們眼中又算什麼？

我再次揚唇悠悠地輕笑：「不過沒關係，我會替他們報仇的！」我再次掄起震天錘朝他砸去，他嘴角帶出一抹嘲笑甩出了滅殃，滅殃瞬間化作一頭金晶猛獸朝我撲來！

滅殃的速度在帝琊的控制中極快，如同一把利劍纏繞在我周圍，我翻飛跳躍，閃避他的攻擊，忽然間，光球從一側急速飛來，我立刻閃過，眼角的視野裡是帝琊！

他雙手不停地甩出妖氣繚繞的青藍光球，將我逼入滅殃附近，滅殃張開嘴，噴出了神器鋒利的光芒，那光芒在我閃避時劃過我的衣袖，瞬間劃破了我的衣衫，帶出一抹血絲！

我立刻大喝：「吃不飽！你死哪兒去了！」

就在我喊完之時，帝琊身後的黑暗中赫然浮現兩隻陰森森巨大如同燈盞的眼睛！

帝琊立刻察覺，轉身之時，只見如山一般的黑暗撲上了他的身體，他被吃不飽巨大肥碩的身體完全壓在了身下！

滅殃化作的猛獸立刻掉頭，我見機掄起了震天錘毫不猶豫地追上滅殃狠狠砸落！

砰！神力化入震天錘，魂珠急速旋轉，黑氣瞬間遍布震天錘，一錘砸在滅殃身上，地動山搖！

「啊──────」滅殃嚎叫般發出了神器的悲鳴。金晶的身體開始慢慢破裂，在寧靜的世界中發出啪啪破碎的聲音。

「滅殃──────」下方的黑暗中傳來帝琊憤怒的大喊。下一刻，吃不飽像是被狠狠扔上來一般飛速掠過我的眼前，帝琊如一抹藍光般衝了上來，在他落在滅殃的身前時，滅殃啪的一聲，在他眼前徹底碎裂！

整個世界像是忽然被黑暗封凍般的寧靜沉寂。一片又一片金晶的碎片飄盪在周圍，照出了我和帝琊破碎的身影。

「滅殃——」帝琊嘶喊著，朝滅殃伸出手，吃不飽從黑暗中再次躍出，落在他的面前。張開嘴朝他撲咬，纏住了帝琊。

一縷金晶般的魂魄從破碎的神器殘身中浮現，一個近乎透明的男子哀傷地看向帝琊：「主人，我不能再和你一起戰鬥了……」

「滅殃——」帝琊憤怒地站在吃不飽身前，仰天長吼，眉心的神印赫然變成了黑色。他豔藍的短髮在神力的失控中狂亂飛舞，凶狠的殺氣如同潮浪般朝我迎面撲來！

我手握震天錘陰森地笑了起來：「哼哼哼哼……哈哈哈哈——琊，你以為我這樣就滿足了嗎？我要讓你看看我有多恨你——給我收——」喊聲出口之時，神力化入魂珠。一隻黑色巨爪從魂珠中赫然伸出，一把握住了滅殃的殘魂！

「妳敢！」帝琊恨得咬牙切齒，全身繃緊！

我瞇起了雙眸：「從想要復仇開始，本娘娘有什麼不敢的！」說罷，我用力一扯，巨大的魔爪立刻抓住滅殃狠狠扯入了我的魂珠，我在帝琊的面前，活生生的把滅殃的殘魂吞入我的震天錘！

帝琊的雙眸也快燃燒起來，他臉上的神情越發地扭曲和猙獰，他死死地盯視我，身後神力的翅膀如同火焰徹底燃燒般竄起，照亮了周圍的一切！

「魅姬——魅姬！」

「你閉嘴！」我憤怒地厲喝！舉起震天錘：「我現在叫刑姬！」我掄起震天錘朝他而去，他的眸中劃過一抹狠絕，赫然間甩手，巨大的神力瞬間將朝他撲去的吃不飽扇飛，吃不飽瞪大兩隻眼睛，滿臉鬱悶！

我衝了上去，用最大的力量砸向他！他甩手而出，神力化作了鎖鍊瞬間捲住了我的震天錘！我黑色的神力立刻纏上他的神力，糾纏拉緊，彼此崩裂，再纏上，再抓緊，再崩裂！他像是殺紅了眼地甩出無數條神力之鍊，像是要布下天羅地網把我鎖住！

我漸漸不支，但我知道，在我消耗的每一分神力之時，也是在消耗他的神力！

忽然，右手腕被他的神力纏住，立刻現出帝琊的神印將我的右手牢牢封印，再也無法掙脫他的神力，他興奮地咧開嘴：「看妳還往哪兒跑！我要把妳拆碎了再一片片復原！打發我無聊的時間！」在他陰狠的話出口之時，立刻又一條神鍊纏上了我的左手，封印瞬間印入我的手腕！

我開始掙扎。他陰笑邪惡地看我，幾乎是咬牙切齒地一個字一個字吐出：「神、光、普、照！」我一驚，他眉心立刻開裂，神印燃燒之時神光猛然衝出，直直照射在我的身上，刺目的光芒讓我完全無法睜開眼睛！

「不——」吃不飽嘶吼著朝帝琊撲去，帝琊一手甩出，巨大的神力再次將吃不飽扇入無盡的黑暗。

神光帶著他的神力，可以侵蝕一切黑暗，我的衣衫在神光中開始被灼燒，化作灰燼，漸漸露出我的肌膚，緊跟著，我的肌膚也在神光中被狠狠灼燒，化作焦黑！

但我絲毫感覺不到疼痛，因為我已經不知道這皮肉之痛是怎樣的了……

在被封印的一開始，我無時無刻不想衝破封印，我撞上去，被彈回來，身上會灼傷一片，那皮開肉綻，燒成焦黑的痛讓我刻骨銘心，痛不欲生！

但是這點痛算什麼？因為我要自由！

我再撞上去，再被彈回，再撞，再被彈回，我撞了無數次！撞得體無完膚，處處皮開肉綻，整個人血肉模糊！

但我還是無法離開……

最後，我已經徹底感覺不到那皮肉被灼燒的痛……

我只知道，這三千年來，唯一關心我痛不痛的，只有鳳麟一人……

「師傅——」鳳麟的聲音忽然闖入了這個世界，我驚訝地勉強睜開眼睛，神光頓時衝入我的雙眸。我立刻用神力護住雙目，透過那刺目的神光，我勉強看見了闖入這裡的他和小竹……

他們的身影是那麼地模糊不清，甚至像是冰柱在火焰中慢慢融化變形，但是，我清晰地感覺到他們就在那兒！

我忽然心慌了，我不能讓鳳麟受傷，不能讓跟我的人灰飛煙滅！

「吃不飽——」我著急大喊：「帶他們走——」

「不！師傅！我不會走的！」鳳麟不顧一切地撲向我，直直衝入神光。我驚詫地看著他，他一步一步艱難地朝我走來，用他的凡體肉身為我遮住了一片神光。他在看見我的那一剎那，他的眸光止不住顫抖，呼吸也在剎那間凝滯，他眼中燃燒起了憤怒的熊熊火焰，讓他的黑眸更加黑暗一分！

而在他的身後，我看到了吃不飽和化作巨蛇的小竹正在纏住帝琊！

「哼！小小凡人居然敢阻撓本神！」帝琊渾厚的聲音在空曠的世界裡響起，我立刻伸手揪住鳳麟的衣襟，雙手已被神光焦灼得血肉模糊，沒有一處完好的肌膚。

「快走！」我大聲命令！

他的全身開始顫抖，因為憤怒而顫抖！

神光無法傷害凡人，這讓他無懼神光，他顫抖地抬起手，想握住我血肉模糊的手，但似是又怕弄疼我而輕顫不已，久久無法觸摸。淚水從他憤怒的雙眸中滾落，滴落在我焦黑的手背上，傷口沾上他鹹濕的淚水，帶出了一絲微微的疼。

他忽然扯開腰帶，脫下了仙衣蓋落在我身上，遮住了我破損不堪的身體……

他對我揚起了暖暖的微笑，眼中卻是心痛的淚水：「師傅，妳說過，仙衣可以阻擋神力，妳穿著。如果我死了，妳那麼厲害，一定可以救活我，可是……如果妳死了，我該怎麼救活妳？」

他一邊輕顫，一邊哽咽地說著。

「麟兒……」我的心猛地揪痛起來。手臂在他身前的陰暗中。漸漸恢復如初。

「所以——」他的淚水在憤怒中凝固在他深沉而決絕的雙眸中：「麟兒是絕對不會讓妳死的！」他赫然轉身，甩手之時仙劍劃破了手腕。紅色的鮮血立刻如同鮮紅的花瓣般飄飛開來：「師兄！救師傅——」

瞬間，我感覺到天水的氣息從下方黑暗中急速靠近！

他聞到了血腥的味道！

即便我吸走了屍丹的屍毒。讓天水可以不像殭屍那般吸食人血，但屍丹中殭屍的天性依然會在他聞到純正香甜的血腥味時失控！

「啊——」殭屍的吼聲在黑暗的世界裡迴盪，天水衝入了神光，吸走鳳麟鮮血的那一刻。他陡然變大，用他巨大的身形為我遮住了所有神光！

「嗷——」他在神光中痛苦的嚎叫，沒有仙衣遮蓋的臉正被神光侵蝕！他不是神體，撐不了多久的。

他狠狠抓住了束縛我的鎖鍊，巨大的手也正在神光中燃燒，灰飛煙滅。

「嗷——」他巨吼一聲，啪！神鍊在他手心中斷裂，我用神力逼出了帝琊在我手腕上的封印，封印閃爍了一下，燃燒殆盡。

我拉好鳳麟披在我身上的仙衣，遮住正在緩緩復原的身體，看向鳳麟：「麟兒，借你身體一用！」

「好！」他毫不猶豫地撐開手臂，似是知道我想做什麼。我直接衝入他的體內，與他合二為一，仙劍浮現他的手中，他提起仙劍朝帝琊衝去！

「天水！快走！」我心語通知神光中的天水，他痛苦地嚎叫一聲，躍出了神光，虛脫地墜落。

帝琊釋放神光消耗了他體內最後的神力，他被吃不飽和小竹兩面夾擊，一時應接不暇，他只有收回神光甩出神力，神力化作鞭子直直抽在小竹身上，小竹立刻被抽飛，徹底失去力量，墜入黑暗。

吃不飽見狀朝帝琊撲去，帝琊抬手握住了吃不飽的角，神力灌入掌心就要將他滅頂！

鳳麟立刻躍落吃不飽的頭頂，仙劍劃落，撞上了帝琊的掌心，替吃不飽接下滅頂之掌！立刻，仙劍炸碎，阻擋了帝琊，他憤怒抬臉，臉色已經徹底變成凶神惡煞般的青黑色：「你這個凡人真是太礙事了！」他一把甩開吃不飽，另一隻手忽然變長瞬間扣住了鳳麟的脖頸，把他直直拽落！

鳳麟在他的手心掙扎：「唔！唔！」

「什麼？你居然和她同床共枕——」帝琊瞪大了青黑的眼睛發了瘋一樣地狂吼：「憑什麼！憑什麼——你只是個凡人——憑什麼——」

「就憑他真心待我——」我瞬間化作黑龍從鳳麟體內衝出，如閃電般衝入了帝琊的體內！

世界忽然寧靜，再也聽不到外面任何聲音，無邊無垠的霞光燦爛的空間之內，我看到了那根閃閃發光的神骨，我毫不猶豫地一口咬住，用盡最後的神力破開他體內的空間而出，衝出了他的後心，貫穿了他的身體！

「啊！呃——」帝琊低啞地發出最後的呻吟，鬆開了鳳麟，鳳麟往下墜落，天水忽然飛出，將他扶穩在黑暗之中。鳳麟和天水彼此依靠，喘息地看向這裡。

帝琊趔趄地轉身，雙目無神地看向我，我慢慢恢復人形，也是趔趄地站起，噗的一聲，吐掉了神骨，神骨飄浮在我身旁，我陰冷而笑。

帝琊朝神骨伸出右手，一步一步踉蹌地走來，吃不飽渾身傷痕地赫然壓下，陰沉地蔑視身下，再次狠狠壓住了他的身體，讓他瞬間消失在我面前，只剩下那隻伸向神骨的、蒼白的手。

「噗！」一顆神丹從吃不飽身下滾出，吃不飽把帝琊的神丹直接壓了出來，我吃力地喘息，伸手之時，神丹飄入我的手心，和那根神骨一起沒入我的體內。

「哼哼哼……哈哈哈哈——」我張狂地大笑，然後緩緩看落帝琊。

「八……翼……」低低的呼喚從吃不飽身下傳出，我揮揮手，吃不飽讓開了身形，陰沉地看帝琊的神魂，他不甘地看向我：「我還有……八翼……」

「哼。」我趔趄了一下，震天錘落到我的身後支撐住我的身體，我咧嘴陰邪地笑起，沙啞地低語：「八翼已經餵我的吃不飽了……哈哈哈哈——」

帝琊的眼睛睜了睜，陷入一片虛無的空洞。

吃不飽把小竹從黑暗中撈了上來，小竹被打出了原形，虛弱地趴在吃不飽的後背上喘息。

「妳真的入魔了，妳果然是邪神！當初封印妳沒錯！」帝琊恨恨地朝我喊。

我好笑鄙夷地看他：「說我瘋？哼哼哼……本娘娘倒想看看，你被封印三千年會不會瘋！」

我抬手摘下震天錘上的魂珠，他立刻驚詫看我，藍色的眸中更是浮出一絲恐懼：「妳想做什麼？妳想做什麼——」他朝我近乎嘶喊！

我咧嘴笑了：「你不是想要你的滅殃嗎？我送你去跟他團聚！」

「妳瘋了，妳真的瘋了！」他的聲音顫抖起來，我冷冷地邪笑：「你以後就好好做我的神器吧，帝琊！」魂珠扔上高空，無數冤魂頓時從魂珠中衝出，如同巨型的龍捲風一般狠狠砸落帝琊的身體，無數雙手在尖銳的哀號中抓住了帝琊！

「不！不！不——」帝琊恐懼地嘶吼著被冤魂們拖入了魂珠，徹底消失在我的面前。

帝琊，我要讓你感受一下你們神族不以為然的時間，其實有多麼地難熬！

我徹底虛脫地跌坐。全身在這一刻感覺到了一絲輕鬆，連心，也彷彿空了一塊，宛如少了一塊死死壓在我心口上的石頭。

「師傅！」鳳麟朝我撲來，伸手牢牢接住我的身體，把我緊緊抱入懷中：「師傅！師傅！」他心慌地不斷呼喚我的名字，摸上我的臉。「妳不會有事！妳是神，妳答應我妳不會有事的！」

我摸上他手腕的傷口，鮮血染上我的手心，那觸手的溫暖讓我深深感動，到底……怎樣才算是真正去愛一個人……

他握住我的手，含著眼淚：「我沒事，師傅，我沒事的。小竹、吃不飽！」他朝他們急急看去：「你們快想想辦法！快啊——」他著急地大喊。喉嚨幾乎帶出一絲哽咽。

我感受到了他的焦急，他在為自己僅僅是個凡人無法幫助我而心急。

小竹在吃不飽後背上疲憊地抬起蛇臉，一臉無助。吃不飽砸吧了下嘴，又沉默地閉上了嘴。天水趔趄地用仙劍支撐住身體，靜靜站在遠處。

「你們誰身上有點怨氣！快給師傅！」鳳麟看著所有人，大家紛紛陷入戰後的疲憊與安靜。

我摸上他的臉：「鳳麟……」

他憂急萬分地轉回臉。看著他臉上著急的神情，我笑了笑，情不自禁地吻上他的唇，他立刻睜圓了眼睛。淚光顫動了一下，從他圓睜的眼中滑落，落入我和他的唇間，帶著一絲溫暖的鹹味。

整個世界的呼吸像是徹底凝滯，吃不飽、小竹和天水都怔怔看著我們。

我的唇在輕觸他之時，甚至都無法好好地壓上，我的手已經開始在他的臉上縮小，我離開他

的唇看向自己的身體，我縮小了，因為我力量的虛脫而縮小了，我回到了孩童的身形。

縮小讓我稍許有了些力氣，我抬手拍上鳳麟的臉，認真看他：「抱起我。」

「師……傅……」鳳麟呆呆地看著我。

「哦、是！」鳳麟終於回神，匆匆抱起我，我的長髮披散而下，幾乎垂到他的衣襬。

我看向張著嘴呆呆看我的吃不飽：「吃不飽，我的魔力快要支撐不住了，月神一旦甦醒，他們就會過來，你快帶我們離開！張嘴！」

吃不飽呆呆張開了大嘴，裡面黝黑如同巨大的山洞。

我看向所有人：「大家都進去。」

「不、不要！」天水第一個後退，他還沒搞清楚吃不飽是什麼東西呢！

「進去！吃不飽體內的空間可以隱藏我們所有人的氣息！」我厲聲命令：「我現在神力虛脫，沒有半分保護你們的力量，你們助我殺了帝琊，神族必會將你們灰飛煙滅！」

天水的眸光緊了緊，擰擰眉，捂住鼻子直直躍入吃不飽的大嘴。

接著，小竹虛弱地滑落吃不飽的臉，從他的鼻子上直接掉入吃不飽的嘴裡，吃不飽一吸，把天水和小竹吸入他的空間。

我回頭看了看這個黑暗的世界，我來自於黑暗，卻懼怕於黑暗，最後恰是黑暗保護了我，我對黑暗真是又愛又恨。

我環住鳳麟的脖頸：「我們走吧。」

「知道了，師傅。」鳳麟抱緊我躍入吃不飽的嘴中，我們被巨大的吸力吸入，眼前赫然出現一片霞光世界，我們進入了吃不飽體內的空間。

神族在擁有坐騎時，都會埋一個空間進入坐騎體內，方便儲物。

「嗷嗚──────」忽然，傳來了猛獸的嚎叫聲，鳳麟穩穩落地之時，正看見小竹和天水呆呆地看著同一個方向。

我們看過去，鳳麟驚呼：「八翼！」

八翼暫時還完好無缺地被鎖在吃不飽的空間裡，一旦被吸入吃不飽的空間，任何神獸都會失去神力，因為，它們現在只屬於食物狀態。

八翼在一個圓形的巨大球體內掙扎、咆哮、怒喊、他看見我們，恨得不得了，身上怨氣不斷生出，我邪邪地笑了，深深一吸，毫不客氣地補充一點體力。

八翼似有察覺，停下了掙扎，呼哧呼哧喘息著，努力讓自己平靜。

「我的主人會殺了你們的！」他朝我們怒吼，清清朗朗的聲音毫無半點霸氣。

我冷笑：「你主人？已經被我吞了！」

八翼登時僵硬，一臉死灰地癱坐而下，再無聲息。

我抬手撫過面前，面前現出一個橢圓的畫面，可以看見吃不飽已離開了血印的結界，那裡在我的魔力耗盡後撐不了多久。

「吃不飽！摧毀這裡，趁亂逃出去！」我在鳳麟的懷抱中冷冷命令！

「是！」

「嗷嗚──────」咆哮聲響起，吃不飽用他肥碩的身體壓向一座又一座宮殿，登時尖叫聲起，大家四處逃竄，紛紛坐入自己的仙輦妖車急急逃離！

我取出魂珠：「冥王一定會來，你們可以安息了。」我高舉魂珠，冤魂從裡面不斷湧出，一個真神徹底平息了這些冤魂的憤怒，它們往外湧去，吃不飽張開嘴，吐出了這些冤魂，他們在妖界四處飛竄，瞬間鬼哭狼嚎，又讓妖界混亂一分！

烏鴉飛落我們面前，我再次命令：「吃不飽，變形！」

「是！」吃不飽趁亂變成了妖車，妖氣纏繞。

我看向天水，天水沉靜的目光也朝我看來，神情宛如已經隨時待命。我的心情變得複雜，他一直恨我，對我心存戒心，但是，在鳳麟向他求助時，他依然毫不猶豫地替我擋住了神光，扯斷神鍊，為我爭取了時間，我知道那神光帶來的像是被火焰一點一點燃燒肌膚的痛，即使他現在什麼都沒說，臉上的面容也已經完全恢復。

我命令道：「天水，你吸血了，身上帶了屍氣，現在你最安全，你還記得那七尾狐的樣子嗎？」

天水點點頭，臉上還帶著法力過度消耗後的蒼白。

「變成她的樣子，帶我們離開妖界！」我說。

「好！」他沒有再說別的話，努力化出七尾狐的模樣。與此同時，空間出現出口，我看天水一眼，他立刻躍出出口，坐入吃不飽變成的妖車內，和那些紛紛逃離的妖車一起衝向界門。

我長舒一口氣，神力終於耗盡，妖皇宮裡月光乍然射出，是姮嬌醒了，而我們跟隨妖車已經逃遠，後面的妖皇宮徹底被冤魂占領。

大家一路疾馳，不浪費半點時間，在我們看見妖門之時，忽然一道道霞光從高空直接破開結界像流星般快速劃過天際，前方的妖門也正在緩緩關閉，妖兵們攔在妖門前大喊：

「真神有令——封妖門——違令者殺——」

妖車仙輦立刻停住！

仙輦停在了原位，妖車開始掉頭，忽然。天昏地暗，上方黑雲捲動，陰冷的氣息瞬間從九天衝落，黑霧轟的一聲，砸落在妖界大門之前！炸開層層陰雲，立刻帶來死亡般的寒冷氣息！

「怎麼辦？娘娘，要不要衝過去？」吃不飽問。

我瞇眼看那從黑霧中緩緩現出的陰森的人影：「撤！」還是晚了一步，被他們封住了妖門！殷剎！你們這次來齊了嗎？

吃不飽沒有半絲遲疑地混入其他妖車，一起折回。前方來不及掉頭的妖車已被扣住，妖兵一輛輛盤查。

真神倏然降臨，妖族會本能地恐懼害怕，四處逃跑，所以許多妖車和我們一樣掉頭就跑，也不管自己到底有沒有做錯事。

我們混入妖車之間。急速離去。

我的腦中飛快轉動，尋找適合藏匿之處。吃不飽能騙過普通人的眼睛，但騙不過殷剎他們的！

我看向小竹：「小竹，哪裡可以藏身？最好能隱藏凡人。」

小竹昂起蛇頭，想了想：「有了，我們可以去焜翃的龍域，龍族是妖界最大的貴族。除了妖都，就是龍域最為繁華。那裡有人寵販賣的黑市，還有妓院裡也會有人類，所以龍域凡人的氣息最多，適合鳳麟主子隱藏。」

我點點頭：「好，我們就去龍域！吃不飽，隱身吧。」

「是，娘娘，妳休息一會兒，到了我叫你們。」空曠的世界裡，響起吃不飽的回音。

面前的玄光鏡散去，我靠在鳳麟的胸膛上，閉上了眼睛：「終於可以休息了……」

「師傅……」鳳麟將我抱緊輕輕坐下，讓我可以整個兒蜷縮在他懷中：「師傅，這樣是不是舒服些？」

「嗯……」我疲憊地點點頭，不想再說話。

周圍陷入了安靜，大家各自休息，只有鳳麟始終坐直身體，為了讓我睡得更加舒適。

我在他溫暖的懷中假寐，在沒有吸到任何怨氣前，我還無法恢復身形。

第八章　第七神

很長一段時間，整個世界靜得只聽見大家此起彼伏的呼吸聲。

慢慢地，我感覺到吃不飽停下了，我在鳳麟的頸邊微微睜開眼睛，看到了戒備站起的小竹，他已經恢復人形。

「怎麼了？吃不飽大人！」小竹緊張地問。

「龍域門口有人盤查，我們可能進不去。」吃不飽答：「而且……我覺得我需要偽裝一下，這裡附近哪裡可以落腳？」

小竹想了想：「先去惡妖谷，那裡有妖氣沼澤，妖氣重，可以蓋住我們的氣息。」

「嗯。」吃不飽再次動了起來，我再次閉上眼睛，唇角微微揚起，小竹很可靠。

不知不覺間，我在鳳麟的懷中真的睡著了，但我能感覺到自己並未睡多久，然後聞到了清新的氣息，有火光在眼前跳躍，傳來了吃不飽的聲音：「這裡倒是不錯。」

「嗯。」我在小竹的聲音中再次微微睜開眼睛，看到了一片波光粼粼天然純淨的湖，然後，我看到小竹的背影，他的身邊，是黑兔大小的吃不飽。

清澈的湖水泛著淡淡的湖光，閃爍在小竹和吃不飽的身上，讓他們的身影變得更像是夢境中的人像。

「雖然惡妖谷妖氣重……」小竹沒有任何語氣地說著：「卻有妖界最清澈的湖水，湖水淨化了周圍的妖氣，所以稱為仙湖，但你們放心，惡妖谷的上空還是妖氣籠罩，所以不會暴露主子的氣息。」

「嗯，那就好。」吃不飽原地趴下，打了個哈欠：「啊～～～～我有點餓了，我把八翼消化一下。」

小竹轉過臉，看似面無表情，但眸中卻是那分崇拜：「吃不飽大人，我覺得你可以用八翼來偽裝你，比吃了他好！」

吃不飽扭臉看他一會兒，靜了靜，轉回臉：「你這個建議倒是不錯，嗯……我好好想想怎麼控制他。」

小竹在吃不飽身邊坐下，似是因為給出了一個好建議而微微露出一抹淡笑，然後和吃不飽一起面朝湖水，開始發呆。

劈劈啪啪！柴火的聲音在寂靜中格外響亮，我再次闔上眼睛，在鳳麟的頸邊靜靜呼吸，小竹選了一個好地方，讓我不用為妖氣的臭味而困擾。

「鳳麟……」輕輕的，傳來天水的話音，他說得很輕，似是不想被吃不飽和小竹聽見，而且，語氣頗為猶豫，欲言又止，像是有什麼話，讓他難以啟齒。

「師兄，謝謝！」反是鳳麟搶了先，說得真誠而充滿感激。

天水又安靜了一會兒，才開了口：「剛才在那個地方，我……聽見了，你……真的跟她……一起睡？」

鳳麟的身體怔了怔，雙手將我抱得更緊：「師傅被囚禁在黑暗中三千年，她只是想找個人陪在她身邊，不用再獨自面對黑暗。我知道，我無論怎麼解釋，師兄你也不會相信，更不會理解。這次真的謝謝你救了師傅，是我欠你的。」

天水長長地從鼻息中嘆了口氣，又是長時間的沉默。

火光在柴火燃燒的聲音中不停地跳躍。

「我們之間還說欠不欠的。」天水再次開了口，打破了沉默：「我剛才還看見她……咳，親了你，你們……」

「師兄你別誤會！」鳳麟的心跳猛地加快起來，但卻是急急解釋：「師傅她……師傅是一個很特別的女人，她行事有時會非常出格，我想……她只是想謝謝我……」鳳麟說到最後，我感覺到了一絲心梗，這絲感覺，是他給我的，他的心被什麼而堵塞，讓他的呼吸，也變得有些困難和梗阻。

「謝你用那種方法？」天水努力壓低聲音，不讓自己的聲音因為驚呼而提高：「唉！算了，我自己也搞不清楚男女之情到底是怎樣的，才被她說成是濫情……」

「你是說師傅說你濫情？」

「嗯。」天水悶悶地應，聽上去非常地胸悶。

「呵。」鳳麟笑了：「師兄，你確實有點問題。」

「我有什麼問題！」天水不開心地反問。

「你對我們師弟們好，我們是不會吃醋的，但是，你對所有師妹們好，她們就會……嘿嘿，你懂了沒？」

久久的，天水沒有再說話，然後傳來他一聲長長的嘆息：「唉——————」

之後，又是一陣安靜，鳳麟和天水。

「鳳麟。」天水忽然認真呼喚。鳳麟抬起臉：「你真的知道她是誰嗎？」我聽見了天水袍袖抬起的聲音，清晰地感覺到他正指著我。

當天水問出後，鳳麟久久沒有回答，我睜開眼睛時，看到了他有些落寞地搖了搖頭。

濃厚的妖氣籠罩在惡妖谷的上方，使這裡不見天日。

「帝琊說她是邪神。我知道你想守護她，可是她太危險了！」天水的話音越來越激動，充滿了濃濃的憂慮。「她殺了花神！甚至殺了我們只從書卷中知曉的，傳說中的妖神帝琊。她……或許帝琊說的是真的！她真的會危害六界，所以當年才會把她封印！」

「不是的！」鳳麟也激動起來。打斷了天水的話，緊緊抱住了我：「師兄你不要再說了，我信她，不管別人怎麼說，我都信她！」

「那是因為你喜歡她！」

「天地未開時，天降六神……」我在鳳麟的懷中悠悠開了口，打斷了天水的話音，鳳麟一怔，俯臉急急看向我：「師傅，感覺好些了嗎？」

我眨眨眼，沒有回答他，轉身坐在他盤起的腿間，他輕輕扶住我，我小小的身形正好嵌入。

然後，我看到了天水閃避的視線。

「娘娘！」

「主子！」

吃不飽和小竹聽見我的聲音，從發呆中停止，跑回火堆旁邊。小竹高興地看著我，吃不飽鬆了口氣，趴在了一旁。

「分別是聖陽、廣玥、御人、殷剎、帝琊和嗤霆……」我淡淡地繼續說道，天水緩緩轉回臉，抬起眼瞼，視線落在了我的臉上：「他們各司其職，開天闢地，造就萬物蒼生……」

大家安靜下來，小竹全神貫注地聽我說的每一個字，宛如是圍在篝火邊聽故事的孩子，只有吃不飽百無聊賴地打了個哈欠，這些陳年舊事他並不感興趣。

「師傅，原來《上古神傳》寫的是真的？」鳳麟在我身後懷疑地問。

我邪邪一笑：「《上古神傳》裡說創世造物的是聖陽大帝，實則是他們六人～～」天水的眸光在火焰中閃爍起來，小竹一驚聽得目不轉睛，小嘴微張。我清清冷冷地繼續道：「六神中，聖陽造神、廣玥造物、御人造人、帝琊造妖、嗤霆造魔、殷剎造鬼，至此萬物開始進入輪迴，天地也開始成形。」

「原來是這樣……」天水微微低頭細細深思：「《上古神傳》到底只是傳說……」

「哼。」我冷笑，天水的眸光再次朝我看來，我蔑然瞥眸看他：「何止只是傳說？幾乎都是你們凡人的杜撰，在我眼裡，它只是一本打發時間的小說罷了。」

「就算是小說也寫得很爛。」吃不飽白了一眼：「而且還不好吃。」

「主子，那真相到底是什麼？」小竹迫不及待地追問。

我靜了下來，鳳麟的雙臂輕輕環抱在我的身前，如同保護。

我定定看落在跳躍的篝火上，嘴角漸漸上揚：「但他們不知道，和他們一起降落的，還有第七神。」

「第七神？」小竹驚呼起來：「是誰？」

「第七神？」吃不飽也抬起了腦袋，呆呆眨巴眼睛：「我怎麼從沒見過？」

「哼……」我邪邪地笑了，視線掃視眾人：「今天就說到這兒。天水，把你的屍丹吐出來，我要清潔一下。」我瞥眸看向天水，他此時還未從我的故事中回神，仍在擰眉深思輕喃：「第七神……？」他還在懷疑我故事的真實性。

「天水！主子叫你呢。」小竹沉下臉，冷冷看他。

天水終於回神，眨眨眼，沒有看我地問：「什麼事？」

我沉沉看他：「你吸了人血，屍丹已經產生屍毒，需要清除，否則你會咬人。」

天水一驚，這才將目光落在我的臉上。

我輕笑看他：「屍丹已經和你融合，我不能強行取出，你試試自己吐出屍丹。」

「怎麼吐？」他不解。

我白他一眼：「居然連個內丹都不會吐？」我瞥眸看小竹：「小竹，幫他。」

「是。」小竹起身，然後盤腿坐在天水面前，面無表情看他：「我只教你一次。」說罷，他雙手伸出，天水見狀，也伸出雙手與小竹相觸。然後，淡淡的綠光從小竹的手腕上遊過，遊入天水的手背，天水似是把握了竅門，閉上雙眸開始運丹。

片刻後，小竹收回雙手，退回吃不飽身旁。

天水雙手劃過面前，緩緩張開嘴，一顆黑氣纏繞的屍丹從他口中吐出。我手指一勾，屍丹向我飄來，我張開嘴，緩緩吸入上面的屍毒之氣。

天水張開眼睛靜靜看我吸走黑氣，清澈的眼睛微微閃爍了一下，再次垂下眼瞼，避開了我的視線。

屍丹再次恢復純淨後，我彈指將它彈回天水的面前，他張開嘴運功將它再次緩緩吞入，閉起雙眸，面色稍許恢復一絲人色。

然後，他慢慢睜開眼睛，鳳麟關切地問他：「師兄，感覺怎樣？」

天水抿唇不語，只是點了點頭。然後，他獨自起身，靜靜離開了篝火，面朝湖水，盤腿坐下，纖細的髮絲，在夜風中微微飛揚。

「主子，接下去我們怎麼辦？」小竹面無表情問我。

我看看他和吃不飽，他們都尚未恢復：「你們先休息，好好恢復體力。」

小竹看看我片刻，乖乖躺下。

我轉身看鳳麟，他因為我突然轉身看他而一怔，匆匆側開臉，不知為何，我忽然也無法好好看他，匆匆轉回臉：「麟兒，你休息吧。」

「嗯。」他應了一聲，卻沒動，我坐在他懷中隱隱感覺到漸漸上升的熱意，是他的血脈在加速。

「師傅……」他在我身後，輕輕地開了口：「你之前說……有話對我說，你想說什麼？」

我微微一怔。唇角不由勾起，伸出小小的手，放落交叉在我身前的鳳麟的手上，立刻，他全身繃緊。

「麟兒……可喜歡師傅？」

登時，他慌忙收回手，撐在了自己的身旁，連身體也微微後仰，和我拉開了距離，瞬間帶走了從他身上而來的那絲絲熱意。

「師傅。」他的聲音忽然變得有些深沉，似是在努力掩飾什麼而刻意保持沉著冷靜。「我對妳只是……」

「閉嘴。」我站起身，不讓他說下去。我沉下了臉，心中浮起不悅，直接抬腳跨出他盤起的腿間。不再在他守護之內。我單手背在身後立在他的身前，邪邪冷笑。「師傅有說是男女之間的喜歡嗎？看你急的，是你自己在胡思亂想，師傅再問你，你到底喜不喜歡師傅嗎？」

「喜歡！」他又急急地說。他說完後。瞬間陷入了靜謐，呼吸變得深長不絕。

我勾唇而笑，心中暗暗劃過一絲爽快。

「我去看看師兄。」他忽然在我身後起身。從我身旁匆匆走過，天蒼色的薄衣掠過我的臉龐。他穿著崑崙統一的中衣。

「等等！」我喚住他，他頓住腳步，卻是不敢轉身。我脫下了仙衣，朝他扔去：「穿上！」

仙衣砸在他手臂上，他下意識接住，看了看，頭也不回地穿上了身，仙衣再次恢復雪白，化作男子的長袍。然後，他朝天水大步而去。

我幽幽而笑，坐下，一時間坐上了自己的長髮，被勒出一絲疼。我開始把過長的頭髮從屁股下拿出，真讓人煩躁。

「娘娘，妳真是好了傷疤忘了疼。」忽然，吃不飽說，我立刻冷睨他：「你說什麼？」

他看看我，伸出前爪，噗的一聲用爪子嵌入泥地，然後一點一點挪到我身前，抬起頭，放在我的腳上呆呆看我：「妳忘了聖陽是怎麼對妳的？」

被他提起往事，我立刻殺氣升起，冷冷看牠：「你到底想說什麼？」

他嘆一聲：「娘娘，聖陽跟妳好了上萬年，還是把妳給犧牲了。妳才出來多久，就又被男人給騙了……」

「難道我就不能再喜歡別人了？」我怒了，抬手直接把吃不飽從我腳上扇開，吃不飽圓滾滾的身體在地上滾了一圈又往我這裡爬：「娘娘，我不是說妳不能再喜歡別人，我是說妳別喜歡人。」

我斜睨他，他一點點爬回，抬起前爪，費力地趴上我的腿：「妳看，人類是神族照著自己做出來的，所以神族也最寵愛人類，但人類還不是背叛神族了？這是因為人類跟神族一樣，只想著自己，所以人類男人不適合妳。」

「那你的意思呢？」我挑起眉冷冷看他，他往我身上爬了爬：「我們獸族適合妳，妳看，我們任妳打任妳罵，但絕不會離棄妳，可是人類呢，妳罵他幾句，他還會在你身邊才怪呢。」

我一直看著吃不飽，他說得氣定神閒，煞有其事，絲毫沒覺不好意思，說完他呆呆看我：「妳怎麼看？嗯？」

我繼續看了他一會兒，他呆呆看我。我收回目光，垂下眼瞼，心中梗塞：「正因為聖陽愛我生生世世，最終我得了這個下場，我才更羨慕凡人平平淡淡的一世夫妻……」

「這麼說……妳真選中那小子了？」吃不飽在我的腿上撐起了黑兔大小的身體，連連搖頭：「那小子不行～～不行不行，那小子哪行啊～～那小子會不會啊～～～都不敢承認喜歡妳～～」

「你閉嘴！我有說一定是他嗎？」我不悅地抬腿，再次把他踹開，吃不飽滾落在地上，但依然沒有生氣，轉回身體諂媚看我：「娘娘，讓吃不飽陪妳做一世夫妻吧。」

「滾！」我一聲厲喝，吃不飽嚇得往後坐下，瞪大眼睛呆呆看我：「那讓那小子滿足妳平淡愛情的心願，我生生世世陪著妳。」

我心煩地睨向他，他眨著眼睛，單純而一臉忠誠地看我，我的心軟了一下。吃不飽一直任打任罵，和人間的狗一樣忠誠，對我不離不棄。我收回狠厲的目光，看落面前的篝火：「未必會有生生世世了……」

「娘娘！」吃不飽撲哧撲哧跑到我身前，抬起前爪趴上我的黑裙：「妳這話是什麼意思？」

「沒什麼意思！」我心煩地抓住他的雙角，提到面前，瞥眸看他：「你還是快去想辦法如何征服八翼吧！」說完，我把他直接扔開。

砰！他砸落在地面上，費力站起，嘆了口氣：「唉！都是聖陽大帝不好，把我的娘娘變成這個樣子！」

「滾！」我甩出一抹魔力，如匕首般射向他，他立刻敏捷地閃開，一溜煙地跑了，魔力射在地上，立現一個小深坑。

被吃不飽一再提起舊事，還有那個混蛋男人，讓我的心情極為不爽。

但吃不飽就可靠嗎？

他以前在神族除了吃什麼都不會！如果不是我一直控制他的飲食，他現在已經胖得可以填海了！跟他生生世世在一起？哼，倒是不愁沒吃的，可以每天削他一塊肉吃，反正他也很快會長回去。

人與獸，始終是不同的。

但我現在哪有時間去思考去跟人過一世，還是跟一隻獸過生生世世？若是被廣玥他們抓住，我連這一世都過不去了！

我抬臉看看山谷上空濃濃妖氣，冷笑，你們以為這樣就能把我困在妖界？

我閉上了眼睛，開始聯繫焜翃，既要到妖界，當然要有個內應。

「紅毛，你在哪兒？」

「你們在妖界到底做了什麼？」他幾乎是大吼，顯得非常激動和吃驚，然後開始說個不停：「現在妖界戒嚴！不准進更不准出！我就覺得你們有問題，你們不要連累……」

我直接斷了和他的聯繫，囉嗦個什麼勁？煩死了。

焜翃暫時無法進入妖界，他起不了作用了，我要盡快找到別的方法。

抬眸之間，我看到了湖邊靜靜坐在一起的鳳麟和天水，他們正在說話，鳳麟抬手放落天水的肩膀，看上去天水依然有打不開的心結。

鳳麟靜靜看他片刻，輕嘆一聲。伸手折了湖邊一株小草，放在嘴邊時，輕靈的樂曲已經吹出，悠揚而婉轉，透著淡淡的惆悵，宛如一個旅人正在獨自完成他孤獨的旅程。

我的心也不由自主而平靜。我還記得鳳麟七歲時，他拿著一株草葉興奮地爬進狗洞跑到我面前，說天水哥哥教他吹草葉，他學會了要吹給我聽。

但他只會吹出聲！而且吹得極其難聽，就像什麼東西在尖叫，被我狠狠趕了出去。

我至今還記得他那張寫滿失落的小臉和委屈地快要落下來的眼淚。

但是，很快，他真的會吹了。然後，他在我的封印前靜靜地吹給我聽。為了讓我開心解悶。

鳳麟吹草葉還是天水教的，現在他用這獨特的方式安慰天水。

忽然，小竹猛地驚醒，看向鳳麟的方向，緊張大喊：「別吹了！」

鳳麟被小竹打斷，和天水一起轉身。小竹戒備而緊張地看四周：「這裡是惡妖谷，盤踞了妖界很多被通緝和十惡不赦的妖犯！你這樣吹，會把他們引來的！」

鳳麟立刻起身，戒備地看向四周，就在這時，忽然世界變得格外地寧靜，像是萬物感覺到了可怕妖魔的靠近，屏住了呼吸。

忽的，卻是從林中濃重的妖霧之中，傳來了一陣輕悠的琴聲，那琴聲在忽然寧靜的世界中格外的空靈悠遠，同樣帶著對世事的感傷與苦嘆，恰似在附和鳳麟的吹奏。

小竹變得更加緊張起來：「他們發現我們了！」

鳳麟聽著那琴聲，似是遇到了知音，眸中帶出了一絲驚訝，他毫無顧忌地再次拿起了手中的草葉，立在湖邊再次吹起。

「不可以！」小竹著急地大呼，我揚起手阻止，小竹想說又不敢說地坐回原位，我抬眸時遇到了天水看我的目光，他匆匆轉回身，繼續靜靜坐在鳳麟的身邊，聽他為他吹奏的曲子。

小竹抱腿惴惴不安而緊張地看著四周，宛如害怕招來惡妖。

他的害怕與擔心，是因為我神力的耗盡，以及眾人的疲憊。

但是，我依然不允許任何人打斷鳳麟，因為，我想聽。

我單手支臉，悠閒傾聽這美妙的合奏。

琴聲流暢如水，草音帶著天然的乾淨，這恰似人與自然的共鳴，讓人不忍打斷，湖面在樂曲中蕩起層層漣漪。

鳳麟立在湖邊，湖光映在他的身上，讓他的身影有些斑駁。他吹得很投入，雙眸微閉，與那淒涼的琴聲附和，白色的身影，翠綠的草葉，在粼粼的水光中，恰如一幅墨畫。在那幅墨畫中，只有一點顏色，便是那草葉的一抹綠色。

琴聲漸漸停止，世界再次寧靜，鳳麟遙望妖霧深處那琴聲的方向，神情依然沉靜在那段琴葉合奏之中。

忽的，妖霧從林中慢慢爬上了湖面，朝我們這裡緩緩而來。

「來了！」小竹立刻緊張起身。

我悠然站起，朝湖邊走去，小竹立刻追到我身邊：「主子小心！吃不飽大人呢？」他著急地看周圍。

我邪邪而笑：「不用管他，來者未必是敵人。」

以曲交友，我相信這彈琴的主人。

妖霧越來越近，鳳麟也不由陷入了戒備。

天水立刻起身，隻身擋在鳳麟身前，伸手將他護在了身後，深沉地盯視緩緩靠近的妖霧。

我拖著自己長長的長髮站立在了湖邊，鳳麟看見立刻到我身邊，天水也只能跟來。

「師傅小心。」鳳麟要來抱我，我攔住他，只盯著妖霧：「站後面去！」

鳳麟擰擰眉，但還是和天水一起站到了我的身後。

白色的妖霧已經覆蓋了整個湖面，像是一堵巨大的牆，豎在了我的面前。妖霧之中，漸漸現出了兩隻巨大的金黃眼睛。

「既然喜歡我家麟兒的曲聲，何須遮遮掩掩？散！」我揚起衣袖，瞬間揮開了面前巨大如牆的妖霧，立刻，兩盞金色的燈籠現於眼前。緊跟著，一座巨大的車輦緩緩從妖霧中現出！

金漆的車輦懸停在湖面上，猶如一座小小的宮殿！

「哇……」小竹在一旁驚呆地仰望。

車輦金漆雕花的門緩緩打開，先是飄出了淡淡的龍涎香，然後，兩個侍女立於門旁：「主子有請吹葉人。」

車中主人只請了鳳麟。看這大如行宮的豪車以及婢女身上精美的衣衫，來者必是妖界貴族。

一節節樓梯從車門下浮現，直到我的身前。我抬腳走上樓梯，那兩個婢女忽然提醒：「請問可是吹葉人？主子只請吹葉人上車。」

我冷睨她們：「我是吹葉人的主人，你們請他？哼，要先問我同不同意！」

鳳麟是我的人，豈是你們想見就能見的？

婢女們在我霸氣的話音中一驚，竟是慌張起來，我抬臉冷冷看她們，她們似是被什麼嚇到，匆匆跪地趴伏在我的面前，戰戰兢兢道：「尊客，請。」

「哼。」我輕笑一聲，悠然道：「麟兒，去見見你的知音。」我撐開雙手轉身，湖邊是呆呆的小竹和深思的天水。

鳳麟站在台階下笑了：「是，師傅。」他輕盈地躍上妖車伸手將我一把抱起，讓我坐在他手臂上，然後，抱著我一起入內。

「鳳麟。」天水在我們身後低呼，鳳麟轉身，我也看落天水。天水看看鳳麟，轉眸朝我看來，變得安靜，他像是有話想對我說，但一時有什麼阻止了他，讓他無法對我說出口。忽的，他的眸光掙扎了一下，對我的恨意已不見，只剩下複雜難辨的情：「師傅。」他開了口，這一聲師傅極為不易，他叫出口後，似是自己也鬆了口氣，目光柔柔地看著我：「小心。」

我在他敬重的目光中邪邪地笑了，天水這一聲師傅，我收了。

小竹扭頭開始一直盯著天水看，鳳麟目露喜悅：「師兄！」

天水半垂目光，唇角微微帶笑：「現在該我叫你師兄了。」他鬆了口氣，再次抬眸時，臉上是溫柔而溫暖的微笑。他與鳳麟久久對視，惺惺相惜。

「走吧，麟兒。」

「好。」鳳麟懷抱我轉身，他托起我讓我坐上他的肩膀，我扶住他的頭，單腿交疊看入這精雕細琢的豪車，整輛車妖氣繚繞，內部比外面看上去更加深。這是一輛真正的妖車，成了妖的車。

哼……我喜歡～

雖然我不喜歡妖界難聞的妖氣，但我真的很喜歡妖界的物種，只要受到日月精華，或是神仙一個屁，萬物皆可成精成妖，這比人間有趣得多。

如果安靜下來，還能感覺到妖車微弱的呼吸，地面會有些輕微的起伏。我們現在就像在吃不飽體內一樣，在妖車體內。

面前是一條深深窄窄的走廊，地毯精美雅致。兩邊排列和室，拉門上繪有連綿不絕的青山綠水。這輛妖車的主人喜愛淡雅，品味也是不俗。

婢女領我們走入最深處。面前是一扇較大的拉門，門上繪有雅菊綠竹。婢女拉開了門：「尊客請進。」

嘩啦！拉門向兩邊拉開，立刻一掛晶瑩欲滴的珠簾現於眼前，珠簾後人影迷離，幽幽檀香也從室內而來。

鳳麟抱我進入，站於珠簾之外。

「請坐。」清澈悅耳如同琴聲的男聲從內而來，鳳麟抱我坐下。我從他肩膀走下，再次坐在他盤起的腿上。看入珠簾之內。

珠簾無人自開，向兩邊飛起，露出了一精緻的男子。男子眉目如琴弦，細膩細長，鼻梁修挺，也顯得格外細長精緻，薄唇含笑，眨眼之間，眉目生情。額前髮絲豎起往後，用一支古木簪挽起，其餘長髮垂下兩鬢，如琴弦般整齊順直。

身上深褐的衣服微帶一絲古銅的青光，他如鐘般端坐，少了一分妖族的妖媚，多了一分古琴的莊重。

我一直看他的容貌，漂亮精緻，尤其是眉眼，看似細長，但絲毫不覺他眼睛細小，讓他如畫師筆下美人那一抹細眸，格外生媚。而眼角淡淡的青銅色的穩重顏色眼影，更是壓住了妖族輕浮的妖氣，讓人百看不厭。

這才是真正的君美如畫。

在我看此男子時，他也在看我和鳳麟，眸光流轉，越發地雌雄莫辨。

「師傅。」鳳麟低臉在我耳邊輕喚：「妳看夠了沒。」他的話裡多了一種酸酸的味道。

我邪魅地笑了，當我的笑容浮起時，對面的男子看著我愣住了，如同古琴般厚重顏色的瞳仁中，帶出了我的身影和他的疑惑，看他那副神情像是被一個詭笑的女娃娃給一時嚇住了。

「嗯～～～不錯。」我讚道。

他回過神，細細看我：「在下真的有那麼好看嗎？」他輕輕柔柔地問，聲音也動聽悅耳。

鳳麟在我身後散發出了煩躁，我只看對面的男子，抬手抓起鳳麟的手放上我和男子之間的琴案，架起一個扶手，鳳麟身體一僵，在他還沒反應過來時，我斜斜靠上他的手臂，手背支臉：「不愧是琴妖，琴彈得好，人長得更好。」

男子立刻目露吃驚，但身形依然如鐘般不動，讓他帶出一分處變不驚的穩重感。

「妳是……」他再次細細打量我。

我邪邪而笑：「你看不出我是什麼的，但我們的緣分已經早已註定。」

他再次目露疑惑，細細長長的眼中恰似有越來越多的謎團。

我瞥開眸光。運氣真好，居然遇上了他。

鳳麟的身體越來越緊繃，越來越讓我躺得不舒服了。

琴妖細細深思，抬眸微笑看我：「對不起，在下實在不記得在何處見過小姐。」

我勾唇而笑：「你是琴妖長風，是妖界通緝犯焜翃的好友。」

琴妖長風在我的話音中真的一怔，雙眸中甚至已經露出了戒備。

鳳麟的身體此刻倒是放鬆下來，因為他知道我一直盯著長風看的原因了。

我從鳳麟身上懶懶起身，端坐案前：「就在幾日前，焜翃託你幫他弄一枚通關令，和妖妃大選的請柬。」我緩緩伸出右手，請柬與通關令已經現於手中，我輕輕放落琴案：「是不是這個？」

他落眸看了一會兒，然後抬眸細細看我片刻，目光越過我看向我身後的鳳麟，微露淡淡的驚訝：「是你們？」

「不錯。」我瞥眸含笑看他：「只怕你已經被我們連累，不得不幫我們了。」

他怔怔看我許久，眸光似是狂亂的琴弦，震顫不已。

琴妖長風是焜翃的好友，兩人可以說是青梅竹馬一起長大，他們是最好的摯友。關於長風的事，是在我給焜翃授印時看見的。

我要用焜翃，我需要瞭解他的一切。而通關令是不是這個長風幫了焜翃，我只是試探，但從長風的神情裡判斷，是他在相助焜翃無疑。

在焜翃的記憶中，長風並沒有父親，只有母親。長風對焜翃從不提及父親，只說母親臨終前告訴他，父親已經死了。

但我不覺得，因為我覺得長風精緻的容貌很像遺音。

遺音是廣玥造出的第一把琴，廣玥是一個極度的完美主義者，他造的東西，必是盡善盡美，所以，遺音是一把非常精緻美麗的古琴。

遺音受廣玥神力的影響，漸漸修成人形，聖陽於是賜他神骨，封遺音為琴神。但琴始終是琴，即使成了神，除了奏曲，並無他用。

有了人性人情後的遺音因此時常苦悶，也影響了他的琴曲，總是沉悶幽怨的琴聲惹怒了廣玥，終被廣玥嫌惡，給了喜歡收集的帝琊。遺音隨後隨帝琊去了妖界，再無消息，想必是成了帝琊的琴師。

之後的事，因我被封印，而不再知曉。

但以帝琊的性格，他不睡遺音是不太可能的。

吃不飽在帝琊身邊一直不露人形，又把自己吃得肥胖醜陋，應該也是這個原因。別看吃不飽總是發呆，他比任何人都精明。

想起遺音，我再看面前的長風，真是越看越覺得像了。

「你跟遺音是什麼關係？」我直接問，仔細盯視他細細的眉眼。

立刻，他的神色大變，再沉穩的神情也因為我這句話而陷入大大的驚訝，雙眸圓睜，露出了那雙檀木顏色般的眼睛。

「你是誰？」他眯起雙眸，眸光透出了絲絲戒備。

我邪邪而笑，雙手插入自己的衣袖：「想知道的話就幫我過關。」

他的雙眉開始擰起，眼中已經帶出了一分凝重，他察覺自己若是幫我，定會陷入巨大的危險。

「還有~~~」我在鳳麟身前起身，抬腳踩上他的琴案，昂起下巴俯視他。「我知遺音離開神界，隨帝琊來了妖界，帝琊待他……可好？」

長風的面色越發沉下，微垂目光，陷入讓人近乎窒息的安靜，抿唇始終不言。

「哼……」我勾唇挑眉，笑道：「看來已經有答案了，很好！這麼說，我們就不是敵人了，或許……我已經算是幫遺音報仇了。」

長風一驚，抬起精緻如畫的臉看向我，眸中帶出深深的恨：「妳知道他的仇人是誰嗎？」他忽然有些失控地低聲吼出，身形雖然未動半分，努力不讓自己失禮於人前。但可以感覺到他的身體因為憤怒而緊繃：「妳憑什麼能這麼說！說什麼……為他報了仇。哼……」他的聲音輕顫地輕笑，如平靜的琴弦突然被人用力撥動。

我不屑地瞥眸看他：「你說的～～是他嗎？」我撫過耳邊長髮。叮地彈落震天錘，震天錘化作月輪猛然降落我的身旁。長風面前的案桌上，揚起一股異常陰戾的怨氣，我吸入鼻中，不錯啊～～帝琊的怨氣很重啊，哼哼哼……

震天錘因為嵌入帝琊的神魂而發生了質的變化，渾身原本淡淡的青金色已經混入了帝琊那頭髮般的豔藍，森森的寒氣讓整間和室的溫度也瞬間降低，琴案之上，凝成了一層薄薄的霜。

長風怔怔地再次揚起臉，月輪月尖下是懸浮的碩大如星的魂珠，我抬起手，啪！打了個響指，喊道：「帝琊！現！」

登時，寒氣炸開，月輪漸成人形，一臉鐵青的帝琊恨恨地懸浮在我的身旁，他赤裸的全身被鎖鍊重重綁住，身上散發出震天錘青金的光芒。

深深的怨氣在他的身上升騰，覆蓋了他的全身，讓人無法可見他赤裸精壯的肉身，只見那燃燒的黑藍色火焰。

長風在看到帝琊的那一刻，震驚地起身跌坐在了地上，長髮微微散亂，像是被人驚斷了的琴弦。

「嗯──」嘶啞的憤怒低吼從帝琊口中而出，他的雙瞳裡噴射著火焰，恨恨朝我看來：「我一定要殺了妳──」

我毫不客氣地，吸入他全身的怨氣：「吸──────嗯～～～帝琊，你果真愛我，死了也要為我提供食物～～～」

「妳──」

啪！再一個響指，帝琊砰的一聲消失在身旁，小小耳環回到我耳邊，散發出由怨恨帶來的寒意。

帝琊是真神，即使拆了他神骨、取了他神丹也無法讓他灰飛煙滅，把他封印起來是最好的方法，就如當年他們對我一樣。

我會把他們給我的東西，一點一點，全部還給他們！

和室內再次安靜下來，只剩下驚呆的長風和抿唇側臉的鳳麟。

「是他嗎？」我勾唇之時，邪氣已經纏繞全身，有了力氣，真是讓人感覺舒服～～～

長風顫顫地呼吸了一會兒，坐回原處，微微整理衣衫，但他的臉上依然沒有平靜。他深吸一口氣，閉起雙眸，忽然整個人後退了一分，竟是朝我下拜，滿頭的長髮鋪滿了華袍：「我長風發過誓，只要有人替我父親報仇，我長風的命，就是他的。」

我不由勾唇。他果然是遺音的兒子。

他緩緩起身，帶起長髮滑過衣衫的沙沙聲，他正色看我：「從今而後，我長風就是妳的人了，無論主子叫長風做什麼，即使要長風這條命，長風也不會說半個不字。」

鳳麟驚訝地看向長風，他微微擰眉，眼神閃爍了一下再次側開臉，胸脯微微起伏，我感覺到了他劇烈的心跳，他很在意這個長風。

「很好～～我很喜歡你。」我咧嘴笑了，鳳麟在我這句話中神情越發深沉起來，我看長風：「現在，把我的人都接上你的車，我們要先休息一下。」

「是。」他抿唇而笑，細細長長的眼睛裡卻帶出了淚光，唇角輕顫，如是在為父親終於雪恥而激動著，無法平靜。

遺音到底和帝琊發生了什麼，又怎會有長風，我並不關心，因為遺音已死，帝琊也算是死了，上一代的恩仇已報，卻沒想到我又多了個長風。

妖族向來忠心，這個僕人，我很滿意。

而且他還是焜翃的摯友，妖界今後到底屬於誰，可真是讓我越來越期待了。

我邪邪地笑著，手心又開始發癢。

嘶——好想快點造出一個妖神。這次，是真的要讓他們大吃一驚了。

第九章　夢中審問

婢女帶我們離開長風的和室，在拉門關上的時候，我看到長風抬手顫顫地拂過琴案，一把古琴現於他的面前，然後，他緊緊抱住它，啞然哭泣。無聲的哭泣，肩膀的顫抖，讓人更加心疼這精緻的男人，他把方才隱忍在心中大仇得報後的激動，徹底發洩了出來。

他滿臉淚水，但唇角含笑的臉慢慢消失在閉起的幽竹野菊的拉門後，鳳麟抱著我看那間和室一眼：「帝琊殺了他父親？就是妳說的……那個遺音？」

「哼。」我輕笑：「若只是普通殺死，他不會那麼恨、屈辱和怨恨至極，想必是他父親做過帝琊的男寵，含恨而死吧。」

鳳麟徹底怔住了神情：「男……寵？」

古琴清高，音色才會越發高冷、悠遠動人，遺音那樣的性格，怎堪為寵？唉……可惜了一把好琴。

滅了帝琊果然沒錯，不然不知又要被他糟蹋多少珍品了。

婢女將我和鳳麟帶入一間和室，和室內幽玄明亮，她們隨手關上了門。鳳麟輕輕把我放下轉身要走，我仰臉瞥眸：「站住！」

他頓住腳步，轉回身看看我，微微抿唇跪坐下來，他沒有說話，只是微垂臉龐。

「沒我的允許不准走。」我說完，收回目光，他依然安靜。

和室內整潔無物，一旁的拉門上是悠遠的山水墨畫。

門外輕輕傳來零碎的腳步聲，是小竹他們。

「主子呢？你們把主子帶到哪兒去了？」門外是小竹焦急的話音。

「請尊客放心。你們的主人已經安歇，也請你們放心休息。」

腳步聲漸遠，狹小的和室變得更加幽靜，只剩我與鳳麟二人。

忽然，面前的筵席散開，出現了一池熱水，我揚唇而笑：「不錯，還能洗個澡。」我伸手解開衣帶。鳳麟驚得轉身：「師傅！」

「什麼？」我抬手拂起臉邊長髮，懶懶看他：「不准走，更不准看！」

他的氣息煩躁起來，有些氣鬱地從鼻息中嘆了一聲，扯落髮帶綁住了自己的眼睛，氣悶地轉身背對我，不再說話。

我看著他，壞壞而笑。衣服脫下時，我的身體漸漸恢復，小小的手慢慢變大，小小的腳在入水時也漸漸恢復，長長的腿在小小的浴池中曲起，水光瀲灩。

我抬手掬起一捧熱水，舒服地往後靠落：「嗯……舒服……麟兒，我現在是小孩，你要一起嗎？」

他的後背立刻繃緊，我笑了：「看來……我在你心裡並不是小孩。」

他先是氣悶地轉回身，正對我，臉色發沉。隨後他擰擰眉，側開臉：「師傅，徒兒是男人了！」

「知道了知道了~~~煩死了~~~」我把水潑在自己身上，這句話我都快聽出老繭了。

「所以徒兒……」他擰了擰拳，沉沉開口：「喜歡師傅！」

我的手微頓，瞥眸看他異常深沉的神情：「我知道你喜歡師傅我。」

「不。」他的聲音開始變得低沉，緩緩地抬起手，抓住了蒙眼的髮帶：「是男女之情！」忽然間，他扯落了髮帶，深深的視線猛地射出，落在我已經恢復的臉上。那熾熱的視線剎那間燒在我的臉上，我的心突地停了一拍，那不是他帶給我的，而是我自己的，我的心因他深情的眼神而怦然不止。

他見我已經恢復，視線裡立刻劃過一抹驚慌，匆匆側開臉。他卻不知，在他躲開我視線的同時，我也躲開了他的。

我們彼此轉開臉看著別處，只聽著彼此的呼吸在這熱意濃濃的幽室中燃燒。

「我、我還是出去吧。」他要起身。我幽幽開了口：「天地初開，生陰陽……其實說得一點也沒錯……」

他頓住了身形，緩緩坐下，背對我輕輕低語：「師傅，妳是那第七個神嗎？」

往事再次浮現腦海，讓我心情沉重。

「嗯。」

「那為何他們沒發現妳？」

「因為……我落在天地最陰暗的縫隙之中。哼……」我輕聲而笑，嘴角恰似習慣般地邪邪揚起：「多麼諷刺啊！我來自於黑暗，但我現在最怕一個人在黑暗之中……」

「呼！」忽然間，鳳麟揚手熄滅了室內的燭火，幽室瞬間陷入一片黑暗。寂靜之中，他起身走到了我的身後，我坐在浴池中，不由自主地去聽他的呼吸，他的腳步，和他坐下時衣衫摩擦的聲音。

然後，黑暗之中，伸出了他的手臂，輕輕地環過我的身前，環抱住我的肩膀上。溫熱的雙手隔著衣袖的布料小心翼翼地握緊了我赤裸水濕的肩膀，將我緊緊擁入他的懷中……

「師傅不怕，以後黑暗中有麟兒陪妳……」

我的心，在他哽啞疼惜的話音中而痛，當那抹痛出現時，我毫不猶豫地抓住他的手臂，往前一拽，將他拽入了小小的浴池之中……

嘩！濺起了溫熱的水花沾濕了我的臉，我壓上他的身體、捧住他的臉，正想吻上時，他卻突然握住我的手，轉身把我反身壓在了浴池邊，緊跟著，黑暗之中柔軟的雙唇落下，吻在了我的唇上……

他拉下我的雙手入水中，靜靜貼在我的身邊。他重重含住我的雙唇時，卻是放柔了動作，輕柔地、小心地吻過我的唇，纏纏綿綿，黏連不捨，霸道卻又溫柔。他似是努力克制著什麼，只是小心地吻著我的唇，沒有更多的侵占。

黑暗之中看不清他的神情，但我能看到他那雙灼灼閃亮的眼睛。

緩緩地，他離開了我的唇，黏連的唇瓣間帶入一絲涼意。他放開了我的雙手，手指輕輕地從我手背小心翼翼地撫上，似是努力克制不觸碰我，卻又捨不得離開我半分，手指一點一點劃過我的手臂，沾上了我身上的熱水，落在我的肩膀上，然後他壓上我的身體，緊緊抱住我，雙手依然隔著他的袍袖，沒有碰觸在我的肌膚上。

「師傅……妳為什麼要逼我……」他暗啞而痛苦的話音在我耳畔響起。他深深呼吸，胸膛在我水濕的身體上大大起伏，隔著衣衫的雙手將我越抱越緊。

我靠在他頸邊壞壞而笑：「之前為何不說？」

「怕妳厭惡，怕妳趕走我，怕妳抹去我的記憶，怕妳……讓我永遠地離開妳……」低落的聲音說出了他一直隱忍真情的原因，他的聲音甚至帶出了一絲顫音，我從沒想到他會如此害怕失去我……或者說是怕我不要他。

「那現在為何又說了？」我慵懶地蹭了蹭他的頸項，嗅聞他身上熟悉的、好聞的清修者淡淡的清香，好想看他此刻的神情。

「因為……因為……」

「因為長風？因為出現了一個我說我很喜歡的男人？」

「妳真的喜歡他？」他果然變得緊張，聲音發沉，甚至變得有些霸道地圈緊我的雙肩：「妳有我一個不夠嗎？」

不夠~~~怎能夠？在復仇這條路上，除了麟兒你，我還需要很多……很多人。

我邪邪而笑：「你知道的，師傅我一直說話如此，現在我也覺得天水不錯，我開始有那麼一點……喜歡他了……」鳳麟的胸膛大大起伏了一下，像是有一種守不住的無奈感，我笑了：「就像……我喜歡小竹、喜歡長風、喜歡紫垣，現在你可安心了？」

他身體微微一怔後，傳來一聲輕嗤的笑聲，宛如在笑自己一般。他徹底放鬆了身體，靠在了我的肩膀上，深深地呼吸，宛如只是這樣抱著我，已經心滿意足。

他依然隔著衣袖緊緊握住我的肩膀，似是不敢用雙手直接觸摸我，宛如是褻瀆了我；又像是害怕一旦觸摸到了我，會發生讓他徹底失控的事情。

他用他的理智在努力克制，可是他貼在我胸前裡的心跳，已經快到無法數清。

我伸出手，拉上他的腰帶，他驚了驚，立刻放開我，緊緊握住了我的手：「不，不可以！」他沉沉地說，更像是對我和對他自己的命令。

「為什麼？」我明明感覺到心跳的劇烈，他雙手的灼燙。我不想用讀心去讀他，因為他是鳳麟，是我喜歡的人。

「因為……」他微微鬆開我的手。垂下了眸光：「妳累了……」

「真的是這個原因？」黑暗之中我無法看清他的神情，但是我能感覺到他此刻的心虛和心亂。

我抬手輕輕撫上他燒熱的臉。他深吸一口氣，緩緩握上了我的手：「師傅……」他暗啞的話音從唇中吐出。「我不想讓師傅覺得，男人喜歡妳，就是想跟妳……做這種事情……」

我的心頓時怦然一震，久久、失神地看著他，目光驅散了黑暗……我現在真的好想好想看看他……

「師傅……」他正深深地凝視我的臉龐，似是只能在黑暗中，他才能鼓起這樣的勇氣：「現在在妳的心裡，麟兒……可是真的男人了？」

我揚唇笑了：「當然，早就是了！師傅知道，鳳麟不再是那個孩子，是一個真正的男人。」

他的神情在黑暗中發了怔，深邃的雙眸裡再也克制不住那火焰的湧出，即使他再用深沉去偽裝，依然擋不住那從深處勃發的隱藏太久的摯愛。

「不然……」我壞壞地笑了，伸手捧住他的臉頰：「師傅為何總是逼你？」

他猛地回神，眸中竟是化出一絲不悅和強勢，忽然握住我的手沉沉地、灼灼地看我：「師傅！下次這種話、這種事能不能讓我自己來說、來做？不要逼我、不要逗我，我是個男人！我知道自己該說什麼！該做什麼！」

我疑惑看他：「什麼話？」

「我愛妳。」

我徹底怔住了神情：「那……什麼事？」

他眸光猛地燃燒起來：「就是這件事！」忽然，他伸手扣住我的後腦，一手圈緊我的肩膀將我倏然擁緊，火熱的雙唇再次覆蓋而下，帶著男人的強勢、男人的霸道，和男人的不容違抗忤逆。

這是比剛才的吻更加焦灼、更加猛烈的吻，他大口大口近乎本能地去吻我的雙唇，深深吸入我口中的空氣，本能的驅使讓他的吻變得狂野，吸痛了我的唇，我的雙唇在摩擦和粗重的吮吸中漸漸發麻。

舌自然而然地伸出，他想要更多，更多，吸走我口中的蜜液，我唇內的香氣染入他的唇內，讓他齒頰留香，充滿誘人而讓人無法控制的仙香。

他的呼吸變得越來越急促，越來越粗重，他圈緊我的手為了克制而狠狠捏住了我的肩膀，我感覺到了一絲疼，那絲疼更像是他手心熾熱的溫度所灼傷，火熱透出了他的仙衣，仙衣漸漸從他身前散開，我水濕的身體瞬間貼上了他熾熱結實的胸膛，他的身體登時僵硬，吻就此停住。

我的手順著他的臉撫落他的頸項，撫上他結實的、卻不是彈性的胸脯，他慌忙後退了一步道：

「這是怎麼回事？」他低臉看自己散開的仙衣。

我邪邪而笑，懶懶地側轉身靠在浴池邊：「這次我不說了，你自己想～」

他似是察覺我可以看見他匆匆轉身，扶額深深呼吸，努力讓自己冷靜：「今晚我還是去師兄那裡睡。」

我立刻沉臉：「又是天水！你就那麼喜歡他嗎？」我在水中甩手，嘩！一聲，浴池消散，衣衫加身。

和室的一側出現了一扇花格的床，幽幽的清風和淡淡的月光一起灑入，照上我的身體，我側臉看他，他擰眉轉回身：「師傅，妳怎麼連師兄的醋也吃？」

「哼。」我甩開臉，雙腳躍起，躍落鳳麟懷中時已是黑貓：「既然你去跟他睡，我也跟你一起去。」

「啊？」他怔怔看我片刻，沉臉道：「不行！」

「不行？」我在他的手臂間站直了身體，用黑貓的眼睛冷冷盯視他的臉：「不行你就留在這兒陪我睡！」

他的眸光立刻深邃起來，沉沉看我：「妳知道我會對妳做什麼？」近乎警告的語氣，落在我的頭頂：「不要逼我，我說過，讓妳小心。」

我瞇起雙眸，邪邪看他：「那又有什麼關係？我喜歡你，我願意！」

他眸光倏然一緊，眸中再次湧出深深的漩渦，我直直盯視他，他深深凝視我，笑容從他的臉上浮起，那份滿足與幸福宛如是因為我那四個字：我喜歡你。

鳳麟凝視我的視線越發深邃，越發堅定：「所以我更不能傷害師傅！我告訴過自己，要好好守護師傅，珍愛師傅！師傅，妳不能驕縱我，妳元氣尚未恢復，我不能，我是怕妳累！是怕弄傷、弄疼妳！妳難道還不明白嗎？」他忽然用手撐起我小小的身體，氣悶而焦急地久久凝視我，我被他越說越煩，瞥眸看他：「我不明白！我不累！我是神，你怎能弄傷我？」

他的呼吸越來越深重，像是被我氣的。忽然他俯下臉，吻落在我黑貓的唇上，我瞥眸愣愣看他，他水潤的眸光像是夜空中的星辰般清澈閃亮：「師傅……」他深深看著我：「我是處子，妳現在明白了嗎？」

我愣了愣，思索良久，恍然大悟，抬眸看他時，他滿臉緋紅地側開臉：「我怕弄傷妳……所以我……」

「不用說了！」我的臉也被他帶紅了，幸好我是黑貓，看不出顏色，氣氛陡然從曖昧轉為尷尬。我側開臉：「我們去天水那邊睡吧，大家都在。我就這樣子，你不會吃醋了吧。」鳳麟說得已經那麼清楚了，再說下去會有損他男人的尊嚴。

其實……我可以教他的。

但他也說過，有些事讓他自己來做，我若再提，好似我飢渴難耐。

哼，是他自己不要的，就讓他自己憋著去，憋死他！哼~

他沒有再說話，輕輕撫過我的身體，帶我出了這悶熱的的房間，我伏在他手臂上，耳邊依然迴盪著他的喘息，還有他的那句話——我不想讓師傅覺得，男人喜歡妳，就是想跟妳……做這種事情……

可是，太多太多男人甚至沒有喜歡上我，就想與我歡好，所以我被冠上了魅惑之神、淫神之名。

而即使跟我做過的，也沒有愛我到最後……

聖陽，你曾說過非我莫娶，只與我做萬代的夫妻，可是最後你食言了，你還欠我一場神族的婚禮。

我也曾說過，非你莫嫁，只與你生生世世在一起，但在你封印我的那一刻，我知道是我天真了……

我不會再留戀你，更不會再愛你，我會好好去愛那些愛我的人，不再在你身上浪費我半絲半毫的愛情。

「麟兒，你介意我曾跟聖陽在一起嗎？」我在他懷中問。

他走在走廊上的腳步微頓，沉默了許久。

「你介意？」我感覺到了一絲緊張，鳳麟真的介意我跟別的男人愛過？

「不，我不介意。」他深深地說：「我只是覺得聖陽大帝很可憐。」

「可憐？」我的怒火立刻湧上，從他手臂間躍落地板，兩旁的拉門是連綿不絕的青山綠水。

「師傅！」他急急追上我：「我是男人，如果我是神，最後卻連自己的女人都保護不了，我一定會恨死自己！」

我頓住了腳步，他亦在我身後停下腳步。

我沒有轉身，冷冷低語：「他封印了我！」

「可是師傅也說過，聖陽大帝只愛師傅一人，他和天水師兄的性格又很像，他一定會愛得很深，這樣的男人封印自己最心愛的女人，一定會很痛苦、很自責……」

「哼。」我冷笑：「他痛苦？他自責？哈哈哈哈——那不是正好～～～」我搖頭擺尾地向前：「反正他也痛苦自責不了多久了～～～因為我一定會拆了他的神骨，幫他解脫！」聖陽，你這個懦夫！

我抬腳，啪地移開拉門，眼中竟是映入天水賢妻良母地正在為小竹縫補衣衫！他在燭光中溫暖溫柔的神情像極了聖陽，我心中對聖陽的恨瞬間勾起！

小竹坐在一旁靜靜看天水，吃不飽趴在一旁舔自己的腳爪，因為拉門忽然打開，他們一起抬起臉。天水看見我時微微一怔，小竹呆呆看著我們，吃不飽的視線直接越過我，如同盯視獵物般陰沉盯視我身後的鳳麟。

天水回過神，目光向上看向我身後的鳳麟，立刻目露擔心：「師弟，你怎麼了？臉這麼紅？」

「嗯——————」吃不飽站起了身體，滿目猙獰地瞪視鳳麟：「居然敢碰我的娘娘！你知道我有多想做娘娘的男人，而不是坐騎嗎？」

天水頓時在吃不飽的怒吼中一嚇，針扎入了手指，帶出他一聲抽氣：「嘶！」

我直接撲上吃不飽的後背，唰的一聲亮出我的利爪，直接撓下：「畜生，你想太多了！」

「嗚～～～」吃不飽趴回原地，捂住頭頂，滿臉委屈。

鳳麟的臉更紅了。天水握住被扎傷的手，深思地一直看他。我看他老是那樣含情脈脈看我的麟兒，心裡更不高興，從吃不飽身上躍離，四腳直接壓上天水的胸膛，他被我直接推倒，砰的一聲倒落在地板上，吃驚看我：「師傅？」

「你閉嘴！」我居高臨下陰沉看他：「你替我擋了神光，我本來有那麼點喜歡你了，可是你太像聖陽那個混蛋了！太像了！」

「他哪裡像？」吃不飽瞥我一眼：「他長得比聖陽差多了，聖陽大帝那可是神族第一美男子，別說女人，就連我們男人看著他都心動……」

「你這畜生！看誰都發情是不是？」我冷冷睨他：「你只看臉嗎？」

吃不飽戰戰兢兢看我一會兒，忽然坐起，渾身的肥肉又鋪了一地：「對！娘娘說得極是！天水跟聖陽大帝太像了！我說怎麼看著那麼討厭呢！原來如此！」

「滾！」我一聲厲喝。

「是。」他立刻低頭，灰溜溜地跑了。經過鳳麟袍下時，他忽然趴在鳳麟的腳上聞，鳳麟察覺擰眉煩躁地提袍：「你在幹什麼？」

「吸，吸，吸，吸。」吃不飽聞了一會兒，離開鳳麟的雙腳，反是嫌棄地看他一眼：「原來沒做啊，蠢！」

鳳麟的臉立刻沉下，殺氣漸漸升騰全身，沉沉俯視吃不飽。

吃不飽也不示弱地陰沉盯視他，在他的身體緩緩站起，現出人的雙腳時，我尾巴直接一甩，神力甩出，瞬間關上了拉門，阻斷了鳳麟與吃不飽盯視的視線。

「啪！」拉門重重撞上，驚醒了一直在一旁發呆的小竹，他眨眨眼，呆呆看看我，再看看渾身寒氣、面色鐵青的鳳麟，悄悄退到角落，蜷縮睡下，似是不想讓我們所有人發現。

我依然站立在天水身上，冷冷看他：「以後不准補衣服！」

天水莫名看我：「可是小竹的衣服破了。」

「破了也不准，讓他自己補！不要在我眼前到處釋放你的溫柔，為師看著不爽！」

天水露出一臉無奈，似是已經習慣我的脾氣，側開臉輕嘆了口氣要起身。

「躺好！今晚為師要睡在你身上！」我一聲厲喝，天水轉回臉驚訝看我，黑眸裡燈光閃爍，他急急看向我身後鳳麟的方向。

騰騰騰！腳步停在我的身旁，人風帶到，鳳麟已經蹲落我的身旁，沉下臉：「師傅，就算妳是這個形態，也不能隨便睡天水師兄！」

我瞥眸看他，看入他氣鬱的雙眸，邪邪而笑，索性軟軟趴下：「怎麼？吃醋了？是吃你天水師兄的醋～～還是……吃我的醋？」

「師傅！」他的眸光深沉起來，神情裡已經帶出了寒氣：「不要再逗別的男人了！」

我瞥回眸光，在天水的胸膛上伸長了四肢：「你今晚心跳太快～～～吵死人了，天水沒有，可以讓我安靜安靜。」

鳳麟在我的話音中一時語塞，臉紅了紅側開，深吸一口氣長嘆搖頭，然後回頭看向天水：「師兄，今晚辛苦你了，師傅喜歡睡在人身上。」

「師弟！」天水立刻拉住了鳳麟的手，著急的神情像是今晚有人會毀了他的清白，鳳麟輕拍他的手，原地躺下，對他揚唇一笑：「放心，有我在。」

你們兩個真是夠了！我白了他們一眼，真想扭頭不再看他們兩個。

天水遲疑地緩緩鬆開了鳳麟的手。我擺起貓尾，掃滅了房內的燭火，月光立刻從花格的窗戶灑入，給整個房間染上一片夢幻的銀光。

天水的胸膛起起伏伏，如同海浪推動搖籃。搖啊搖，搖啊搖。

「麟兒，我要聽你吹樹葉，哄我睡覺。」我懶懶地說。

「好。」他壓低了聲音輕輕起身：「可是，師傅……沒有樹葉。」

「這有何難？」我甩落貓尾敲上地板：「喂，長兩片樹葉。」

「吱——嘎——」妖車發出像是快垮了的聲音。

不給？

我挑挑眉，抬爪「唰」的一聲，利爪立刻竄出肉墊，在月光中寒光閃閃，在天水的胸膛上轉個身，天水微微緊繃。我伸長手臂，利爪撓上地板：「滋——」

妖車立刻抖了抖，緊跟著，花格窗邊緩緩長出一截樹枝，朵朵紅梅綻放，瞬間給整個房間帶來幽幽的梅香，一片嫩綠的樹葉與此同時在紅梅邊長出。鳳麟隨手摘下，淡淡一笑，放在了唇邊，悠悠揚揚的曲聲隨即而出。

我滿意地收回利爪，閉上了眼睛。

清新悅耳的曲聲不再是方才那淒涼孤獨的惋嘆，而是一曲婉轉纏綿，恰似戀人相依相靠在湖邊，十指交纏，在月下甜蜜地相擁不離……

他的心意在吹奏中絲絲流入我的心間，悠悠的，琴聲再次附和，愛樂之人會情不自禁地去附和自己喜歡的樂曲，長風的琴聲婉轉低吟，時斷時續，比鳳麟的甜蜜多了一分戀戀不捨，宛若戀人攜手漫步，依依不捨地訴說彼此的衷腸……

我在他們的曲聲中緩緩入睡，昏昏沉沉間，我感覺天水的胸膛起伏了一下，傳來他低低的話音：「師弟，你和師傅……」他欲言又止。

「我們什麼都沒做……」身上輕輕落下一隻溫暖的手。

「那你……對她……」

「是，我愛上她了，愛上了自己的師傅，呵，師兄，我是不是大逆不道、有違倫常？」

「哼……」天水的胸膛又起伏了一下，發出一聲苦嘆似的輕笑：「現在到底什麼是對，什麼是錯？我已經搞不清了，我連自己是什麼都已經不知道，我又怎知你愛上師傅是不是有違倫常？她是真神，而我們……不過是凡人……」

「是啊……我只是一個凡人……我……」鳳麟的話音變得越來越低落：「我還不如你，可以不生不死，一直活著，師兄，你能不能答應我一件事？」

「說吧，師弟，師兄若是能做到一定答應你。」

「若是我死了，替我好好守護師傅。」

「謝謝師兄，現在，我真的放心了。」

天水的胸脯凝滯了一下，他沉默了許久，才說：「好，我答應你。」

「師弟，我不准你說晦氣話！」天水因為鳳麟像是遺言的語氣有些生氣。

「師兄，我們無父無母，一直是仙尊照顧我們，告訴我們修仙是為了守護自己最重要的人，我那時還不知道守護的含義，也不知道要去守護誰，直到……我遇見了師傅。那時，我覺得她很可憐，一個人被關在鎖妖塔的底層，只有我，才能跟她說上幾句話，所以，師傅的脾氣，才會變得那麼古怪。師兄，若是以後師傅再打你，罵你，你可要忍著，就當……讓讓她。」

「呵……我明白，她的脾氣像個孩子。」

「噓！師兄，你這樣說她又要生氣了。」

「呵，無所謂，你不是說過，她一直把我當聖陽大帝出氣？對了，師弟，師傅和聖陽大帝之間……」

「他們是戀人。」

鳳麟突然的回答徹底打斷了天水的話音，他的胸膛又是一段時間的凝滯，然後高高地起伏。

「所以，現在你相信師傅是真神了？師傅若是像書中寫得那麼不堪，聖陽大帝又怎會愛她一人？」

「那，聖陽大帝怎會封印了師傅？」

「這個我還不太清楚，要看師傅心情。她心情好的時候，會跟我們說上一段過去，我聽了，好像是帝琊他們要奪師傅身上一件東西，並且爭奪師傅，這使得六界陷入大亂，於是聖陽大帝為了六界的和平，平息一切，就犧牲了師傅……」

「你是說……聖陽大帝背叛了師傅？」天水大大驚訝，久久沒有回神。

「我……」天水在久久的靜謐後，低低開了口：「現在明白師傅為何那麼恨聖陽大帝，愛一個人，怎能背叛她？師傅當時……一定很痛。」

「如果是我，即便是被眾神追殺，也要守護住師傅！如果做神不能守護住師傅，那我就做魔！」鳳麟沉沉的聲音讓我心中猛地一提神，不由想起了清虛臨終的交代：不要讓鳳麟入魔……

清虛說此話必是有因。

起先，我只當人性搖擺不定，修仙心念稍有微動，便易入魔。凡間有句話：學壞容易學好難。

可是現在，我越來越覺得應是清虛瞭解鳳麟的心性，才有此憂慮。清虛養育鳳麟成人，與他一起的時間比我更多。

一直因為自己要復仇，清虛的這句話於是被我淡忘，可是鳳麟剛才說話時無意間露出的寒氣與殺念，讓我的心中不由在意。

「聖陽大帝愛蒼生，愛所有人，這種大愛和師兄你的很像，所以師傅才會看見你總是惱火，嗤。」鳳麟忍不住笑了起來：「師兄，你像聖陽大帝，該高興一下。」

「呵，然後被師傅當出氣筒？」天水似是伸手打了鳳麟一下，兩人在深深的夜裡，響起淡淡的男子的笑聲。

溫柔溫暖的手輕輕撫過我黑貓的後背，傳來鳳麟誓言般的低語：「師傅，我一定會好好守護妳……不讓……他們再傷害妳。」他的聲音再次低沉，濃濃的殺氣與憤怒透過那隻手，進入了我的心，那是比清虛死時更大的憤怒，至少。他現在看見焜翃，已經能保持平靜。

我不希望鳳麟的心再次被恨糾纏，凡人容易墮入魔道。

「師弟。」天水的輕喚中，帶出了像是和我一樣的擔憂：「沒人會傷害師傅的，你不要擔心，師傅是神……」

「可是你也看到帝琊是怎麼對師傅的！」鳳麟的語氣激動起來，心痛到輕顫的聲音讓空氣也像是被一隻手狠狠揪緊。落在我後背的手輕輕包裹我的身體，他深深呼吸，努力讓自己平靜：「師傅被帝琊燒得體無完膚，不成人形！這怎麼可能是愛？師兄你不愛師傅，所以才沒有我心裡那種痛到快要窒息的感覺！」

整個和室變得沉默。只有天水的胸膛在不平靜地起起伏伏。

「這不是愛。」寧靜中，又響起了小竹淡淡的話音，沒有任何語氣，如是對愛情已經徹底死心：「僅僅是為了占有。他們對主子太殘忍了，主子的身上一定有可以毀天滅地的東西，他們是神，什麼沒有？只有這個可能會讓他們忌憚或是感興趣。」

我揚起嘴角悠悠地笑了，第一次，我因為他們的團結而感到久違的喜悅。這讓我睡得更加踏實，也更加舒服。

我忍不住在天水的胸膛上伸了伸腳爪，天水立刻緊張：「噓！」

鳳麟放在我身上的手也僵滯不動。

空氣瞬間靜謐，宛如所有男人不想打擾我安睡。

直待我不再動，鳳麟才低低地說：「以前我總是擔心師傅傷人，我真是蠢，如果師傅願意傷人，她的神力只怕早已恢復！」

「鳳麟主子，你什麼意思？」小竹不解地，呆呆地問。

「是啊，師弟，怎麼回事？」天水越發壓低聲音疑惑地問：「師傅說過，她的神力不靠吸取陽氣，你怎麼……又說她只要傷人，神力就能恢復？」

鳳麟靜了一會兒，壓低聲音輕語：「我細細算過。師傅第一次恢復力量殺掉花神，用的是一百個怨靈的怨氣，其中還有三個少女的怨氣，和一些孩子的。師傅說少女的怨氣可以一抵百，孩子的怨氣可以一抵千，所以師傅殺掉花神，用的其實應該是大概八千左右怨靈的怨氣！」

「你算得可真仔細。」天水柔柔地讚嘆。

「而人也是可以產生怨氣的。我一開始不明白師傅為何不能馬上恢復神力，細算了之後，才明白活人的怨氣不及百年的怨靈，而且太過分散，也不多，容易被天地清氣淨化，所以師傅在現在的人間，很難在片刻間恢復神力。」

「現在？鳳麟主子，你這話到底什麼意思？」

「因為……」鳳麟的話音頓了頓：「現在的世界太和平。」

「師弟……你！」天水似是已經明白了鳳麟的的意思，驚呼出口。就在這時，鳳麟放落在我後背的手忽然離開，似是捂住了天水的嘴：「噓！睡吧。」

整個和室再次安靜下來，鳳麟的手再次輕輕落在我的後背上，再未離開。

鳳麟……知道了……

再次坐在自己世界的盡頭，我久久思索鳳麟的話，一直知道他很聰明，卻從未想到他會如此縝密留心。

他為什麼要去算？他只是個凡人，即使算出我恢復神力所需要的怨靈的數量又有何用？

但是，我是真該發愁下一仗該怎麼打了，尤其是對付最後的聖陽！

我需要更多的神力……難道該繼續吃妖？

可是妖界的妖很少吃人，人間能吃到千萬人的老妖也是極少，能捉到那麼一兩個，已是運氣極好了。

還是先搞清楚聖陽到底在哪兒，我心裡更踏實些。

我抬手劃過面前，被鎖鍊封印的帝琊出現在我的面前，他懸浮在空中，鍊條化作紋身纏繞他赤裸的全身，像是藍色的條紋在他全身燃燒，深深嵌入他緊繃的皮膚。

他藍色的長髮越發妖冶地生長，如那野草般瘋狂地生長，遮蓋住他精壯的身體、凹凸的肌理、結實的腹肌，以及結實的雙腿。

他猙獰地咧開嘴，邪魅地笑看我：「妳想我了嗎，魅兒？正好，我已經脫光了！」

我邪邪一笑，瞥眸看他：「不，我只是餓了。」我深深吸入從他身上散發出的強烈怨氣，神的怨恨之力可比凡人更加強勁，如果封印他一百年我再吸，應該足夠滅掉兩個混蛋。

我吸盡他身上醞釀出來的怨氣，抬眸邪邪而笑：「你倒是大方，不像你那隻坐騎，現在努力克制自己的怨恨。」

「哼哼哼……當然——」他咧開嘴，絲毫不掩飾自己淫邪的目光：「我要讓妳知道，我有多愛妳……我不僅僅要幫妳恢復力量，還要幫妳殺了其他人——哈哈哈哈——」

我擰眉瞥眸看他，這變態該不是被我打傻了吧。

「為何？」我斜睨他獰笑的臉。

「因為——」帝琊的聲音開始變得粗啞低沉：「如果只有我一個人死了，豈不是很沒面子？既然如此，就同歸於盡吧——」他朝我粗喊，藍色的長髮在怨氣中狂亂地飛舞。

原來如此啊～

「哼。」我笑道：「好！滿足你！」

「妳終於願意滿足我了——」他的笑容更加咧開，宛如整張嘴在下巴上完全裂開：「來吧——魅兒——我想要妳——給我吧——妳知道，只要妳我交合，我便能提供妳更大的力量——」

「滾！少噁心我！」我噁心地收回目光：「我本以為我是瘋子，原來你比我更瘋！你們實在活得太久、太無聊了！」

「我真後悔當初封印了妳，我應該從聖陽身邊把妳奪過來！」他陰狠地說著：「但聖陽是個懦夫！懦夫——哈哈哈——他為了我們兄弟間的感情，為了六界的和平，他不敢應戰！他只有把妳封印，這樣誰都得不到——誰都可以安心……」

「你閉嘴！」蛇鞭從手中滑出，轉身之時直接狠狠抽在了帝琊的身上。啪！他卻是更興奮地大笑：「哈哈哈哈——魅兒……還不夠，還不夠——」他仰天發狂般地大喊：「我還要——還要——」

我的身體因為憤怒而顫抖，攥緊蛇鞭的手幾乎要攥出血！

「是你們的野心讓我被人誤會、被你們爭奪！是你們的野心讓我被太多太多人憎恨！你們對我怎能如此殘忍？你們怎能為了造世的誘惑而要奪我神魄神丹致我於死地？帝琊，我們曾是兄妹，我憑什麼要為你們男人的野心而付出三千年封印的代價？」

「是啊——」他俯下臉，陰邪的眼睛在淩亂的長髮下閃爍淫靡的光芒：「我真的很想聽見妳再叫我一聲帝琊哥哥。妳每次叫我，我的心就會撲通、撲通、撲通地跳，讓我的血液因為妳的聲音、妳的笑容而沸騰，我多麼想擁抱妳、親吻妳……可是聖陽獨占了妳！」他的眸光驟然陰狠起來，裡面有太多太多的不甘！

「是我錯了！我當初就該撕毀條約殺了聖陽搶走妳！這樣妳就是我的，這個世界也是我的，我還需要造什麼世？哈哈哈哈——我真蠢——真蠢！居然被廣玥那個陰險的傢伙說服了！廣玥——下一個就是你——是你——」帝琊仰起臉，在我的世界裡憤怒地嘶吼，宛如能讓廣玥聽見他的咆哮和憤怒。

「琊……」忽然，聖陽的聲音在我身後響起，輕悠而縹緲，帝琊藍色的眼睛顫動了一下，立刻看落我的身後。

我立刻轉身，再次看到聖陽的虛像。

他被聖潔的光芒包裹，看不清他的容顏，但我可以清晰地感覺到他的悲痛和哀傷：「琊……對不起……」

又是對不起……又是對不起！

我聽夠聖陽的對不起了，也看夠他那副慈悲慈祥聖父的嘴臉！

整個世界的空氣彷彿也因他而布滿哀傷的氣息，他又朝我伸出雙手：「魅兒……妳滿足了嗎？妳滿足了嗎？」他連連問我是否滿足。

「沒有！」我攥緊了手中的蛇鞭。

「哈哈哈哈——」身後響起了帝琊怪異的嘲笑：「看見了嗎？看見了嗎——哈哈哈，聖陽就是這樣，愛所有人，就算是地上一株草，他也愛著，所以他才會犧牲妳！魅兒！妳是該恨他，因為他要保住整個世界，保住所有人，他只能犧牲妳，因為妳只是一個人，一個甚至都不知道是什麼的東西！一個有可能會危害六界的邪神！妳說……他不犧牲妳，又要犧牲誰？哈哈哈哈哈哈——」

「魅兒……對不起……」聖陽又在我面前心痛地哽語。我瞇起雙眸，邪氣瞬間燃燒全身，拿起蛇鞭：「聖陽，我現在就告訴你我是誰，你這個變態也給我好好聽著！」我赫然轉身直指帝琊：「本尊是第七神，是和你們一起降落的第七神！」

帝琊登時怔住了神情。

我雙腳懸浮而起，蔑然地俯看帝琊和聖陽的虛像：「本尊代表真正的陰陽之陰，是為了平衡六界陰陽而存在的陰神！一陰六陽，到底誰才是真神之主？你們聽清楚了！本神要重選六界之神，重塑天地！」我重重的話音在天地間迴盪。

「噗！哈哈哈哈——」帝琊大笑出聲：「魅兒，不要以為大家稱呼妳陰女大帝，妳就真以為自己是真神了，哈哈哈哈……」

「哼。」我蔑然冷笑：「早料到你們不會信了，無所謂。你們這些人天性犯賤，非要狠揍一頓才會明白道理，打完你們就信了。」

「哈哈哈哈——哈哈哈——」帝琊放肆地嘲笑，看向聖陽的虛像：「聖陽，你信嗎？」

虛幻的人影沒有任何聲音。

我緩緩落於地面：「你跟他說是沒用的，他根本不會做出反應，只會不斷地說，他只是一縷神識〜〜〜」

「神識……」帝琊眯起了眼睛：「聖陽——你出來——你這個懦夫！你用神識算什麼！我明白了，你一定就在魅兒身邊！你這個狡猾的騙子——難怪三千年前你就失蹤，你一定是隱藏在魅兒身邊，一直和她在一起——」

我在帝琊的嘶喊中看向那抹虛像，他落寞地低下臉。帝琊說得極有可能！

我立刻大步到聖陽的面前，抬起手，一把抓住了他虛像的衣領，陰狠看他：「你看見了，現在，我殺了帝琊，你的好兄弟！你還打算再躲下去、繼續縱容我嗎？」

他在聖光中緩緩抬起，伸出手慢慢地撫上我的臉：「魅兒……我愛妳……對不起……」

「我不要聽對不起——」我憤怒地揚手拍上他的臉。

「啊！」登時，我被一聲驚呼從自己的世界裡拽離，驚醒，身體滾落地板，一陣天旋地轉！

「師傅！」耳邊傳來天水的驚呼，身體被人匆匆抱入懷中，輕柔地輕晃：「師傅，妳沒事吧。」

我被突然驚醒，一時有些意識模糊，我緩緩看清了面前的人——是天水，而他的臉上，正是三條深深的爪痕！

他見我醒來，露出了安心的微笑，溫柔地注視我的眼睛。淡金色的晨光之中，他溫柔的目光更像聖陽一分。我立刻伸手直接推向他的肩膀，雙爪在晨光中現出雙手，我破光而出，狠狠壓住他的肩膀，在恢復人形之時，我已經跨騎在他的腰間，將他死死壓在地板上！

我壓在天水的身上，長髮從頸邊滑落，落在他驚詫的臉龐，我緩緩俯下臉，他眼神閃爍了一下，側開臉擰緊雙眉，放鬆身體任我靠近，似是瞭解我、知道我有別的目的，既沒反抗，也沒太過緊張，反而慢慢鎮定。

我俯落他的頸項用力嗅聞，長髮遮上了他臉，落入他的唇間。

「吸——」沒有神族的味道，難道藏得如此深？

我冷冷側臉，伸手扣住他的下巴，將他的臉掰正，我退回身形自上而下陰冷地俯視他，他雙眉微蹙鎮定地看我：「師傅，妳想做什麼？」

「看看你的身體裡到底藏了什麼？」我說罷直接俯下臉，我在他圓睜雙眸中的倒影越來越放大，他的眸中劃過驚訝和一絲慌張，他要起身，被我重重壓下：「不准動！」

他僵滯了一下，眸光顫了顫，匆匆閉上眼睛，努力保持平靜，胸膛在我身上起伏。

我抵上他額頭的那一刻，神識毫無阻擋地進入，這不可能。如果聖陽隱藏在他體內，我的神識必會遭到阻擋。

我立在他的意識世界中，虛空的世界裡是淡淡的金色流光，和天水的性格一樣，它們溫柔，溫暖，一幅幅畫面從流光中飛速而過，恰似時間在你眨眼間溜走。

即使轉世輪迴，忘卻過去，但靈魂的深處，還是會留下每一世的烙印。我看過他的每一世，都沒找到聖陽的身影。

他不是聖陽……

人類是按照神來造的，所以御人在造人時，會放入他們自己的性格，有些善良多一些，會像聖陽，成為世間的聖人；有些邪惡多一些，會成為世間的惡人，這樣善惡才能平衡。

而天水只是像聖陽多一些……

棋。

「娘娘！」耳邊傳來兒童稚嫩的聲音。我看落腳邊，整個人平靜了，我的裙邊正是紫垣的白

我真是被聖陽亂了心緒，如果天水是聖陽，紫垣怎能埋下白棋？

「娘娘！」小白開心地撲上我的腿，光溜溜的腦袋蹭蹭蹭。「娘娘來看我了！來看我了！娘娘，抱抱～～」他張開小小的手臂。求我抱抱。

我冷冷看他一眼：「我這生只願抱一個孩子，就是我家麟兒。你一邊玩耍去！」我把他輕輕踢開。他咕嚕嚕滾開，忽然間，淡紫色的華袍在金光中隱現，紫髮垂落時，白棋被他輕輕抱入懷中，他緩緩站直身體，微笑看我：「娘娘。」

是紫垣。

「星君～～～」小白抱住紫垣撒嬌：「娘娘欺負我～～～嗚————」和黑棋一樣，又一個哭了。

「乖，不哭，娘娘不是壞人。」紫垣又說了這句話，像是慈父般愛護自己這些棋子。

我看著他：「你不該出現在這裡。」

「沒關係。」他走到我身前，俯落臉深深看我：「廣玥大人和御人大人都已經離開了神界，現在神界一片大亂。傳聞娘娘殺了帝琊，是真的嗎？」他擔憂看我，有些緊張。

我冷冷一笑：「沒錯。」

他一驚，紫眸劃過一抹暗光，淡淡地笑了：「娘娘果然厲害。可是娘娘，妳這次殺了帝琊，會徹底惹怒他們。」他的眸光又開始擔憂起來。

「哼……」我邪邪而笑，單手扠腰：「無論先殺了他們哪一個，剩下的都會想盡辦法殺了我，我只是選一個弱點最多的下手，向他們正式宣戰！」

「所以這是娘娘宣戰……！」他激動地看我。

「沒錯！」我陰沉地凝視前方：「我會把他們一個一個，全部收到魂珠裡做我的神器！」

「娘娘！」他激動地呼喚我，我瞥眸看他，揚唇而笑：「紫垣，不用多久，娘娘就會回來了。」

「嗯！」他重重點頭，深深看我一會兒，垂落眼瞼，變得安靜。

我細細看他：「怎麼了？」

紫垣沒有說話，輕輕放落白棋。起身時，他忽然伸手擁住了我的身體：「娘娘，我真的很想妳……」他恰似低喃的話音讓這份思念之情更加濃郁，越發動人：「我真的很羨慕天水、鳳麟他們，可以在妳身邊，陪妳一起戰鬥。娘娘，讓我加入吧！」

「不行！」我推開了他轉身：「如果你下來，誰在上面幫我通風報信？」

「娘娘……」他從我身後又想抱住我。我往前一步轉身，他的雙手頓在空氣中，紫眸化作更深的顏色。我心中微動，瞥眸看他片刻，朝他走近一步，他俯下臉深深看我，我看他一會兒揚起臉，吻向了……他的唇。

他眸光顫動了一下，竟是閉起了雙眼朝我俯來，沉浸的神情完全告訴了我他對我的感情。我立刻轉身，他吻落在我的長髮上，他的身體就此凝滯，溫熱的氣息和柔軟的唇一直落在我的頭頂。

我走出他的身前，離開他的氣息、他的唇，然後轉身看他，他神色微露一抹深沉地轉開臉，擰緊了雙眉：「對不起，我失禮了。」

「哼。」我輕笑搖頭。

他立刻慌張起來，轉回臉時立刻單膝下跪：「娘娘請不要討厭我！」

「哼哼哼……哈哈哈哈——」我仰天大笑，第一次不知道自己在笑什麼，可是心裡卻很沉：「哈哈哈哈——」我抬起腳步，走出了天水的神識，眼中映入天水黑澈的、還帶著一抹紫光的眼睛。

我緩緩坐起身體，靜靜俯看天水，直到他眼中的紫光淡去，沉沉開口：「都看見了？」

他眨眨眼睛，避開我的視線，側落目光：「師傅，能不能先讓讓。」

我直接站起從他身上離開，他坐起偷偷鬆了口氣。我看看左右，房內只有我和天水二人：「奇怪，麟兒和小竹呢？」

「吃不飽早上叫他們出去了。」他回答，神情平靜，始終與我保持一分看不見的、無形的距離。

我點點頭，走向門：「我們去找他們。」

「是。」他也起身跟隨我的身後。

走到門口，我轉身，我突然的轉身讓跟在我身後的天水一時猝不及防，無法及時收住腳步，險些胸膛撞上我的身，腳也踩上了我的腳。他一驚，匆匆後退一步，鬆開了我的腳，微微側臉，再次保持距離。

「師傅何事？」他沉靜地問。

我瞥眸看他：「天水，你喜歡我嗎？」

他一怔，臉一下子紅起，他擰擰眉，轉回目光看我：「要我說實話嗎？」

「當然。」

「不喜歡。」

「很好。」

他鬆了口氣，臉上的薄紅稍退。

我看向他：「那我漂亮嗎？」

天水的目光落在了我的臉上，久久看我一會兒再次瞥開目光：「漂亮。」

「所以男人喜歡我是因為我漂亮？」這是一個很重要的問題，也是一直困擾我的問題。

天水一怔，朝我看來，目光平靜：「師傅為何問我？」

「因為你不喜歡我，你討厭我。」

「我沒有！」他急急地說，似是想到了什麼，避開我的眼神再次微微側臉：「師傅還是要我說實話嗎？」

「當然。」

「好。」他轉回目光，直直看我：「師傅答應我，我說了師傅不能生氣，不能打我。」

我揚起下巴，挑眉睨他：「我不打你，你說。」本娘娘氣量大。

他冷靜了一下，說道：「師傅即使變成嫣紅，也依然吸引了潛龍與麒恆的注意，所以男人被師傅吸引不僅僅是因為美貌，恕徒兒不敬，而是師傅的眼神太魅惑勾人。」

我立刻怒目圓睜，天水見狀急急補充：「但徒兒覺得星君是真心喜歡師傅，並非因師傅的容顏。」他匆匆說完，垂眸一禮，從我身邊迅速打開拉門跑出，我捏緊拳頭一拳砸在拉門上。

算他逃得快！眼神勾人是什麼鬼話？

『妳雙眸生媚，又帶魅惑，陰柔妖嬈，乃女人中女人，叫妳魅兒如何……』耳邊響起聖陽悠遠的聲音，拳頭從拉門上緩緩滑落。天水沒有說錯……

可男人若是不好這味，又怎會在意我的眸光、迷戀我的魅態？所以還是男人的問題！

那紫垣呢？

既然天水說他是真心，我就信天水，因為現在，他是我身邊最沉穩、最冷靜的一個男人，而且，我也相信紫垣對我的感情是乾淨的，畢竟他也是我看大的孩子。

「哼……不愧是自家帶大的孩子，跟麟兒一樣。」我笑了，身心輕鬆。

我出門先去找鳳麟。天水說他和小竹被吃不飽叫出去。我心裡不放心。我在心中呼喚：「麟兒，你在哪兒？」

「師傅！」耳邊卻是傳來他的急呼：「吃不飽把我和小竹又吃了！」

什麼？這個吃不飽的畜生，居然又吃我麟兒和小竹！

這次決不饒他！

我渾身殺氣地跨入走廊，接著雙手扠腰，陰沉地瞇眸看面前長長的走廊。深長的走廊瞬間因為我的殺氣而降溫，甚至妖車的地板都在我的腳下輕顫。

陰沉的神力從我身上如同鬼爪一般伸出，我迅速感應到吃不飽的方位，大步上前，走到一間和室前，直接抬腳踹向拉門！

似是懼於我的殺氣，妖車自己開門了。「嘩啦！」拉門打開，一片春光乍現！

只見一個格外妖嬈的男子被另一個身形魁梧、蓬頭散髮的男子壓趴在身下，身上的衣衫在掙扎中被撕開，露出了水潤桃紅的肌膚，後背肌理如妖嬈的曲線，在他散亂的粉紅色的長髮下更加誘人。

而他身上的男子更是全裸，一頭銀藍相間的雪亮長髮散落全身，遮蓋住他的臉，他的肩膀，以及他跨坐在妖嬈男子腰間兩側的長腿！

房內兩個男人因為我的闖入而消停，那妖嬈的男子立刻朝我看來，向我顫抖地伸出白皙的右手：「娘娘救命～～～八翼願隨娘娘～～～」妖妖嬈嬈的眼中淚珠兒滾滾，哽咽的聲音雌雄莫辨，極為誘人！讓人瞬間心肝亂顫，只想快救下那可人的美人兒。

我立刻擰眉，八翼居然被摧殘成這樣！他在神獸雖然算不上最美豔，但他好歹也是前三的雄性吶！

在獸界，可是雄性為美。

「嗯——」從他的身上傳來吃不飽陰沉的沉吟：「不准勾引我娘娘！」赫然間，一隻黑色的巨爪落下，直接把八翼的臉毫不憐惜地壓入了地板之內，八翼的雙腿在吃不飽身後掙扎，嘴裡卻發不出任何聲音。吃不飽在他的掙扎中淡定地轉向我，露出了他三千年沒現的容顏。

凌亂的長髮，銀色與銀藍色相間，讓他的長髮在陽光中格外鮮亮奪目，雪一般的銀色和溫潤柔和的銀藍色，恰到好處地間隔分布，讓人賞心悅目。過長細碎的劉海之下是他完全化作雪光的雪瞳，蒼茫的白光讓他看起來更加陰冷狠辣，威猛威武，讓人不敢對視。

一片雪光之中漸漸浮出他針尖的銀瞳，冰冷的眸光，傲視其他神獸。銀眉飛挑入鬢，鼻梁挺拔如劍，再加上剛毅的嘴唇，立刻組成他威武與俊挺的容顏。

精壯的身體無一處贅肉，緊致的皮膚無一處下垂，寬肩窄腰，只要是有肌肉的地方，都可以清晰看見那屬於男人的凹凸與性感線條！

這才是他本有的身材，穿衣顯瘦，脫光精壯，讓女神都能為之神魂顛倒！

胸肌、腹肌、背肌無不可見，但又不會如同田雞般過於雄壯地鼓起，條條肌理像是神匠的刀深深刻在他的身上，八塊腹肌之下更是勾繪出人魚一般的性感線條，深深吸引你的目光往更深處而去。

他全身帶著獸性狂野的性感和絕對雄性之美。

他的野性之美有我的功勞，作為一個女人，一個神族的女神，我已經看夠像八翼那種雌雄莫辨、陰陰柔柔、妖妖嬈嬈的男人，既然是我的坐騎，就該威猛！雄壯！健碩！立在獸群中，一眼便是王者！

可見我在再見他時，看到他那副肥樣和矬樣，心裡有多麼惱火！

房間瞬間空氣凝固，我陰沉地看吃不飽，他倒是鎮定，眸中雪光收回，又露出他那雙千年無神的大眼睛，他沉默地看我片刻，說：「娘娘，妳能不能回避一下，我不想讓妳看見我禽獸的一面。」

「你本來就是禽獸！」

「……」他閉上嘴，低下臉，銀藍的長髮再次遮住他的臉，露出緊貼在腦後，宛如頭冠般的白色犄角，他身下的八翼還伸長手臂朝我求救。

「你有這麼飢渴嗎？八翼是你的食物！你上完他再吃，噁不噁心啊！」

八翼的手徹底垂落，完全沒了動靜，像是已經徹底心死。

吃不飽坐在八翼身上還是不說話，沉默看我。

我受不了地側開臉：「八翼好歹也是神獸，給他留點尊嚴。還有，把他頭髮留下，粉紅色比較少見，回頭給我的皮鞭做個穗子。」

「娘娘，我沒想吃他，只是想進入他的身體。」吃不飽忽然開了口。

「閉嘴！你還好意思說！」我甩回臉，吃不飽有點委屈地看我：「娘娘，我只是想偽裝一下，我不能殺了他，殺了他他是死的，我要張皮也沒用，我得進他身體。」

我一怔，莫名地燃起怒火：「那你非要用這姿勢！進他身體有那麼費勁嗎？」

他再次閉嘴，沉默了片刻，說：「這樣比較不破壞他的整體，我也不想讓妳看見我凶殘的一面。」他一手壓住八翼，委屈地看我：「而且，八翼和我同級，我進他身體不容易，他的皮和我一樣厚……」

我受不了了，直接進屋到吃不飽背後：「那我來幫你！」神力化入右腳，我抬腳就狠狠踩落吃不飽的後背！吃不飽登時趴上八翼的後背，八翼整個人開始僵直，四肢伸長僵硬。

砰！砰！砰！我一腳一腳把吃不飽直接踩入八翼的身體，直到他徹底消失，然後我收回腳，整理整理長髮，瞥眸看趴在地上的八翼：「可以了，把人給我吐出來。」

吃不飽穿著八翼的皮從下陷的地板裡爬起，跌跌撞撞，暈暈乎乎地有些站不穩，妖妖嬈嬈地朝我靠來：「娘娘～～～妳說什麼我聽不懂～～～」八翼動聽的聲音讓人發麻發酥。

「是嗎？」我舉起右手，利爪唰唰從指尖而出。我舔上自己長長的利爪：「要我親自動手嗎？嗯～～～吃生肉片也不錯啊～～～」

八翼的身體頓住，露出了吃不飽慾悶的神情：「吐了，吐了。」他默默地拉好衣服，遮住半裸的身體，然後轉身。伸出手指往喉嚨摳去：「嘔——————」

立刻，臭氣熏天！

妖車的地板立刻現出一個大洞，下面是清澈的湖水。

撲通！撲通！只見兩個烏黑的身影墜入湖水中。濺起兩朵巨大的水花，立刻下面清澈的湖水像是被倒入墨汁般黑了一片。

吃不飽翹出八翼的蘭花指輕拭嘴角：「娘娘討厭～～～」

「還能不能好好說話？」我甩出了蛇鞭，啪的一聲直接甩上他的身體，立刻衣衫破爛，皮開肉綻，他瞪大眼睛立刻舉起雙手：「知道了，知道了。我只是努力裝得更像點。」

「更像點？八翼看著妖嬈，但不娘！他有多傲嬌你難道不知道？而且，他可不敢吃我的男人！」

八翼的臉上露出吃不飽心虛的神情。他的眼睛看向了別處，抿緊雙唇。

「你吃麟兒我當是你吃醋，但你吃小竹是怎麼回事？」

他揉著被我抽的地方，沉默片刻，慢慢移回眼珠看我，大大的眼睛裡劃過一抹陰沉的雪光：「以絕後患！」

「以絕後患？」

「嗯！」他居然還鄭重地點頭，表情煞為認真！

我深吸一口氣，如果他不是我餵大的，我一早滅了他了！

我再次甩起蛇鞭：「我看宰了你才叫以絕後患！」我毫不留情地朝他身上抽去。

啪！啪！啪！八翼被我抽得血跡斑斑。

「啊！啊！啊！娘娘我錯了！我再也不吃他們了！我保證！我發誓！」吃不飽一邊叫，一邊逃，忽然他一躍，也躍入那潭已經烏黑的湖水中，逃之夭夭。

「呿。」我橫白一眼那波瀾不定的湖水：「真會演，哪兒會疼了？」吃不飽現在可是兩層皮！我只打在八翼身上，他疼個屁！

我瞇了瞇雙眸，單手扠腰：「算你逃得快，不然抽你真身！不過～～～也打得差不多了，這齣苦肉計，是送給廣玥的，哼。」我收起蛇鞭揚唇而笑，準備去車外找他們。

嘩啦！我拉開拉門，卻看見拉門外規整地正趴伏著長風，他修長漂亮的雙手在額下整齊地交疊，順直的長髮與他質感厚重的衣衫一起在他身周整齊地鋪開，神容恭敬莊重。絲絲長髮鋪蓋在他深褐色帶著一分紫檀木自然木光的衣裳上，如同一把散發著濃濃古韻的精美古琴放於我的面前。

他靜靜趴伏在我裙前，沒有看我半分，一種安靜肅穆之感油然而生，他的身上自然而然地帶出一種特殊的讓人敬仰和崇敬的尊貴。

我蹲下身，黑色的裙襬落在他的額前，他立刻說道：「主人今日有何吩咐？」

我邪邪一笑：「抬起頭來。」

「是。」他緩緩起身，動作優雅而沉穩，靜靜的走廊裡只有他衣衫摩擦的沙沙聲，他目光低垂地坐直了身體，然後，才緩緩抬起那張精雕細繪的臉龐，當眸光與我正對時，他驚訝地一時怔住了神情，我布滿邪氣的笑容映入他古檀色的雙瞳。

「怎麼？一個晚上就不認識我了？」我伸手扣住他精巧的下巴，舔舔唇道：「今日……我要授印～」

他依然呆呆看我，宛若時間在他的身上也會變得緩慢。

我笑了笑，吻上他的眉心，黑色的神力印入，三縷如同琴弦的神印深入他的纖細的眉間，他沒有絲毫反抗，呆滯地看著前方。

我從他身前起身，落手拍了拍他的頭頂：「真乖，娘娘喜歡乖孩子～」說罷，我從他身前離去，他依然跪坐在原地，久久沒有回神。

車外，被一種微妙的臭味瀰漫，寧靜的清晨卻響起吵鬧之聲。

「吃不飽大人，您！您真是太過分了！枉我之前還那麼崇拜您！」小竹激動地站在滿身傷痕的吃不飽身旁，已經脫了上衣，渾身濕透，顯瘦的上身在晨光中盈盈閃爍蛇皮的青綠色光澤，淡綠的短髮上水珠晶瑩，一顆顆順著他的髮絲在他激烈的動作中墜落他纖柔的肩膀。

而在他們一旁，展現了另一幅和諧寧靜的景象，竟是天水正在幫小竹晾曬他那件已經修補好、落著補丁的衣服。

吃不飽穿著八翼的皮，傲嬌地白了他們一眼，顯然大家已經知道現在站在他們面前這個妖妖嬈嬈的男人是吃不飽。

吃不飽不搭理小竹，悠悠然地脫下衣服，露出了滿身血紅的鞭痕，小竹和天水看見立刻一驚。

天水吃驚，上前細細查看，目露同情：「師傅打的？」

「別管他！」小竹拉開天水，冷下臉：「他活該！」

吃不飽不理睬他們，兀自走入湖水站到脫了上衣正在清洗的鳳麟身邊，也不知是不是有意。他站到鳳麟身旁，越發挺直了身體。他深深一吸氣，全身的氣像是被緩緩抽走，八翼的皮膚下慢慢顯露出了屬於吃不飽的精壯性感的身材，那健碩的胸膛，腹部整齊排列的、由大到小的八塊腹肌，以及那誘人的人魚線。挺翹結實的後臀在他這一吸氣中也慢慢抬起露出了水面。

然而，鳳麟連看也不看，側轉身橫白他一眼，繼續清洗自己手臂。鳳麟長髮完全拆開，披散在身上，微微遮蓋他的側臉，但依然清晰地看到他臉上的神情此刻陰沉到極點。我知道，那是他想殺人的表情，但是，他依然強行忍著。

吃不飽一邊用水清洗傷口，一邊移動眼珠，把鳳麟的身體從上打量到下，直到鳳麟微微露出湖水的褲腰，然後微微靠後又看了一邊鳳麟的後背，忽的，他伸出手，在水下像是朝鳳麟的臀部捏去。

在吃不飽捏到之時，鳳麟身體一僵，二話沒說地直接轉身，給了吃不飽狠狠一拳：「變態！」

吃不飽的心思都在鳳麟水下的身體，沒有留意，這一拳被鳳麟直接打中臉部，他面部抽搐了一下，用八翼妖妖嬈嬈的眼眸陰冷地看鳳麟：「只有娘娘可以打我！我要吃了你！」他赫然張開大口，我直接甩出了蛇鞭。啪的一聲，直接抽在吃不飽的臉上，立刻抽破了八翼的臉。血濺在鳳麟的臉上，鳳麟一驚，也驚呆了立在岸邊的小竹和天水。

「吃不飽，你再敢打鳳麟和小竹的主意。我扒了你的皮！」陰冷的話從我口中而出，我瞥眸看吃不飽。這一次，我沒有跟他玩笑。

吃不飽沉默地看我一會兒，忽然捂臉砰的一聲，消失在了鳳麟身邊。隨後，一坨肥肥黑黑的物體浮了上來，帶著滿身的鞭痕飄回岸邊後趴在了地上。再也沒有任何聲息。

「師傅！」天水似是看不過去地要替吃不飽打抱不平：「妳打我也就罷了。吃不飽是妳的坐騎，一直忠心於妳，他等妳三千年無怨無悔！妳對他怎能如此殘忍？」

「關你什麼事！」吃不飽忽然大吼，天水怔住，小竹目瞪口呆，吃不飽陰冷看天水：「娘娘管教我是愛我！如果她不抽我，我不知吃了多少人，犯了多少錯！我們是禽獸！我控制不住自己的獸欲！你個人類懂什麼？一邊涼快兒去。」說完，他轉回目光，不再看任何人一眼。

天水完全怔立，他眨眨眼睛，鬱悶地撫額，深深呼吸。

小竹一直呆立，無法回神。

「嗤。」鳳麟輕笑一聲，抬手擦去臉上的血跡，低臉沉沉注視。

我不由地笑了，好吧，看在吃不飽那麼乖的份上，疼疼他。我走下妖車，停在台階上：「吃不飽，過來，讓娘娘踩踩，娘娘疼疼你。」

吃不飽驚喜地立刻起身，轉身就朝我扭著屁股撒歡地跑來，滿臉的興奮：「娘娘我來了！」

天水登時嫌棄地搖頭，直接轉身繼續去曬小竹的衣服，那神情像是受不了這麼賤的傢伙。

吃不飽跑到我腳下，鳳麟立在水中遠遠看著，我提裙坐在妖車的台階上，伸出赤裸的腳，吃不飽看見我的腳激動地上前舔了舔，軟軟的舌頭濕濕熱熱，舔上我的腳趾，舔過我的腳背，像是看見了世上最美味的食物，不捨得一口吃掉，只能每次舔一舔。

小竹看著看著，卻是臉紅起來，也不知他在想些什麼。

殺氣立刻從鳳麟那裡而來，我悠悠一笑，我知道，在他眼裡，吃不飽已經是個真真正正的男人了，抬腳點了點吃不飽的頭：「不准舔！你現在嘴太臭。」

「是，是。」他開心地仰天躺下，這是我們以前在一起時經常做的一件事情，我會很開心，他會很舒服，我的腳輕輕放落他肥肥的肚皮開始輕踩輕揉：「舒不舒服～～」

「舒服，舒服，嗯……」吃不飽舒服地閉上了眼睛，身體徹底攤開，滿身的肉鋪在地面上，舒服地攤出了舌頭，舌頭掛落在嘴邊，像是吃了麻藥般痲痺地無法動彈。

「嗯，嗯，嗯，嗯……」吃不飽舒服地慢慢翻起了眼珠，這是按摩，神族很多人都會這樣給自己的坐騎按摩一下，神獸們會很舒服，也會增加彼此的信任和愛。

忽的，鳳麟陰沉地走到我身旁：「不如讓我來！」他森然地俯視吃不飽，吃不飽立刻翻身坐直身體冷冷盯視他，方才舒服的神情立刻從他臉上消失，只剩下濃濃的殺氣。

我單手支臉壞笑地看他們兩個，他們一直看著彼此，寒氣開始四溢。

我邪邪一笑，瞥眸看吃不飽：「吃不飽，我幫你爽過了，你現在可以去廣玥那邊了。」

吃不飽一愣，立刻站起了身體，現出八翼的人形，妖妖嬈嬈的眼睛裡帶出淚光：「娘娘，我發誓，我真的不吃這小子了，妳別不要我～～」他不看鳳麟地指向鳳麟，聲音哽咽。

鳳麟陰沉瞇眼，身上的水漬未乾，順著他身上勻稱的肌理線條緩緩流下，水濕的長髮也披散著黏附在他白皙的身上，烏黑鮮亮的長髮恰到好處地凸現出他臉龐精巧的輪廓，尖而飽滿的下巴，修長柔美的頸項，圓潤的肩膀，沒有吃不飽那般健碩但也很結實可靠的胸膛。

黑髮如同小蛇般貼在他的胸膛上，像是有意繞開了他胸膛上鮮嫩的茱萸，繼續蜿蜒而下，緊貼他收緊的小腹，勾勒出他窄細卻有力的腰肢，停落在了他褲腰之旁。

濕透的黑色長褲緊貼他的下身，現出了他修長的腿和凹凸的臀線，然後，在風中漸漸乾涸。

我舔唇一笑，看向吃不飽：「你不去廣玥那裡，我豈不是白打你了？」

鳳麟一怔，微微擰眉朝我看來，黑髮之下的雙眸中劃出一抹深思。

吃不飽眨眨眼，神情鬱悶：「原來妳打我是這個目的。好吧，我去。」他滿臉的不情願。

我伸手輕輕拍上他的臉：「小心點，廣玥是他們當中最陰沉，心思最為縝密的人，八翼和他的坐騎合歡一直交好，你跟廣玥回神界後要多加小心，別被發現。」我收回手，認真看他。

「知道了。」吃不飽顯得一點也不幸福：「才見面又要分開，嗯……」他沉默一會兒，抬起臉朝我伸出雙手，八翼妖妖嬈嬈的眸子裡滿是嬌嗔：「抱。」

我起身，伸手抱向他時，忽然，身前黑髮揚起，鳳麟揚手攔在我的面前冷冷而語：「你可以走了！別在這裡占師傅便宜！」

我看著鳳麟陰沉的背影，慢慢瞇起眼睛勾唇而笑。

吃不飽狠狠看鳳麟一會兒，轉身之時，赫然現出八翼的身形，長長的尾巴猛地掃向鳳麟，我立刻從鳳麟身後抱住鳳麟的腰飛起，這若是被掃上，鳳麟會變成兩截！

鳳麟立刻握住我圈抱他的手，扭頭深深看我：「謝師傅。」

我看落吃不飽，他用一種如看食物般的灼熱眼神盯視鳳麟：「你如果敢傷娘娘的心，我絕對會吃了你！」他陰沉說罷，嘩的一聲張開八翼的翅膀，拔地而起，呼！揚起的巨風掀動地面上的草木，吹起小竹和天水的髮絲，迅速消失在我們的面前。

天水揚起手微遮額頭，仰臉看吃不飽遠去的方向。

「師傅，我一直以為妳最寵我……」鳳麟握住我的手，垂眸淡語，精巧的臉龐在長髮下微帶一絲落寞：「原來，妳最寵愛的，是吃不飽。他都吃我兩次了。」

我在空中貼上了他濕漉漉、赤裸裸的後背輕蹭：「放心～～吃不飽不敢真吃你，他有分寸的。他是我養大的，我還不瞭解他？」我抱他回家時，他還只是一枚蛋。

那時的帝琊還正常一些，對整個新世界充滿了激情和熱情。他喜歡造獸，他自己也不知道自己會造出什麼，因為它們都還在蛋中孵化。於是，我跟他要了一顆蛋，這顆蛋最後孵化出了吃不飽。

「吃不飽是妳養大的？」

「不錯。」

鳳麟不再說話，握住我的手開始捏緊，帶出了一絲恰似霸道的感覺。

我在空中探臉看他：「在想什麼？」他的表情有點陰沉。

他立刻揚起淡笑：「沒什麼，師傅，接下去我們該怎麼辦？」

我想了想。俯看下方，只見長風從妖車中走出。身形端莊，如琴弦的髮絲在陽光下直垂而下，散發和琴弦一樣黯黯的流光。

鳳麟身上仙衣再次加身，長髮微乾在風中輕揚。我帶他一起降落，長風朝我看來，細細的眉眼裡面是恭敬的神情。

「主人。」他雙手交疊在身前，恭敬頷首。

我看看他，邪邪而笑：「帶我們去龍域。」

「是。」

陽光之下，小竹的烏鴉赫然飛起，在空中「哇——哇——」地叫，嘹亮的叫聲宛若是啟程的嚎叫，響徹妖霧之下。

我和鳳麟立於妖車車頂，妖車從平靜的湖面豁然而起，激起層層漣漪，帶起吱吱嘎嘎的聲音。妖車緩緩衝破了惡妖谷厚厚的妖霧，露出了上方一片藍紫的天空，鳳麟看向我，我瞥眸看他，他笑了，忽的伸手握住了我的手，牢牢握在了手中。

我笑了笑，轉眸凝視前方，慢慢握緊了鳳麟的手，與他十指牢牢相扣。麟兒，為了你的安全，還有跟隨我的這些人的安全，我將會和你們暫時分開，對不起……

我轉臉看向鳳麟，他轉落眸光深深看我，妖界妖異的雲彩從我身邊大朵大朵飛過，恰似一朵朵巨大絢爛的桃花綻放。

他披散的長髮隨風揚起，讓他現出了少年的不羈與風流，他深深凝視我許久，睫毛在風中輕顫，他在雲花之間緩緩朝我俯來，他的視線一直落在我的臉上，掃過我的臉龐的每一處，落在了我的唇上。我們之間的空氣越來越少，距離越來越近，直到我的視野裡只有他，他的黑眸之中，只有我……

他慢慢抬起了手，指尖輕輕托在了我的下巴之下：「師傅……」輕喃從他口中而出，他慢慢地吻落我的雙唇，柔軟的雙唇如同蜻蜓點水般點落我的雙唇，如同吻上自己最珍視的寶物，深怕一個吻，也會將它碰碎。

忽然，腰間被一條有力的手臂環住，我被他瞬間攬至身前，貼上他胸膛之時，他重重壓在了我的唇上，深深的吻驅散了我們周圍的空氣，纏綿悱惻，久久膠著黏連不去。我們唇間的空氣開始燃燒，他抱緊了我的身體，撫上了我的後背，他在我的唇中深深呼吸。緩緩地，他離開了我的唇，唇瓣黏連，一點點地離開也讓人煎熬不捨。

他撫上我的臉深深凝視我，臉上浮出了與他雙眸一樣乾淨清澈的微笑。我看他片刻，抬起臉再次吻上他的唇，他的睫毛在我的吻中輕顫，眼瞼緩緩垂落，他瞬間失去力量墜落在我的身上，我雙手抱住他靠在他的頸邊：「麟兒，你要先走一步了，在崑崙等我……」

我轉眸再次凝視前方，妖車陡然下降，一片廣闊無垠的斷崖赫然浮現眼前，斷崖之上，是一座異常恢宏的城池，一條條河水從斷崖龍形的嘴中吐出，形成了一條條窄細的瀑布，而這片斷崖望不到邊際，宛如整個世界在這裡，被徹底斷開。

我揚唇而笑，到了。

龍域之內凡人多，小竹一點也沒有說錯。

從我們抵達龍域上空，我已經感覺到這裡的人氣十分旺盛。妖界真是越來越有趣了，像是當初六界未分時的世界，人妖魔神混居在同一片大地上。

因為長風是龍域的貴族，所以妖車並沒有被嚴厲的盤查，龍域離妖都很遙遠，消息沒有那麼快送達。

即使消息送達，也不會嚴加盤查，因為廣玥他們知道普通的妖是辨不出我的身分的，所以只要守住妖界大門即可，然後他們就可以在妖界慢慢搜尋我的下落。

接下去，該和他們玩一個叫「美人計」的遊戲了。

第十章　翻雲覆雨

我坐在妖車的和室裡，身旁是安睡的鳳麟，他的臉微微側落，柔順的髮絲微微滑落他的側臉，遮蓋他少年帥氣的臉龐。

小竹呆呆看著鳳麟，天水不解地看我：「師傅，妳為何讓鳳麟沉睡？」

我單腿曲起，一手支臉，一手輕輕撫上鳳麟的臉龐，將那些不聽話的髮絲順在了他的耳後：「怕他犯傻，我們瞞著他來妖界，結果他還是跟來了。」

「主子。你是在說鳳麟主子聰明吧。」小竹在一旁諾諾地開了口，小心翼翼偷眼看我。

我冷睨他：「所以才說他傻，差點成了七尾狐的點心。接下去，我會跟你們分開行動，我不想讓他再跟來。」

「師傅，妳要跟我們分開？」天水目露吃驚。

小竹也驚訝看我：「主子，妳一個人太危險了！」

「可是你們跟著我更危險。」我瞥眸掃過小竹、天水和躺在身旁的鳳麟，我的手背再次撫上他的臉：「接下去，只會更危險。」

小竹不再說話，默默地低下了臉。

天水雙眉緊擰，深思沉默，他深深呼吸，似是有了什麼決定，抬眸之時，目光認真而憂切：

「師傅，我曾答應過鳳麟要好好保護妳，現在妳神力尚未恢復，一個人行動實在危險，還是讓我跟在妳……」

「天水。」小竹忽的打斷了天水的話音，面無表情看他：「主子一定有自己的決定，我們不要成為主子的累贅。」

天水蹙了蹙眉，垂眸再次沉默，深深擰緊的眉間，是無法放心的神情。

我抬手枕在臉邊，食指輕輕摩挲下唇，邪邪而笑：「天水說過，我的眼神能勾人，我想試試。」

天水立刻吃驚朝我看來：「師傅難道想用美人計？」

「主子冷靜！」這下，連小竹也無法保持冷靜，激動地坐直了身體，緊張看我。

「哼。」我輕蔑地一笑：「之前～～我是不屑用美人計的，但現在情況對我們不利，我會引開他們的注意力，讓你們離開妖界，我們在崑崙會合。」

「主子不要！」小竹竟是情急地撲向我，一把抱住了我的身體：「主子不要對那些可惡的天神用美人計，還是讓小竹跟在主子身邊吧，不要管我們安危了！」

「師傅！」天水也微微向我靠近一分，鄭重嚴肅地看我：「請三思！美人計實在太危險，師傅為我們這麼做不值得！」天水情急地看著我，他玄墨一般黑徹的眸子深處，是一汪柔和的暖意。

我不由地看出了神……

從我與他相遇的那天開始，我和他一直彼此討厭，最後他心不甘情不願地做了我的徒弟，也是為了鳳麟。

而現在他對我發自內心的關心和憂切，以及他眸底的那份溫柔與沉穩，讓我總是不由自主地想到了……聖陽……

天水在我失神注視中眸光顫了顫，劃過一抹尷尬，匆匆側開他溫潤柔和的臉龐：「師傅，我願意為妳……」

「不用。」我打斷了他的話，放冷了目光，小竹從我身上緩緩離開，天水再次看向我，我瞇眸看他：「天水，你一直是他們當中最冷靜沉穩之人，不要感情用事，不要壞我計畫。」當沉沉的話語從我口中而出時，他擰眉低下了臉龐，劉海遮住了他的眉眼，劉海的陰影之下，傳來他低低的應答：「是，師傅。」

妖車穩穩降落，天水和小竹一直沉默，整個和室被一種不捨與擔憂糾葛的情愫所瀰漫，靜得只有鳳麟輕微的呼吸聲。

我從沒想到天水會有真心真意待我這一天，我一直以為，我們會這樣一直彼此厭惡下去。

窗外傳來隆隆的水聲，我看向花格窗外，是一覽無遺的空曠天地，長風的家看樣子是臨崖而建，並在瀑布之旁，另外，還有可以停放這座豪華妖車的平地。

忽的，一抹紅影掠過窗前，那長長的髮辮在風中飛揚，我揚唇而笑，妖界可以進了？

「長風！長風！」剛剛看見他的小紅辮子，就已經聽見他焦急的聲音。小竹和天水聽到他的喊聲，也微微有些吃驚地看向窗外。

「長風！你快出來！妖界到底發生什麼事了？你有沒有事啊！」妖車外，是焦急的大喊。

門外長風的氣息靠近，我抬手拂過空氣，拉門隨我的手而開，當拉門打開時，浮現長風端莊穩重的身影。

他因為拉門打開而頓住了腳步，微微轉身對我恭敬一禮，細細的眉眼更添一份優雅與文靜。

咚咚咚咚，走廊裡已經傳來急急的腳步聲，長風站直了身體，淡淡定定地轉眸看向走廊，身體還來不及轉時，一個紅影瞬間撲上了他，抱緊了他的身體：「長風！擔心死我了，我好怕我會連累你！我不該連累你的，一定是那個女人，一定是的！」

天水和小竹的目光也轉向了門外，那抱著長風的紅影，正是焜翃。

焜翃的話語帶著深深的懊悔，讓人深切地感受到長風對他的重要。

但是，長風纖細如畫的眉卻是微微蹙起，細細的雙眸中猛地劃過了一絲寒意，他伸手緩緩推開了焜翃，宛如過快的動作會破壞他的優雅與莊重。

「你弄亂我頭髮了。」長風清清冷冷地開了口，恰似琴弦勾出一抹冷音。

焜翃一僵，立刻放開了長風：「對、對不起，我太擔心你了。」

我一挑眉，焜翃的表情很微妙。長風對他態度冷淡，他非但不生氣，反而還道歉，難道長風的頭髮是禁忌？

就在這時，我看見長風不緊不慢地從袖子裡取出一把雅致的檀木梳，梳開自己被焜翃因為擁抱而弄亂的長髮並梳理整齊。難怪他的長髮總是順直，原來他隨身帶梳。

小竹看得呆滯，天水也忍俊不禁，我忍不住噗嗤笑出，這一聲笑聲，也立刻引來焜翃的目光，當他看見我時，登時驚得目瞪口呆！

「妳！妳——」焜翃幾乎是驚恐地指向我，那神情像是見到始終擺脫不了的債主一般地絕望。

我邪邪勾唇，單腿曲起，霸氣地坐在和室裡，也不看他地抬起下巴：「小紅，你來得正好。」

「妳！妳！妳妳妳！」焜翃變得結巴起來：「妳！」

「你到底要說什麼？」小竹面無表情冷淡地說。

焜翃一直指著我：「你到底做了什麼？妖界封門、神族降臨是不是跟妳有關？妳怎麼跟長風在一起？我警告妳，妳連累我也就算了，不能連累長風！」

「翃！」長風沉沉呼喚，焜翃看向他，長風細細的眉眼中已露出不悅：「不准對我主人不敬！」

「主主主主主人？」焜翃再次結巴，不可置信地抱住了頭，雙手插入自己的紅髮，猛地扣住長風的肩膀，用力掰過他的身體正面對他：「你是被逼的是不是？是不是？這個女人最陰險了！她利用我母親也逼我做！做、做她的人！」焜翃說得咬牙切齒，像是我逼他賣身一般。

焜翃恨恨朝我看來：「現在妳又逼我兄弟，妳一定知道我是他朋友，用我威脅他是不是！是不是？」

「嗤。」我橫白他一眼，蔑然地笑：「你可真不要臉，我根本看不上你。」

「我是自願的。」當長風悠然淡定地開口時，焜翃僵硬地轉回臉，視線久久落在長風鎮定沉靜的臉上。

長風伸手不失儀態地推開焜翃的手，焜翃往後趔趄了一步，臉上的神情更像是世界崩塌般地空洞與困惑。

長風端莊沉穩地移步進入門內，雙手微提華袍緩緩坐下，然後規整地跪坐在我面前，微微頷首，恭恭敬敬，他的身上透著一種天然的端莊、穩重和高雅，讓人不由心生肅靜，對他尊敬。

「不可能，不可能……」焜翊在門外連連否定。

長風面容平靜，微微垂臉，細細的眉眼就此隱藏他長長的劉海之下：「我說過，只要有人替我報仇，我長風便願為奴為僕，獻上自己的性命。」

「報仇？」焜翊更加困惑地看向長風，大步進入，半蹲在他身旁一把揪住了他的衣領，長風再次蹙眉，焜翊緊緊盯視他：「報什麼仇？你怎麼從沒跟我說過！我們到底還是不是兄弟了！」焜翊異乎尋常地大吼。

天水靜靜看著焜翊的神態，臉上露出一抹感慨似的神情。

長風握住了焜翊揪住自己衣領的手，輕輕拉開：「你弄皺我衣服了。」不悅的低沉話音，猶如古琴發出了一聲沉悶的低吟。

焜翊一怔，立刻鬆開長風的衣領收回手，卻一時不知如何放自己的手，只有煩躁地捏在了一起，生氣地別開臉：「我以為我們之間是沒有祕密的，我從來不知道你還要復什麼仇！」

長風神情鎮靜地整理被長風拉皺的衣領，將每一處衣物放回原來的位置，拉挺，我瞇眸看著，長風很在意自己的頭髮和衣衫的整潔。

在拉挺衣物後，長風的神容漸漸黯然：「對不起，我騙了你。其實我的父親不是病死的，而是……」長風頓住了話音，一時痛苦地無法說下去。焜翊慢慢看向他，長風微微平復氣息，再次開口：「父親是含恨而死的，沒有告訴你，也有我的原因。因為，害死父親的人不是你我可以對付的……」

「還有誰是我不能動的？」焜翃生氣起來：「我是龍族的王子……」

「龍族王子殿下又如何？」長風轉臉厲聲反問，但是，他依然努力克制自己的情緒：「你可救了你母親？」

焜翃立刻被長風的一句話問得啞口無言，無言以對。

長風緩緩轉回臉：「我也是。因為我的仇人不是別人，正是……」他的眉眼蹙得更緊：「妖皇帝琊！」

當長風說出口後，焜翃驚得瞪大如同火焰般金紅色的瞳仁久久沒有回神：「你說什麼？妖皇帝琊！怎麼可能？怎麼可能！」焜翃騰地起身，似是陷入了巨大的淩亂：「這麼大的事你居然瞞我到現在！慢著，你說有人幫你報仇，你就心甘情願為奴……」焜翃登時僵硬得朝我看來：「妳、妳到底做了什麼……」他徹底呆滯地看我，紅瞳近乎擴散一般地撐大。

我悠然地瞥眸看他：「你說呢？」

焜翃僵立在和室之內，開始喃喃自語：「神族突然降臨，妖門突然封閉……原來是……妳到底是誰……」他怔怔地看著我，張開的嘴卻忘記了呼吸。

我揚唇邪邪而笑：「我到底是什麼，你無須知道；但是，我現在想知道，妖界應該還有一條祕密通道，在哪兒？」

焜翃與長風同時一怔，長風仰起臉看焜翃，焜翃低落臉看長風，然後，他們一同朝我看來，長風細細的眉眼微露淡淡的驚訝：「主人怎知這條祕密通道的存在？」

我挑起右眉：「我當然知道，而且，我需要你們為我打開。」

焜翃和長風同時一怔，長風微微蹙眉，面露難色，焜翃擰眉緩緩坐在長風的身旁，也是擰緊雙眉，默然不語。

我看看他們的表情，知道他們在為難什麼，我輕笑揚唇：「我會教你們上古大封印之術，當你們打開通道之後，所有神族必會來追我，我會誘他們進入通道離開妖界，那時你們就開啟大封印，從此別的種族只能出，不能進，神族再也無法踏足你們妖界，妖界到時……」我瞥眸看向長風和吃驚的焜翃，邪邪而笑：「就是你們妖族自己的了。」

他們登時驚訝地一直看我，就連長風細細的眉眼也大大睜開，裡面古檀色的瞳仁因為激動而不停顫動。

「哼……」我瞥眸而笑：「那時你們還需擔心被我連累？」神族無法踏足，他們在妖界足以稱王。神族霸占妖界太久，也該還給妖族們自己了。

「真的……有這種封印術？」焜翃不相信地反問。

我輕蔑而笑，竟敢反問我有沒有？應該說，到底如何開啟！

我輕笑一聲：「嗤，這本是當年以防六界戰亂時所用的大封印術，這些封印在各界結界中早已存在，只需開啟。一旦開啟，即便是神族，也無法破界而入，妖界便可守護所有妖族的安全，這大封印六界都有，並非只有你們妖界。」我看向他們：「在你們開啟大封印之後，我要你們送我的人離開妖界。」

「師傅！」

「主子！」

天水和小竹異口同聲。

我揚起手，阻止他們的話音，冷眸瞥向他們：「乖乖聽話！別來礙娘娘我的事！」

小竹閉上嘴，落寞地低下臉，似是陷入一種無法助我的自責之中。

天水深沉呼吸，擰緊雙眉神色凝重，似是擔心我說的美人計會被男人占了便宜。

焜翃看看長風，擰擰眉：「祕密通道……在龍域。」他忽然說。

我揚唇一笑，這更是好。

長風微微蹙眉，細細的眉眼化不開濃濃的難色：「可是打開通道需要妖皇的力量。」

「哼。」我笑：「這還不簡單。不就是再造一個妖神嗎？」長風和焜翃在我不屑的話音中看向我，焜翃鬱悶地瞥我兩眼：「妳說得倒是輕巧，妖皇現在給妳殺了，神哪是那麼好造的！」焜翃說完還白我兩眼。

「白痴。」小竹忽然面無表情地冷冷看焜翃，焜翃立刻瞇緊紅眸，這兩個人從第一次見面就八字不對，小竹綠瞳裡露出一抹不屑：「我不是跟你說過，新的花神就是主子造出來的！」

小竹話音落下時，長風順直的長髮因為他吃驚揚臉而一顫，宛如有人在平靜的琴弦上狠狠地落指勾挑。

「妳、妳妳真能造神？」焜翃不可置信反問。

我揚唇一笑：「造神容易，但這個適合的人，卻是難找，沒準兒～～」我目光掃過焜翃、長風和小竹：「你們當中哪一個有此機緣呢？」帝琊的神骨未必會選他們當中任何一人，成神還要看自身的造化。

焜翃、長風、小竹三人彼此久久相看，臉上是揣摩和懷疑，長風不置可否地淡淡一笑，看焜翃：「翃，我覺得你可以。」

焜翃眨眨眼，指向自己：「你真的覺得我可以？」他有些得意地笑了起來，金紅的眼睛裡眸光閃閃，忽的，他似是想起什麼用懷疑和戒備的目光看我：「妳會那麼好心？讓我們成神？」

我鄙夷地看他：「也要看你有沒有這個造化，而且，即便你成神，你也別想擺脫本娘娘的神印，帝琊讓娘娘我都殺了，何況是你？」焜翃的眸光瞇了瞇，裡面是滿滿的不甘。長風淡淡蹙眉，露出了對焜翃的擔憂。

「我既然能讓你成神，也能讓你頃刻間一無所有。哼，別以為娘娘我不知道你的小心思，勸你趁早放棄那個想要殺我的念頭，本娘娘活著才能護住你們整個妖界，否則，你和長風誰也逃不出神族的懲罰！」我輕笑地看向他和長風，別幼稚了，真以為成神能和神族對抗了？

焜翃憤恨地咬牙切齒，激動地欲起身，長風伸手按住了他的腿，焜翃甩臉看他：「你能忍，我忍不了！只要把她交給神族，我們就自由了！神族也會離開妖界的！」

長風沒有看焜翃，細細的眉眼始終注視前方：「我不能違背我的誓言。」

「長風！」

「而且！」長風忽然加重了聲音，轉眸看向衝動的焜翃：「神族奴役我們妖界已久！妖皇帝琊只顧玩樂，從來不顧我們妖族死活，妖族一直內亂，你爭我鬥，妖民困苦不堪，多少妖族慘遭殺害，墮入惡妖谷，我，長風，願意一搏！」

「搏什麼？」焜翃茫然地看長風。

天水的目光落在總是看似與世無爭、恬然寧靜的長風臉上，炫黑的眸中似已有猜測。

長風微微睜開細細的眉眼，古檀色的瞳仁裡劃過深深的飲恨，宛如已經受夠現在的妖界，想要改變現狀，那種一直被苦苦壓抑的，想要抗爭卻苦無機會與能力的無奈與無助，從長風的眸底終於決堤一般地湧出，讓渴望抗爭的火焰，在他看似淡然的眸底熊熊燃燒。

「搏整個妖界的自由，搏一個新的天地！」長風鄭重地看向焜翃，焜翃在長風深重的神情中，徹底怔住了神情。

邪氣在長風充滿抗爭和改變的渴望中開始纏繞我的全身，我咧開了嘴，邪邪而笑：「哼哼哼哼……哈哈哈哈——好！娘娘我就喜歡有野心，有抱負，敢於挑戰天神的人！」

長風在我的笑聲中緩緩恢復平靜的神情，焜翃尚未回神地愣愣看我，我瞥眸看向焜翃：「紅毛，你的渴求只限於小我，你只想救出自己的母親。可是長風，他的渴求是大我，他想拯救的，是整個妖界！現在，你到底站在誰的一邊？」

長風認真的視線從細細的眉眼中而出，落在焜翃的臉上。

天水靜靜看長風與焜翃，轉眸看向已經微露殺氣的小竹，似是只要焜翃一有背叛之意，就地正法！

長風的神色也在焜翃久久沒有決定之中，變得緊張。焜翃收緊了雙眉，牙一咬：「我帶妳去！」

聽到他的決定，長風似是鬆了口氣，焜翃立刻看他：「我瞭解你，你這個人死心眼，如果我背叛你認定的人，你一定會忠於那個人與我為敵。」

長風淡淡而笑。

焜翃一臉鬱悶：「你還笑！我就知道你是這樣想的是不是？」

「翃，我……」

「別說了，你這人就那麼討厭，翻臉可以立刻無情。」

長風收起笑容，微露一抹歉意地低下臉龐：「翃，謝謝你沒有讓我陷入兩難。」

「不，是我不如你。」焜翃黯然垂臉：「我只知道想著自己，從沒想過周圍人，就連你的身世……」焜翃頓住了話音，慚愧更深：「我也不清楚，直到今天才知道你也背負那麼重的仇恨。我從沒想過要去跟神族抗爭，因為我見過與神族抗爭的下場，我怯懦了，可是你依然沒有放棄，依然義無反顧，你不怕你信錯了人，灰飛煙滅嗎？」焜翃是真的擔心長風在這場博弈中輸了一切。

長風久久不言，整個和室因他一人而靜。他不說話時，靜得如同工匠擺放在桌面上精緻的古風娃娃。

天水看他良久，垂下眼瞼，卻是緩緩開了口：「她是我遇到的最任性、最不講理、最瘋的女人……」

焜翃和長風在天水的話音中不由自主地看向了天水，小竹立刻不悅地想說話時，我揚起手攔住了他，他癟癟嘴，再次安靜。

我單手支臉半瞇雙眸看著天水，因為，我想聽他說什麼，而不是用我在他身體裡的神印，去探知他所有心思。

天水靜了片刻，抬眸之時，目光卻變得柔和而溫柔：「但是，她也是值得你去信賴的女人，我也是最近……才知道。」天水沉靜地看向焜翃與長風：「我是直到昨天才開口叫她師傅，才承認她是我的師傅的，儘管她從不會對你說上半句關心的話，一直呼呼喝喝……」天水目光平和地目視一處道：「但是……她卻願為我們引開神族，讓我們可以安全離開神界，她是一個神，卻為了我們……」

「夠了！」我受不了地打斷天水，長風和焜翃在天水說到我是神時，怔住了神情。天水朝我看來，我撫上起雞皮的手臂斜睨他：「天水以後你給我閉嘴，每次說話我都起雞皮疙瘩。」

「呵……」他柔柔而笑，笑容溫柔如春水漣漪，這是他第一次對著我這樣笑，以前。他只會擺一個臭臉色給我看。

我放冷目光看焜翃：「帶我去祕密通道，這是命令！本娘娘不是在跟你商量！」

焜翃猛地回神，不答反問：「妳真是神？」

長風也朝我細細看來。

我冷臉看他：「少廢話！你不是不想被我連累？快帶我去！」

焜翃震驚不小地垂下臉：「難怪上次妳說要殺帝琊，我當時還不信，沒想到妳真的……」他瞪大眼睛看我，忽的，他似是不再猶豫不安。收緊眸光立刻端正跪坐。朝我一拜：「是！遵娘娘法旨！」

長風抬手掩唇優雅而笑。

小竹呆呆地看神情溫和微笑的天水，宛若在這番話後，他對天水有了新的看法，不再排斥。

妖車再次而起，這一次，多了一個焜翃。

❖

越過整個龍域都城後，進入了一片水域。細細的河流如同太陽的光束般四面八方地延伸，從上而下俯瞰整片大陸如同被藍色的蜘蛛網分割。

就在所有河流的源頭，是一片圓形的碧湖，妖車緩緩降落碧湖的上方，焜翃走出妖車，站在妖車的台階上。一陣猛烈的湖風颳過，掀起湖面層層漣漪，也揚起了焜翃長長的紅色髮辮。

我和長風立在焜翃身旁。我單手扠腰陰沉地俯瞰下面的水域。世事變遷，曾經的密道現在卻成了巨大的水域。對我而言，恰似滄海桑田一息間。

天水和小竹站在我的身後，留兩隻烏鴉在房內照看鳳麟。

小竹一直很平靜，但是天水……

即使我沒有轉身看天水，也能清晰地感覺到他一直注視我的目光，他那份深深的憂慮和擔憂，我不用讀心也真真切切地感受著。

焜翃抬起手，食指放入唇中一口咬破，伸長手臂之時，鮮血從他指尖緩緩滴落。滴答，他龍族之血滴入碧藍的湖面，立刻如同一朵絢爛的紅花在湖面上緩緩綻放，又如女子紅色的衣裙在水中飄逸地旋開。

忽然，平靜的湖面陡然跳動起來，整片水域開始猛烈地震動，水滴在水面上跳躍而起，發出嘩嘩嘩的聲音。

就在這時，清澈的湖面下隱隱可見有巨大的白色平台緩緩浮起，我邪邪而笑，找到了！

巨大得幾乎可以填滿整個湖面的玉台越來越清晰，上面布滿了深深的古老神紋，藍色的水從那些紋路中緩緩流乾，眨眼之間，藍色的圓湖徹底消失，被一塊大陸取代。而這一整塊陸地，是上古的通靈神玉！

「天水，你們可以走了。」我沒有轉身地說。

「可是師傅！」天水情急地一步走到我的身側：「妳一個人引開神族實在太危險……」

「你到底在擔心什麼？」我沉下臉沒好氣地白他，長風和焜翃朝我看來。天水擰眉抿唇，欲言又止，那神情像是有什麼話難以出口快要把他活活憋死。

我受不了地白他：「呼，真受不了你們男人，美人計又有什麼關係！你們男人一聽美人計就滿腦子滾床嗎？」

長風一僵，焜翃懵然追問：「誰要用美人計？」

「跟你無關。」小竹冷冷隔開焜翃，宛如這只是我、他和天水之間的家事。

天水深深擰眉，目露生氣：「師傅！我和小竹都很擔心妳！」

「擔心什麼？難道是擔心我被占便宜嗎？」我好笑看他，天水眸光閃了閃，神情已是不言而喻，我輕笑：「那不過是你們凡人迂腐的思想，男女平等，誰占誰便宜？滾床就滾唄，娘娘我可不吃虧～～」我在天水震驚的眼神中無聊地抬手看上自己的手指，指甲慢慢而出：「嗯～～你倒是提醒我了，我說過你們男人的陽氣對我沒用，那是因為你們是凡人，但是，我可沒說……」我邪邪地揚起嘴角，瞥眸看向已經僵滯的眸光顫顫的天水：「神族男人的陽氣對我沒用哦

～～～先吃了他們，和他們陰陽雙修奪他們神力！再拆了他們神骨！嘖嘖嘖，這個方法好像不錯～～～」我舔舔嘴，朝天水不正經眨了眨右眼！

登時天水的臉炸紅，雙眸劃過一抹慌亂後擰眉，神情嚴肅：「師傅冷靜！不要任性而為！就當徒兒從未說過！」

「主子！此法大好！」小竹近乎激動地看我。

「小竹！你不要縱容她！」天水更加生氣。

「別吵了！」我放落手沉下臉，橫白他：「別瞎擔心！快給我滾遠點，越遠越好，別讓我看著心煩！別讓廣玥他們發現拖累我！你就是這樣，麟兒託你照顧我，你就真當回事兒了！我不需要你的命，你死了麟兒又要我復活煩不煩？」

天水眸光顫了顫：「師傅……那晚都聽見了？」

「嗯，快滾！別拖我時間！」

他擰了擰眉：「是！」說完他扭頭就走，長長的髮絲與雪白的髮帶掠過我的面前。

天水離開後，我出了一會兒神，我本以為自己不會再信任何人，也不會再被任何人相信，尤其是男人。

可是，麟兒信我。然後小竹、天水，依次跟了我，信了我。

我擰了擰眉，回頭沉沉看焜翃與長風，還有小竹：「我們開始吧。」

「嗯！」我們四人一起從妖車上躍下，衣衫在風中鼓起。

落上平台後，我們四人相對站立，小竹、長風和焜翃彼此相看，我揚唇邪邪而笑：「現在，就看看你們當中有沒有人能成神！」甩手之時，神骨和神丹已然飛出，懸浮在我們之間，即使主人再齷齪，神骨依然乾淨如新。

長風、焜翃和小竹怔怔地看著那霞光四射的神骨與神丹，沁人的香味立刻瀰漫整個通靈玉台，玉台在神骨的神力中登時綻放浮現純潔的白光，映射天空，周圍草木百花綻放，色彩絢麗妖豔。

神骨懸浮在他們當中，緩緩地，它朝他們三人飛去，如同被一人吸引一般，直直飛向了一人。我微瞇眸光，沒想到他們三人中真有妖神的人選，而且，竟然是他！

神骨落在了長風的頭頂，焜翃驚訝地看著他，小竹似是鬆了口氣，朝我一禮：「主子，那小竹先行一步回去了。」

「嗯，回崑崙等我。」

「是！」

小竹輕輕躍起，躍上妖車時，妖車騰空而起，眨眼間消失在了天際。

長風怔然地呆立，我緩緩走向他，他慢慢回神。我抬眸看他，他細細的眉眼裡古檀色的瞳仁映入我的身影。

我揚唇邪邪一笑：「神骨選中了你，你還有機會選擇，你可想好了？一旦我把神骨埋入你的體內，你將會與整個神族為敵！我能保你成神，但保不了你的未來，你真的想一搏嗎？」

焜翃站在一旁認真地注視長風，神情極為嚴肅與凝重。

長風細細的眉眼看落我，端莊之中因為果決而多了分王者的威嚴。

「我長風決定的事，絕不會改！」長風在我面前毫不猶豫地雙膝跪下：「請娘娘讓長風成神改變妖界！」

「好！」我揚起手，黑色的衣袖揚起，神骨回到我的掌心。我凜然俯視長風，左手甩出，月輪飛出，立刻，帝琊的神魂浮現月輪之上，驚呆了焜翎：「帝、帝琊！」

耳聽為虛，眼見為實，焜翎在真正見到帝琊的魂魄時，瞠目結舌！

長風立刻雙拳緊擰，但臉龐始終低垂不看帝琊一眼。

「魅兒——妳居然把我的神骨給我男寵的兒子——」帝琊憤怒地朝我嘶吼，我勾唇冷笑：「妳的神骨和神丹現在是我的了，我愛給誰給誰。」

「沒關係——任性的妳我更愛——」他陰邪地咧開嘴：「我是不滅之身，待我自由再修神骨神丹！現在，我看妳怎麼殺別人——哈哈哈哈——妳可別讓我失望——」

「放心～～我絕不讓你失望～～聽說人間有一種打麻將的遊戲是四人所玩，我會盡早讓他們進來陪你打麻將，也好打發你接下去千萬年的無聊時光！」我一把抓住神骨狠狠埋入長風的頭頂，登時神光衝天，炸開上空一片雲天，祥雲滾動，如同海浪一般往四周湧開，天空猶如破了一個大洞，霞光萬丈迷人。

我看落長風，他的身體緩緩在我面前飄飛而起，長髮飛揚，厚重的華袍自下而上撐開，鼓動，忽然，如同琴弦一般的翅膀從他身後射出，他的眉心赤金色的神印立刻隱現！

焜翎目瞪口呆地看著：「這、這就成神了！」他的神情複雜到已經完全呆滯。常人歷經千萬劫難，修練萬萬餘年，依然無法成神，而長風頃刻間，已然成神！

我托起神丹，長風的身體懸浮在半空中，小腹正好在我面前，我瞇起雙眸直接把神丹砸向他的小腹，在神丹沒入他的體內之時，他猛然睜開了細細的眉眼，瞬間妖氣褪盡，眼角青銅的眼影染上了赤金的顏色，古檀色的瞳仁帶出刺目的神光，精緻的容顏開始拉長，猶如脫胎換骨般更添威嚴與凜然！

他的長髮在神光中撐開，神力融入他身後琴弦一般絲絲而成的光翅，立刻染上赤金的顏色，在身後像火焰一般徐徐燃燒。

他緩緩落地，神印在他眉間消失，長髮垂落，厚重的衣袍再次垂下。光翅收回他的後背，他緩緩落於我的面前，我瞥眸看陰冷蔑笑的帝琊：「讓你看一下，我沒浪費你的神骨和神丹。現在，你可以滾回去了。」

「啪！」一個響指，滿目陰邪的帝琊收入月輪，再次化作耳墜回到我的耳邊。

長風呆滯地看落自己隱隱散發神光的雙手。不僅僅他的雙手，他的每一綹頭髮，也會散發神光。

焜翃不可思議地摸上他的長髮：「好柔軟！以前你的頭髮像琴絲一樣硬。」

長風愣了愣，立刻摸上自己的長髮，細細的眉眼也慢慢彎起，如同夜空中的銀鉤，唇角也浮出淡淡的笑意。

長風真的很喜歡自己的長髮。

焜翃又摸上長風的臉：「更俊了！居然比我帥了！我也要成神！」焜翃急急看向我，我睨他一眼：「沒機會了，神骨看不上你。」

焜翃失落地嘆氣，然後去摸長風的後背：「翅膀呢？那光翅太拉風了！」

「不要碰我。」長風微微擰眉把焜翃趕開，擰眉淡語。他眨眨眼，朝我慢慢看來，始終不敢看我的目光讓他多了一分像是雛鳥看世界般的羞澀。

我勾了勾唇：「現在神丹剛剛埋入你體內，你可能還需要慢慢適應，暫時無法發揮它十分的力量。快打開通道，我讓你成神，那群傢伙已經有所感應，他們應該快來了。」

長風一掃羞澀，神情認真起來：「是！」

我起身躍落通靈玉台中心：「把神力注入這裡，可打開通道；之後只要把神力灌入神紋，即可開啟妖界大封印！」

長風點了點頭，立刻揚手，掌心正對面門，焜翃見狀緩緩退開，開始目不轉睛地看著長風。

長風纖細的雙眉微微擰緊，猛然睜眼時，神印立刻現出眉心。與此同時神力炸開，撐開他厚重的華袍，他甩手而出，神力立刻化作一束赤金色的光束重重落於我的腳下！

轟隆隆！整個玉台開始震顫起來，瞬間在神紋處裂開、浮起！

長風和焜翃立刻飛起，離開玉台。

從內而外裂開的玉台碎片浮起我的身周，它們開始飛速地、彼此相反方向地旋轉，發出嗡嗡嗡聲音，霞光在腳下漸漸出現，我仰天大笑：「哈哈哈哈——哈哈哈哈——」

登時，霞光陡然從我裙下衝起，直上雲霄，轟！擊破了天空，席捲了祥雲，瞬間通道打開，天空開裂！

赫然間，遠處霞光急速而來。我眯了眯眼，直接甩手，從帝琊那裡吸來的怨氣化作最後一束神力，迅速掃向長風和焜翃，二人被我神力拽起，直飛出去！

「啪！」一聲響指，一個小小的結界包住他們二人，神力拽起結界球狠狠一摔，把他們連同結界一起摔入我腳下的水中，他人無法再見。

長風緊張地看向我，要朝我而來。焜翃一把抱住他，像是阻止他衝破我的結界。

就在我把他們藏起之時，五道霞光飛速落到我的面前，登時仙氣炸開，掀起湖面一層巨浪，也揚起我的裙衫。在我徹底用完神力後，我身上的黑裙再次破破爛爛，長髮垂落腳跟。

漸漸平靜的湖面上霞光四射，五個人影，在霞光中浮現！

月牙色的神袍從霞光中而出，當霞光褪盡他全身，他月牙色與白金色交雜的長髮也在風中輕揚，淡淡的白金色染上月牙色，恰似晴朗夜空中皎潔純淨的月光，暖暖的月牙色浮出白金色，如冷月染上了太陽的暖光。

白玉的仙冠橫插著同樣白玉的仙簪，純淨的白色讓他清冷孤傲，聖潔高冷。兩綹月牙色的長髮在臉邊直垂而下，直至仙袍的下襬與仙冠的仙帶一起貼服在胸前，隨風輕揚。

仙冠之下高冷的雙眸狹長永遠半瞇，宛如一直高傲俯視天下，不把六界放在眼中，冰冷的神情讓人更是不敢親近。雙唇飽滿水潤，上唇微翹，唇色雖淡，卻珠光剔透，宛若是半透明的粉色珍珠，正是這一抹透明的粉，才讓他少了一分神君的冰冷，多了一分動人心魄的清美。

絲光雪白的仙袍金絲隱隱浮現，恰如一絲絲日光繡入他的月光般的仙袍，兩掛白玉的吊墜整齊地貼服在他白玉腰帶之下，尊貴軒昂。

他的神情一如萬萬年前一般冷傲、冷淡。雙唇雖然抿起，但因微微上翹的柔唇而多了一分美男子的清傲。

廣玥，真是好久不見。聖陽失蹤，你該是六界之主了！

廣玥的左側，走出了一身陰森銀黑長袍的殷剎，同樣銀黑色，但更淡一分的頭巾披在他的腦後，輕盈而飄逸，微遮他的長髮。

他和廣玥一樣面無表情，讓人肅然起敬，但是，他與廣玥不同，廣玥是高冷，目空一切；而他，是面無人氣，渾身自然而然的死亡氣息，讓人心生畏懼。無人敢於親近，讓他陷入被人疏離的孤獨之中。

我還記得在神界時，廣玥高冷，不願與人多言，但女神們依然趨之若鶩，紛紛示愛。而殷剎所到之處，三丈無人，他天生陰寒的氣息會讓人感覺不適，而他那張像死人一樣帶一抹青灰色的臉，更讓人心生恐懼。但還是有好他這樣的女神，也不少，比如花神。不過，他還是在神族最不受歡迎的男神。

仙氣漸漸散開，在殷剎的身邊又一人也走出霞光，泛著暗紫紫光的紫金色皮衣，鎏金黯色的皮帶隨意地扣在腰間，束起那件修挺的皮衣，沒有其他連結的皮衣衣領敞開，露出他微帶青銅色的赤裸肌膚，胸脯在敞開處起伏，每一次起伏都可見那野性的性感胸膛。

皮衣敞開的下襬下，是同樣緊致的玄色如同深夜的皮褲，皮褲可以襯出他修長勻稱完美的腿形。沒有一個男人的腿，可以像他那樣充滿魔性的性感。

他和我有相同之處，我們都能誘出人心底的魔念，本該有惺惺相惜之感的我們，他卻總是視我為眼中釘。從我誕生神族的那一刻，他對我一直嫌惡，也是他在我還在陰卵之內時，便建議聖陽將我消滅。

嗤霆，我又站在了你的面前，對你燦燦而笑。

我緩緩揚起了嘴角，看上他的臉，他的臉依然威嚴肅殺，讓人莫敢仰視。如刻如鑿的雙眸深深陷在眉骨之下，讓他的雙眼自然而然地深邃陰暗，魔光閃爍的暗紅色的瞳仁，是比乾涸的血漬更暗一分的顏色。

與嗤霆對視，會變得無法動彈，不是被他所迷，而是被他凜冽冷酷的眼神所震懾，只感到一股被黑暗吞沒的戰慄。他宛如要把人吸入他的體內，慢慢消化，讓人看著自己一點、一點地消失，先是雙腳，再是身體，最後，只剩下一個頭顱在黑暗中苟延殘喘。

此刻，他正用那雙眼睛狠狠盯視我，那神情像是在說：妳怎麼還敢出現在我面前？

哼，從我衝出封印的那一刻，我就告訴自己，我要快快樂樂、張張揚揚地活在他們面前，讓他們為我輾轉難眠，日夜煩躁！我要成為他們心中的那根刺，深深扎入他們的心，貫穿他們的心臟，讓他們的心在每一次搏動時，都會想到我！

他眯緊了雙眸，渾身的殺氣像是已經迫不及待地要把我生吞活剝，撕開我的身體，奪取我的一切！

他的殺氣讓他額前暗紅帶紫的劉海也輕飛起來，滿頭的長髮沒有束起，只用一個極為簡單的暗金色的王冠扣住，王冠中心正對他的眉心，眉心之中，暗紅色的神印已經隱隱浮現。

殷剎站在他的身旁，微微轉臉，但沒有直接看他，而是放落眸光，死亡顏色的臉上開始浮出深沉之色。

在嗤霆走出神光之時，廣玥的右側同時也走出了另一個男人。我瞥眸看他，正好與他怔怔的視線相撞。立刻，他玄黑的眸中湧起了灼灼的、深沉的占有和如同掠奪一般的欲望。

哼，御人，你也來了。四個混蛋來齊了！

玄色繡金的神袍，暗暗的神光布滿他同樣玄色的長髮，飛挑的龍眉，黑色如同水墨的神印在他眉心顯現，黑鑽般的雙眸比黑夜還要炫黑一分，如同幽深的潭水，一望無底。

眼角飛逸如鳳眸，即使沒有像嗤霆那般的凹陷，也讓他的雙眸看起來格外深邃幽深，如急速的漩渦將你拽入他的懷抱中，從此對他深深痴愛，愛上他的霸道與強勢。

朱紅的雙唇不厚不薄，唇型完美無瑕，弧度完美的唇角總是勾起一抹耐人尋味的笑意。那抹笑意裡摻雜太多太多的意味，有勝者的高傲，有王者的自負，還有他自身的深沉與陰沉。

我能從他的眸光中感覺到，他得到我的機會又來了！

他想要我的目的和帝琊的又不同，御人只想要別人都在爭奪的東西，無論是什麼，即使是一朵花，只要大家在爭，他也會強行折斷，撚在手中。

這是一種自負，一種狂妄，一種唯我獨尊。

他得到之後，不像帝琊那般珍藏，而是不屑一顧，甚至只是隨意地丟棄在他神宮的某個角落，更甚者，他會將其摧殘，肆意蹂躪，而且，還是在他人面前。

他是別樣的任性，任性地處置自己的東西，玩弄他們，拋棄他們。

御人盯視我片刻，唇角已經勾起，我也冷笑看他，這麼想要我～～那下一個就是你吧。

他不再看我，眸光微微轉向一側，是在用餘光看廣玥，似是也想揣測廣玥此刻再見我的心思。

因為，他們六人中，廣玥的心思，最為難猜。

「魅姬！帝琊大人在哪兒？」御人身旁，站著老熟人，正是月神娥嬌，她臉色蒼白地朝我厲喝。

我立刻橫眉，蔑然冷看她：「妳這種造出來的東西，也敢直呼本娘娘的名諱，對本娘娘呼呼喝喝！」

娥嬌登時被我喝得一時呆立，震驚而又憤怒地全身輕顫。

我冷冷掃視他們五人，看到了躲在廣玥身後正陰惻惻偷笑的八翼。我直接無視他，看向廣玥，廣玥神情依然不變，冷冷淡淡、蔑然不屑。

「魅姬，妳現在已無神力，還能逃到哪兒去？」娥嬌的聲音發顫，像是被我激怒而顫，更像是迫切地想要除掉我，以忘卻被我撞見姦情時的羞恥與絕望。

我邪邪勾唇，也不與娥嬌廢話，只是伸出手，依次指向目光灼灼的御人、冷冷看我的廣玥、面容陰沉的殷剎，以及……殺氣濃濃的嗤霆，然後，對著他們所有人勾了勾手指，咬唇一笑，向後輕輕巧巧地一躍，立刻飛升直入流光幻彩的通道！

廣玥半瞇的眸猛地睜了睜，立刻沉臉，抬手拂袖之時，已化作霞光朝我追來。殷剎的眸光緊了緊，嗤霆也殺氣更甚，御人更是迫不及待緊隨廣玥之後，那五人再次化作霞光與我一起進入通道。

我邪邪而笑，心語傳向了長風、焜翃、天水和小竹所有人：「長風，啟動大封印，關閉妖界！天水，準備帶鳳麟離開妖界！」

「是！」眾人異口同聲。

「師傅，妳自己小心，崑崙見。」

「嗯，崑崙見！」天水的話音淡出腦海，三道霞光已經飛快地掠過我的身旁，落在我的面前。陰森的氣息撲面而來，殷剎已經立在我的面前，撐開雙臂之時，黑色的、冤魂一般的光翅在身後撐開，瞬間攔住我的去路。

緊跟著，御人、嗤霆落在我的兩側，神翅綻放，讓人無路可逃。

我悠然停下，正對殷剎。他靜靜看我，帶一抹青色的臉上是隱隱的慍怒。

我勾唇一笑，他微微擰眉，我在他複雜的目光中轉身，眸中映入了廣玥清冷如月的身影，他雙眸睜開，裡面是聖潔無瑕的，如同月光般的眼睛。

他不苟言笑，沉沉看我：「魅兒，妳任性了。」低低沉沉的話音、平平淡淡的語氣，更像是嚴父向自己的女兒訓誡。

娥嬌在他身旁，死死瞪著我，卻不知八翼站在他們遠遠的身後正瞥眸一直看她，那神情，顯然是吃不飽伺機想吃掉月神。

我勾唇一笑，啪的一個響指，巨大的月輪已在身邊，神族不愧是神族，即便我亮出武器，他們也神色不動，巋然而立，高高在上，開始對我最終的審判！

我抬手撫過青光閃閃的月輪：「這點任性都沒有，那做神還有什麼意思？」

「交出帝琊神魂。」廣玥語氣依然平淡，但卻是對我的命令。

「哼……」我咧開嘴角，陰沉地笑了。廣玥再次半瞇美眸，我閉上了雙眼，撐開雙臂在通道中慢慢搖……

「哼……哼……」幽遠詭異的輕哼從我微笑的唇中而出，腳尖輕點，我的身體輕輕盈動，清清冷冷，絲絲詭異陰森的歌聲，開始從我唇中哼出……

「神谷裡～～有神女～～生於陰～～長於陽～～人謂邪神欲除兮～～吾神慈悲憐憫兮～～教其善～～授其愛～～贊其美～～賜其名～～謂魅姬兮～～哼～～哼～～」

我在寧靜的通道中輕盈而舞，如鬼如魅，髮絲劃過唇畔，遮蓋我的眉眼，赤裸的雙腳踏開流光，點開一圈一圈光暈。

指尖彈上月輪，輕悠空靈的聲音在通道中悠悠揚揚。

「叮……叮……」

「魅兒～～魅兒～～是誰在深情呼喚～～魅兒～～魅兒～～是誰在夢中覓尋～～男人為之神魂顛倒～～女人為之妒恨糾纏～～為何……為何……哼哼哼哼……哈哈哈哈——怪妳太魅妖嬈兮……怪妳占盡吾神獨愛兮——貪念起～～六界亂～～萬年情似夢，六道封印情絕緣滅！怪誰？怪誰？哼哼哼哼……」

我在陰笑中緩緩睜開雙眼，手執長髮遮紅唇。我瞥眸掃過怔怔看我的眾人，緩緩放開長髮，髮絲一綹綹滑落我邪氣森然的臉龐，我雙手柔柔揮開，頷首一禮。

「三千年未見，不知這段歌舞哥哥們可喜歡？」我抬臉看廣玥，廣玥睜眸冷然不語，只覺痴痴目光從御人那處而來，嗤霆殺氣已然退卻。

「魅兒。」廣玥微抬下巴，神色歸然不動，他看我一眼，依然是冷冷淡淡命令：「交出帝琊。」

「然後呢？」我反問，邪邪而笑：「再把我封印？」

廣玥的臉上，沒有任何神情的變化，但冷眸始終寡淡地盯視我，宛如我已在他掌中，此刻不過是他仁慈，允我在他面前多說幾句話罷了。

「魅兒，妳應該已經知道，妳現在沒有談判的餘地。」他泰然地說著，果然覺得我已經死是他們囊中之物，給我時間唱歌，不過是顧念從前的一些兄妹情誼。

「為何哥哥們不放我一次？」我邪邪勾唇，看向四周，他們的目光閃爍起來，嗤霆眸光立刻再次湧現殺氣：「現在跟妳好言好語已是對妳網開一面！」

「哦～～～原來你們肯聽我說話，已經是對我的恩賜，否則不然是把我直接封印再行審問？」我瞥眸看他們。

御人勾唇一笑，眸光在我臉上幾番打量：「魅兒，妳變了。」

我邪邪而笑：「既然你們一直斷定我為邪神，我當然不能讓你們失望。不如這樣，我也知道你們想要什麼，我們來玩個遊戲如何？」我掃看他們。

御人的眸光裡帶出玩味：「妳想玩什麼？」

其他人神態平靜，即使是和帝琊交情甚好的嗤霆，此刻也壓下了憤怒。萬萬年的無聊，他們需要的，是刺激。

他們並不擔心帝琊，在外人看來，一個神死了，簡直是地崩天塌，世界毀滅一般。但是，在同樣的神族眼中，並不大驚小怪。

尤其，帝琊是不死不滅之身。

而我的面前，更是創世之神！他們想復活帝琊易如反掌。只要我交出帝琊的神魂，他們可以立刻拆了長風的神骨，拿回神丹，之前的一切，不過是一個任性的孩子鬧鬧脾氣，拆壞一個玩具罷了。

即使他們不這麼做，帝琊也是真神，他只消出來，如他所言，他可以吸取天地妖氣，瞬間恢復肉身，凝成神丹，重塑神骨。所以，神族沒有死亡一說，只有重生。

只不過，這重生的時間有長有短罷了。

他們此刻，對帝琊已經不再那麼地迫切，似乎對我所說的這個遊戲，更感興趣。

我勾起唇角，輕慢不屑地說道：「我現在對聖陽已經徹底死心，我不愛他了。」當我輕輕巧巧地說出不再愛聖陽時，他們的神色立刻一動，甚至是廣玥，即使他克制得很好，依然讓我捕捉到他臉上的一絲驚訝。

而他們五人中最為驚訝的，莫過於娥嬌。真希望聖陽沒有失蹤，我可以大大方方地丟給她，那種男人，本娘娘不稀罕。

我瞥眸一一掃過他們的臉：「我現在……很想有個男人好好愛我，不如這樣，你們當中誰能讓我愛上，我奉上你們想要的東西。」

「妳這是在有意離間眾神！」娥嬌似乎是擔心這件事會成為事實立刻躍出，高喝的聲音更像是警告！

廣玥微露一絲不悅，他最不喜歡女人過高的嗓音。

八翼的眼中，露出吃不飽呆滯的神情。

我往後靠坐在月輪上，單腿曲起時，破破爛爛的裙襬滑落白皙剔透的右腿，我微微失落地低臉把玩自己的長髮：「帝琊哥哥可是說很愛我的，可惜……我不小心把他殺了，我以為……除了聖陽，你們當中，至少有一兩個，是對我真心的，原來……我真的錯了，當初你們對我的好，果然還是為了那樣東西～～～」我瞥眸看向廣玥，廣玥的神光立刻乍現，他直接甩手，一束月牙色的神力朝我射來，直接纏住了我的手腕，宛如不想再聽我廢話，蠱惑他人心思。

廣玥目光依然高冷：「跟我們回去！」

我看落纏住我手腕的神力，勾唇一笑：「哥哥們真討厭～～都喜歡綁住我嗎？帝琊哥哥也是這樣綁住我，我險些被他燒死呢，廣玥哥哥綁住我，是想把我拆了嗎？」我勾笑看他，他的眸光驟然放冷，臉沉到極點：「妳看看妳現在是什麼樣子！」

「不再完美了是嗎？」我邪笑反問。

廣玥一怔，目光更加陰沉一分，右手立刻一拽。忽然間，黑色的身影掠過我的面前，寒光閃過，綁住我的神力立刻被狠狠切斷，緊跟著，森然的氣息染滿了身前的空氣，冤魂一般的光翅在我面前燃燒。

「走！」他只是低低沉沉地說了一個字，神力瞬間撐開銀黑色的長袍與頭巾，黑白相間的長髮在流光中飛揚。

巨大的雙頭鐮刀閃現他的身旁，上面的骷髏正在詭異地陰笑。

我怔了怔，勾唇笑了。

「剎！你在幹什麼？」嗤霆驚訝地看向我身前、護住我的殷剎：「你別中了她的奸計！她想挑撥我們！」

剎還是和以前一樣不多言，他沒有說話，只是盯視廣玥，廣玥再次瞇眸，不悅已然表露在臉上。

「你既要護她，當年為何又參與封印？」廣玥平平淡淡、清清冷冷開了口，語氣裡滿是對殷剎的嘲笑。

御人的唇角，在殷剎面對廣玥時已經揚起。

「因為，那時我認為封印對她是最好的保護，可以遠離你們所有人！」殷剎低沉的聲音在通道內響起，我瞇緊了眸光。

「哼，她可不會那麼認為。」廣玥冷笑。

「我知道她恨我，沒關係，我不在意。」殷剎揚起手，護住我的周圍，為我留出一條通路：「但是現在，我不想再錯一次！魅兒，快走！」他又說了一聲。

我瞥眸掃視所有人，在月輪上躍起，飛落殷剎的後背，從他身後輕輕環過他的脖頸，他立刻一怔。我貼在他耳邊的頭巾，上面是死亡一般的絲絲寒氣，我勾唇瞥看所有人，輕聲而語：「剎，我會來找你的。」

殷剎側開了臉，沒有血色的唇緊緊抿起。我離開他的身體，躍上月輪，陰笑地大喝：「帝琊哥哥~~帶我走！」

登時，帝琊藍色的神力染上了月輪，瞬間驚呆了娥嬌和嗤霆。

廣玥瞇緊了眸光，清冷的臉上更是多了分陰鬱。

「琊——你居然還幫她——」當氣鬱的嘶喊從嗤霆口中吼出時，月輪瞬間進入流光之速，帶著帝琊瘋狂的笑聲，帶我迅速衝入殷剎為我留出的通路。

通道的盡頭越來越近，眨眼間已在眼前，我破光而出，毫不猶豫地轉身揮手，用力劃過長空，月輪青藍的邪光立刻掃過出口，登時，一道青藍的光芒割裂出口的空間，頃刻間，通道徹底消失在我的面前，被月光與雲天再次覆蓋。

我揚唇邪邪地笑了，這樣，至少一時半刻間，他們察覺不到我在人間的何處。

我仰起臉沐浴那清澈的月光，閉眸深深呼吸高空清冷乾淨的空氣，還是人間的味道沁人好聞，讓人舒服。

「師傅！」忽然間，身後傳來鳳麟也帶著驚訝的呼喚。

我吃驚轉身，眼中已經映入他賽雪的仙袍，仙袍在月光中染上迷人的銀色，讓他在月光中，越發得仙姿玉立。

他也是有些不可思議地看我一會兒，忽然雙眸湧出了憤怒，頃刻間閃現我的身前，生氣地盯視我：「我說過！不准離開我的視線！」他大聲說完，一把扣住了我的下巴就重重吻落我的唇。

重重的吻因為他心中的憂急和生氣而帶出一絲粗暴，大口大口的啃咬咬痛了我的唇，因他心中的那絲害怕失去我的恐慌而失去了溫柔。雙唇開始發麻，發熱，染上了他的氣息，也染上了他的濕潤，在他的唇離開的間隙感覺到了夜風的清涼，又在他再次含入時染上灼灼的熱度。

我怔怔立在他的身前，他雙眸微閉深深吻入我的唇，長長的睫毛在月光中染上了一層銀霜，不停地輕顫，如同小小的銀蝶在我面前飛舞跳躍，分外動人心魄。

他伸手緩緩圈住了我的腰，深深擁緊在他身前。我貼上了他的身體、他的胸膛，在他的吻中緩緩閉上了眼睛。

不管他是如何找到了我，此時此刻，我只想好好享受這份由他帶來的對我的關切憂急，還有那分因為我離開他的怒氣。

寧靜的月光灑落在我們的身上，他放開我的下巴撫上我的臉，熱熱的手拂去我臉上的涼意。他深深地呼吸，漸漸放柔了力度，一點、一點吮吻我的雙唇，如同品嘗世上最美味的美食，讓他依依不捨，纏綿難離。火舌滑入我的口中，和他的雙唇一起搜刮我唇內的一切，宛如裡面所有的一切，都是只屬於他一人，他要盡情地掠奪，霸道地占有。

我的雙手貼在他的胸口上，劇烈猛力的心跳就在我的手心之下，咚咚咚咚，隨著他每次呼吸，每次胸膛的起伏傳入我的心中。

熱熱的手從我的臉上緩緩撫落，自然而然地來到我的頸項，我的耳根，他繼續深深吮吻我的唇，呼吸在吻中越來越急促，粗重。

他溫柔纏綿的吻開始變得焦躁起來，宛如這樣的吻已經無法消去他心頭的怒火，在他的唇偏離我的雙唇時，他的吻徹底失了控……

他一口，一口吮吻上我的臉，往我的耳側而去，他的呼吸就在我的耳邊，他深深吮入我的耳垂，呼呼的氣息吐上我的頸項，他撫在我頸項的手再次而下，順著我順滑的肌膚撫上了我的肩膀，他的心猛地膨脹了一下，緊緊包裹住我在風中吹涼的肩膀，含入我的耳垂。

「呼……呼……」他失控地吮吻我的耳垂、耳廓，雜亂無章，但也因此帶上了本能的狂亂，讓人如同初嘗禁果一般心跳加速，緊張，呼吸粗重。

他圈緊我的腰，手像是不知該如何擺放地只能揪緊我腰間的衣衫，我柔軟的身體越發緊貼他的胸膛，灼灼的熱意透過那賽雪的仙衣燃燒我的身體。

聖潔而雪白的仙衣，卻讓人有撕開它的欲望，在褪下聖潔之後，看到的又是怎樣的一幅驚心動魄的畫面。

他的吻從我的頸項而下，深深的吮吸帶著一絲粗暴吸痛了我的肌膚，那一絲絲的痛將他的激情和火熱帶入我的體內，讓我的呼吸也隨他而急促。我自然而然地撫上他的臉，指尖插入他的髮絲，撫上了他的後腦。

他包裹住我的肩膀的手緩緩滑落，不再隔著衣衫，而是直接觸摸我因為衣領滑落而露出的赤裸肌膚上，他的唇落在了我的肩膀上，輕輕地、珍愛地輕輕摩挲，我深深呼吸，迷濛的眼中映入面前皎潔的命運。

染上銀霜的白雲從我們身邊緩緩而過，如一隻又一隻大手遮住了我們在空中相擁的身影。

衣衫從我手心下緩緩褪開，我的手直接印在了他熱燙起伏的胸膛上，他攬住我腰的手猛然一緊，我的手緩緩撫上他飽滿緊致的胸膛，那結實的胸膛不像吃不飽的肌肉那般硬，但也不像孱弱男子那般鬆軟，緊致適度，充滿彈性。

「師傅！」他忽的急急握住了我的手，比之前更燙一分的手瞬間燃燒了我的手，我抬起臉看向他，月光沐浴在我的臉上，他深深地凝視我，黝黑的眼睛因為他的情欲而越發深邃。我抬手撫上他的眼睛，他輕輕握住了我的手，側臉輕輕啜吻，他揪緊我裙衫的手也開始緩緩鬆開，在啜吻中隔著我的衣裙緩緩撫上了我的後背，那絲薄的裙衫讓他的手宛若是直接撫在我的身上。

他漸漸沉浸在吻中，順著我的手臂一點一點吻落，衣袖滑落，露出我在月光中剔透的肌膚。他火熱的氣息隨著吻吐上我的手臂，仙衣徹底打開，露出了他修長頸項下的赤裸男人的身體。

乳白的肌膚在月光中閃爍出暖暖的如同白玉的光輝，黑色的長髮從衣衫上滑落，貼上他的身體，瞬間黑白分明，更加惹眼。

我緩緩撫上他的頸項，絲滑的衣領從他的肩膀滑落，他忽然放開我的手，雙臂擁緊了我的身體，要把我揉碎的力度，讓我埋入他體內，他重重地吻落我的肩膀，我的頸項，我的耳垂。他一口含住我的耳垂深深吮吸，有力地托起我的身體，火熱的唇壓上我黑衣下的聳立吻入我的心……

我俯下臉，雙手圈抱住他的頭，輕輕吻落他的髮髻。麟兒……

他的唇壓在我的心口，久久沒有離去，他的臉埋入我的胸口深深呼吸，胸膛大大起伏著，一切變得安靜，靜得甚至聽不見他的呼吸聲，只有雲層從我們身邊緩緩而過，月光時斷時續地灑落在我的身上。

輕輕地，他張開了口，隔著那若有似無的裙衣狠狠咬上了我的心口，宛如想要讓我徹徹底底得記住他，從此我的心裡，只有他……

雲層漸漸合攏，包住了我們身周，讓這裡再不可見，腳下生出雲床，讓他可以安全站立。月光透過雲層的稀薄之處，化作一束又一束銀白的光束，透露在我們的雲床上，我們的身周……

他開始大口大口咬上我心口周圍的地方，咬上我柔軟的酥胸，他的仙衣徹底褪盡，我的雙手撫上他赤裸的、在夜風中帶一絲涼意的後背。

他大口大口咬下，忽然，他咬住了我的蓓蕊，我和他的身體同時一緊，立刻，他鬆開了牙齒，輕輕地舔上那敏感嬌嫩之處。他的蜜液漸漸化開了那裡的衣衫，他直接含住了我徹底裸露的櫻粒，如同吻我一般，深深吮吸。

本能讓他想觸摸我的身體，但是，這已經無法滿足他。因為，本能讓他親吻我的一切，我的唇，我的身體，我的肌膚，只要是他能看見的地方。

緩緩的，他壓落了他的身體，我躺落在清涼柔軟的雲床上。我深深陷入，他開始聽從自己內心的渴望盡情地撫摸我的身體，親吻我的身體。

他的手撫過我的手臂，那裡的衣衫被他的熱意燒盡，他開始吮吻我的酥胸，那裡也開始灌入涼意。

他撫上了我另一邊的玉乳，只聽身體深處的欲望開始摸索，但是這不夠，遠遠不夠！

他急切地吻上我另一邊的雪乳，含入那在月光中已經為他挺立的玉珠，深深吮吸。

我的呼吸開始急促，身體在他的激情中燃燒、焦躁。我深深插入他的髮絲，玉簪拔下之時，他滿頭的長髮滑下我的手臂，帶來絲絲清涼。

他撫下我的腰，粗重地呼吸在我的胸口之間，他的手臂插入我的腰下，深深抱緊我時，我感覺到他赤裸的雙腿貼上了我的身體。那在夜風中清涼之感，讓我情不自禁地靠近，我微動身體貼上了他修長精幹的腿，立刻，下身觸及了他的火熱，立刻，他全身僵滯。

他像是方才回神一般仰起臉看我，深邃的眸中是已經難以克制的火焰，我撫上他的臉，笑了：

「麟兒……」

在那一刻，他的眸光猛然收緊，宛如做出了最終的決定般吻落我的唇，重重壓落時，他扣緊我的腰，猛地挺入。

我迎合他，讓他少一分初次的尷尬與不順。他怔怔吻在我的唇上，久久不動，擰緊雙眉，眸中又浮出絲絲憂慮和猶豫。

我微微曲起了雙腿，撫上他汗濕的臉，伸出舌，緩緩舔上他的唇。他一驚，立刻閃開，眸光火熱而痛苦隱忍地看我：「師傅！不要。我會失控。」

我笑了：「不要忍，這樣，只會讓我們更難受。」

他怔了怔，微微閉眸有些痛苦地緊皺雙眉：「但我不想傷了妳……」他的聲音已經暗啞，可見他已經忍到極限。他憐惜地撫上我的臉，眸中卻生出了絲絲的愧疚：「對不起，師傅……」

我深深地注視他：「麟兒，我喜歡你，所以，我願意……」

當我的話出口時，他的眸底立刻掀起了滔天巨浪，他深深地注視我片刻後，再也無法隱忍地埋下臉壓住我的唇，開始律動。

本能的律動讓他像是本能地的一般帶出了一分粗暴，他每一下深深的撞擊都帶出了他對我的霸道與渴望。他在用他的激情告訴我，他想讓我與他合二為一，成為一人。

「嗯嗯嗯嗯。」他鎖緊我的身體，在我的耳邊粗喘，黑色的長髮在他的律動中在我赤裸的身上震顫，他再次撫落我的身體，撫上我的酥胸，他的律動因此更加用力起來。

這份粗暴恰恰好，讓身體可以在雲端盡情地沉浸在天地本能的欲望之中。

「呵呵呵呵。」他在月光之間喘息，從白雲中透入的光束正好灑落在他的身上，讓他的身體在律動中更加性感地讓人窒息。

他深深地闖入，每一寸的接觸因為這份恰到好處的粗暴而進入燃點，星火瞬間化作火焰完全將我燃燒。

汗濕的身體緊緊貼合在一起，雙腿的交纏讓人上癮，我輕輕摩擦他的腿側，他的呼吸更加急促。

「師傅！妳不要！」鳳麟又再次面露焦急，可是越是看他努力克制，我越是想逗弄他。我咬唇對他壞笑，他的眸光又是一緊，匆匆撇開臉。我伸手緩緩撫上他的胸膛，輕輕撥開他的長髮，點上他胸口的茱萸，立刻，他的臉瞬間緊繃，在月光中散發出了寒氣。

「妳真是太不聽話了！」他厲聲出口時，用雙手一把扣住我的雙手壓在我的臉邊，我笑看他，他呼吸凝滯了一下，似是羞於面對我，埋下身體再次吻上我的唇，似是只有這樣，讓我可以乖乖閉上眼睛。

他的動作開始慢了下來，似是找到了方法，他不再急促地律動，而變得有條不紊，在節奏中挺進，讓皮膚的摩擦更加緊密，讓人銷魂。我迷濛地睜開眼睛，看到了他深深凝視我的眼睛，他宛如在我的神情中無法自拔，久久深陷。

當我和他的視線相觸之時，他不再羞澀躲避，而是深情地直直盯視我，沙啞地輕喚我：「師傅……我愛妳……」

「我知道……麟兒……」

「師傅……我真的很愛妳，下次不要再把我一個人丟下，好嗎？」

我深情地凝視他，抬手輕輕撫上他的臉：「麟兒，師傅願意跟你生生世世一起，但，不是神的形式……」

「師傅，即使只有一生一世……」他放落身體，深情地撫上我的臉，眼瞼半垂地吻落我的眉心：「也讓麟兒陪妳……同生共死……」

「麟兒……」我動情得抱緊了他的身體，在他的身下和他一起陷入厚厚的雲床……

❖

情欲是什麼？

清者自清，濁者自濁。

但只有與自己心愛之人交融才會獲得歡愉和幸福，不會像娥嬌那般只有深深的空虛與寂寞。

我不想讓麟兒成神，因為我怕……怕變化……

我願和他生生世世，只是，不是彼此為神……

神的感情，到底會真嗎？

金色的晨光透入了我們的雲屋，飄動的薄薄的纖雲被染上了淡淡的金色。

他在我身後輕輕呼吸，深深地擁緊我的腰。

我伸出手接住了一縷晨光，乾淨的晨光裡不見纖塵跳躍。一隻手，緩緩撫上我接住金光的手，溫柔包裹，指尖插入，黏黏膩膩，糾糾纏纏，不讓我離開他半分，即使一綹纖髮，他也要跟我牢牢糾纏在一起。

他緊貼我的後背，攬住我的腰，雙腿和我緊緊交纏在一起，他自己化作了最有力的繩索，將我捆綁在身前，又像是你無論生死也擺脫不了的影子，緊貼在你身後。

白雲纏繞在我們的身上，他輕輕蹭上我的後頸，輕輕呼吸：「師傅，我能叫妳魅兒嗎？」他輕輕地問，柔柔的聲音帶著初醒時微微的沙啞。

我立刻不悅：「當然不能！那是聖陽給我取的名字，你願意叫嗎？」我在他身前轉身，因為我突然轉身，他的臉立刻紅起，微微轉身側開臉，長髮滑落他臉龐，蓋住他那一剎那羞窘的神情：「不願意。」

他的耳根開始發紅，淡淡的粉色很快染上他修長白皙的頸項，他赤裸的肩膀。

「所以，叫師傅不錯，我喜歡。」我微微撐起身體，伏上他的胸膛，他的身體立刻緊繃，連纏在我腿上的腿也微微移開，似是害怕與我過多地碰觸會讓一些事再次失控。清涼的白雲悄悄遊走在我們腿間，絲絲的涼意像是在給某人降溫。

「嗯……或是娘也可以。」我壞笑得落指，在他的胸口畫圈圈。他立刻握住我的手，終於轉回臉看我：「我不要！」他大聲說：「哪有叫自己愛人是娘的！」

「那……可以在娘後面加個子～～」我咧開嘴。

他的臉騰地紅起，閃爍的星眸中像是在想別的心思。

我邪邪而笑：「怎樣？」

他眨眨眼，轉開臉：「我……能不能給師傅取個名字？」

「不用。」我收回手起身，黑裙再次加身。

「師傅生氣了？」他也立刻起身，又是伸手從我身後環抱我，與我牢牢相貼：「我知道師傅不喜歡男人給妳取名字。」

「不，我沒有，我只是覺得……刑姬這個名字不錯～～可以讓我永遠記住自己被封印在崑崙山下三千年的日子！」我瞇緊了眸光，這個仇，我可不能忘記。

「對了，麟兒，你昨晚怎麼知道我從這裡出來？」我轉身看他，他身上仙衣微微敞開，還未穿起。

他微微側臉，細細深思，臉上似也是一絲不解：「我在崑崙醒來後，師兄告訴了我一切，我當時……只想要找到妳！」他焦急地抬起臉，深深看落我的臉龐，昨晚的神情再次浮現他的眸中，宛如這一刻他也在害怕我再一次離開他，丟下他一人。

我心感溫暖地撫上他的臉：「然後呢？」

他微微平息呼吸，恢復平靜，再次深思：「師傅，會不會是妳對我用的同心咒？」他認真地凝視我：「妳說過，只要我法力增強，我可以感覺到妳，甚至可以直接與妳聯繫。」

我瞥眸細細看他，我對他施的咒術和向別人授印是不同的，授印只能我與他們聯繫，他們無法探知到我。

但是，這神族的同心咒是可以雙向的，只要他的法力增強。

可是……以他現在的法力，是不可能的。但是，奇蹟還是發生了。

我深思了片刻，側落一旁：「的確可以，但是以你現在的法力……」我想了一會兒，還是不在意地笑了：「這世上，也有神不知其然的事情，比如愛。」我抬眸撫上他在劉海下越發俊美的臉龐：「愛的力量的確很強大，而且很神祕。應該是你對我的愛，增強了你的感應，讓你可以找到我。」

「原來是這樣！」他高興地握住我的雙手：「以後我可以隨時知道師傅在哪裡，妳再也別想甩掉我！」一抹生氣再次劃過他的雙手，我垂眸而笑，雙手與他十指交纏，我閉眸靠上了他起伏的胸膛。

「師傅，妳真的不能再這麼任性了，這一次，連師兄也很擔心妳。」他放落臉龐，輕蹭我的頭頂，輕輕而語。

我在他的胸前點點頭：「嗯……」

他放開我的手，撫上我的後背，在雲屋中擁住我的身體，白雲從我們身周緩緩散開，雲床也慢慢從我們腳下消散。

他拉起了我的手，撫上我的臉，微笑看我的目光中，是濃濃的情意，還有一絲像是對孩子的寵溺：「師傅，我們回去吧，師兄和小竹還在擔心我們。對了，還有焜翃，是他送我們離開妖界，他也在等你回去。」

我笑了，拉起他的手，我們看向萬里的晴空，碧藍的天空乾淨地讓人心醉，我們緩緩朝崑崙飛去……

「我降世時，並沒有人發現……」我拉著鳳麟的手，淡淡地說了起來，他靜靜看我，與我漫步在雲端，宛如他也不想太快回到崑崙。

「為什麼？」他問。

我的心一時黯然：「因為，我落在了世界陰暗的狹縫之中，我在一顆陰暗的卵中一直沉睡，那時的我還不知道自己到底是什麼，出來之後也有很長一段時間不明白自己為何沉睡。直到被封印之前，我才明白是因為我的力量來源於陰暗的人性，只要世間沒有陰暗，我便會一直無力，只能沉睡……」

「師傅……」

我擰緊了眉：「權欲、貪婪、怨恨、淫欲種種陰暗的人心都能化作我的力量，其中怨氣較多，所以怨氣更易被我察覺吸收，當我吸入這些陰暗的人性後，我才有了力量，得以在陰卵之中漸漸甦醒……」我看落身下巍巍崑崙，不知不覺，已經回來了。

我收住了話音，因為在我甦醒後，我第一個看到的人，便是聖陽。我不想再提起，不想再去想起他與我的點點……滴滴……

「師傅，別說了。」似是看出我的遲疑，鳳麟握住了我的手，緊緊得，沒有放開，他扣住我的肩膀，鄭重看我：「師傅，以後有我陪著妳，別再去想那個男人，我會讓妳徹底忘記他，讓妳的心裡，只有我！」他目光閃亮之時，他一把用力地把我拽入懷中，深深擁緊。

我在他懷中深深呼吸，再次俯看整個崑崙，安靜下來之後，崑崙每個人的氣息我都可以輕易察覺。

立刻，我收緊了眉：「他們來了！」

「他們？」鳳麟放開我：「誰？」

我閉眸感應了一下，邪邪揚唇：「看來我們有尊貴的客人了，哼……而且，不止一個。」沒有顯露身分是想跟我玩那個遊戲嗎？好，我跟你們玩，玩爽了再殺了你們，哼哼哼哼。

鳳麟看我一眼，擰眉深思，漸漸目露深沉地俯看腳下的崑崙。

我和他一起立在高高的雲端俯看雲海下的連綿浮島，廣玥、御人、殷剎、嗤霆，到底是你們當中的誰猜到了我在崑崙？

嗯……另一個應該是女人。哼！是跟來殺我嗎？

這樣才有意思。看看我們誰能先找到對方。

貓鼠遊戲，開始了……

番外　校園日常

叮咚叮咚——上課鈴聲再次響起，鳳麟的神情也開始變得煩躁，因為這堂課是魅姬上的。

當教室門被推開，班裡所有男生的目光已經向門口集中，這讓鳳麟的心情更加煩躁一分。他懶得看地側開臉，看向窗外。

如果從上面俯視，會發現班裡所有男生的頭都朝著一個方向，只有鳳麟的是反方向。打開的教室門帶進了一陣春風，同時也將一條長長的煙藍色裙襬拂入，隨後，魅姬緩步入內。及腰的長髮、慵懶的神情，亞麻色的古風盤口上衣，配著那條煙藍色的古風長裙。

魅姬是這所學校最漂亮的老師，在這所男校無疑是全校學生的福利，也讓其他女老師分外羨慕嫉妒恨。

魅姬雖然看上去懶懶散散，如同一隻伏在昂貴而柔軟床上的波斯貓，可她的身上總是散發著一種讓男人無法抵擋的魅力和誘惑。

她懶洋洋地將課本扔在桌上，看都不看自己學生一眼，直接抓起筆開始寫，寫上「自習」兩個字，然後拍拍手，將粉筆一扔，轉身拉過椅子坐了上去，將兩條腿慵懶地架在講台上，那條煙藍色的裙子隨之垂落，讓男生們看得心曠神怡。

「老規矩～～好好自習新課程，不懂的就問鳳麟同學，考試不及格的，滾出這個班。」當她慵懶的聲音響起時，卻宛如帶著某種魔力，男生們迅速翻開書，開始認真自習起來！

從她上課開始，所有課程男生們都是如此，沒有一個人蹺課！因為一旦離開這個班，就看不見美麗迷人的魅姬老師。

「鳳麟同學，請問這題怎麼做？」大家有不會的就會問鳳麟，他是這個班的資優生。

鳳麟心煩地看看圍住他的男生，猛地扔了書豁然起身：「魅姬老師，妳是不是也該教教課？」

「鳳麟，你找死啊！」

「你給我閉嘴！」

「魅姬老師是最好的老師！」

男生們竟一擁而上，把鳳麟壓了下去！

懶洋洋靠在椅背上的魅姬瞥眸看鳳麟：「下課來我辦公室！」

男生們驚呆了，卻是用羨慕嫉妒恨的目光看鳳麟。

「我也想去魅姬老師的辦公室……」

「我也想被她叫去單獨談話……」

他們不是沒試過，但沒一個成功。

有人用上課丟紙團的方法，結果被魅姬老師罰站在門外，一節課看不到魅姬老師。

另一個故意罵魅姬老師，結果被叫去校長室，對著一個老禿頭。

總之，無論他們用什麼方法，都沒辦法像鳳麟那樣被魅姬老師叫去辦公室。他們漸漸發覺，鳳麟是獨特的，據小道消息說，魅姬老師與鳳麟有親戚關係。

聽到是親戚，讓他們安心不少。

下課後，鳳麟站在魅姬辦公室門口，鬱悶而陰沉。

砰！他推開門，果然，魅姬又懶洋洋地躺在沙發上舒服地曬太陽。她的沙發靠在南邊的一排落地窗邊，窗外是幽靜的竹林，擋住了辦公室內一切風景。

只有她的辦公室才會有這樣的沙發、只有她的辦公室才有這樣美麗的景緻、只有她才有這樣的特殊待遇。

「來～～」魅姬朝他勾勾手指。

鳳麟陰陰沉沉側開臉，進入辦公室，反手鎖上了門。

他走到她的沙發前，沉著臉俯視她那躺得慵懶而婀娜的身姿，這份慵懶和隨意對任何男人無疑是一種無法抗拒的誘惑。

「妳能不能好好上課？」鳳麟大聲地說，宛如他才是老師，魅姬才是不聽話的學生。

魅姬懶洋洋地瞥他一眼：「教那麼多人，好累啊，現在我只要教你一個。」

「妳不能這樣推卸責任！妳才是老師！」鳳麟更加嚴厲地說。筆挺的校服將他襯得更加帥氣，細細的領帶垂掛在校服襯衫的胸前。

魅姬看都不看他一眼，曲起了腿，赤裸的腳從裙襬下露出，點了點她腿讓開的地方：「坐下。」

鳳麟生氣地看她一眼，坐下。

魅姬懶洋洋地再次伸腿，將雙腿放在鳳麟的腿上，鳳麟全身立刻一緊，眸中更是氣鬱地噴火。

「弟弟，你最近火氣好大～～要不要給你買點菊花消消火？」魅姬懶洋洋地問，雙腳舒舒服服地放在鳳麟的腿上。

鳳麟直抽眉梢，瞥開目光。

魅姬煙藍的裙襬垂落在沙發邊的地上，如水流淌。

她不再說話，懶洋洋地看著窗外的綠竹隨風搖曳。

鳳麟緩緩平靜，魅姬雖然是他姊姊，卻不是親姊姊。

魅姬的母親嫁給他的父親。他父親生他晚，魅姬的母親生她早，於是魅姬成了他姊姊，而且還成了他的老師！

每天無時無刻不對著她，真是讓他崩潰，尤其是在學校裡，看到那些老師用下流的目光打量她，男生用花痴的目光看著她，他就火大！

「……晚上吃什麼？」他嘟囔地問，像個鬧彆扭的孩子。

「你做什麼我吃什麼。」魅姬懶洋洋地答。

「妳有沒有想過別教書了？」鳳麟轉回臉看魅姬在陽光下的容顏，金色的陽光讓她的線條變得更加迷人：「家裡又不是養不起妳，況且妳又這麼懶。」

魅姬瞥眸看他：「這是男校，你爸怕你變成受，所以才讓我來看著。」

突然，鳳麟捏起了拳頭。

他一把扯住了魅姬的腿，俯身而下，壓在魅姬的上方，胸膛幾乎與魅姬聳起的挺立相觸。

魅姬微露驚訝。

鳳麟的心跳開始加速，快速流動的血液燃燒著他的身體，讓他的體溫逐漸上升。他的腿順著魅姬赤裸的腳開始一點一點上撫，絲滑的裙襬因為他的上撫而一點一點往上，露出魅姬修長而白淨的玉腿。

當裙襬到膝蓋時，立刻一瀉而下，滑落魅姬的腿根，鳳麟的手就此停在魅姬的膝蓋上。他灼灼地盯著魅姬帶著一絲慵懶的臉龐：「有妳這樣的姊姊，妳覺得我會變成受嗎？」

魅姬揚唇邪邪地笑了，緩緩抬手，拉住鳳麟垂掛下來的領帶，邪魅地看著他：「這是要勾引老師嗎？」

「不，是老師在勾引學生！」鳳麟狠狠瞪著她：「而且學生已經不想再忍了！」他俯身而下，奪取了那無數男人渴望得到的紅唇，甜美滋味瞬間衝垮了他的防線，讓他欲罷不能。

他的手再次從魅姬的膝蓋滑落，身體微微轉動，膝蓋卡入魅姬的雙腿之間，另一隻手撫上魅姬聳起的雙峰，那層衣服和下面的胸罩實在影響那迷人的手感。

他立刻去解那盤釦，可是盤釦複雜，讓他一時無法解開。他心煩地猛地一扯，絲薄的衣衫頓時嘶啦被扯開，他的手終於得以滑入，捏住那藏在文胸下的雪乳。

「嗯……」魅姬輕吟一聲，身體微微貼上他的胸膛，越發點燃了鳳麟的火焰。他一邊揉捏那柔軟的酥胸，一邊往魅姬雙腿之間而去。

「嗯……弟弟……」輕喚從魅姬口中而出。她微微起身咬住他的耳朵：「你找姊姊消火，可不乖哦~~~」

「是妳先挑起的。」鳳麟也咬住了魅姬的耳朵：「是妳在耽誤我念書。我要回集團，妳不要再教書了，我要把妳關在家裡！」鳳麟重重地吮吻魅姬的脖頸，在她白皙的肌膚上留下一個又一個屬於他的紅痕，那些紅印在陽光下還帶著鮮麗的水光。

魅姬揚唇邪邪而笑：「弟弟是吃醋了？」

「嗯！以後不准妳再看別的男人一眼！」鳳麟再次深深吻住魅姬的唇。

他的姊姊、他的老師，日夜對他的「勾引」已經讓他受夠了，他不願她再被別的男人多看一眼，不願她再看別的男人一眼，她只能是他的，只能是他鳳麟的！

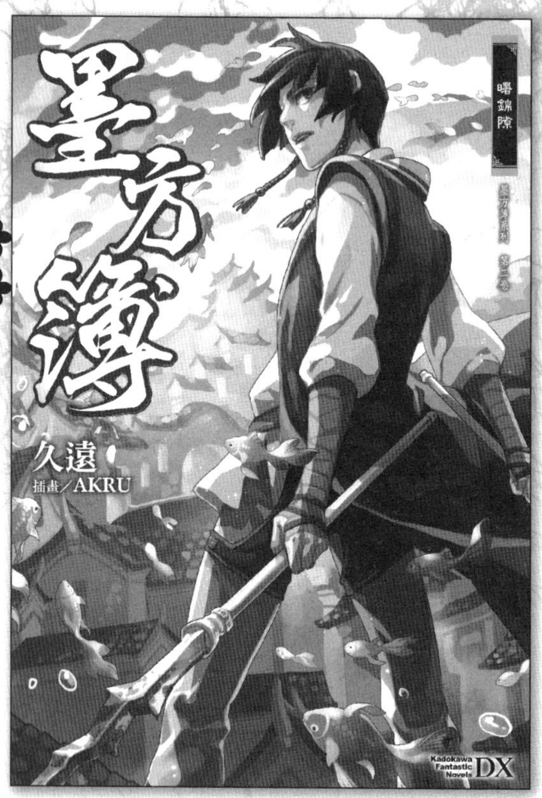

小說家久遠 × 插畫家 AKRU
聯手獻上瑰麗絢爛的
古裝奇幻系列

墨方簿 1~2 待續

久遠◎著　AKRU◎插畫

墨方是夢，是個充滿私心的夢，
所以才能苟存於世——

隨著砂金鸞之亂漸趨平息，晶畿迎來了曙錦節。相傳若能見到壽命僅十餘天的第一批曙錦魚，便能與心愛的人廝守一生。然而連元采主之女，霞雷，卻即將被迫和魯黎一族的利皓君聯姻。私奔未果的她不願眼睜睜看著戀人死去，終於拋下高傲自尊，向「墨方」尋求協助……

Kadokawa Fantastic Novels DX
台灣角川華文新視野

定價
NT$270
HK$80

宅腐系搞笑天后
張廉全新萌作！

凰的男臣 1~6（完）

張廉◎著 Ai×Kira◎插畫

巫心玉與妖狐兄弟的宿命糾葛，終將揭曉——
賺人熱淚的精采大結局！

天下大定，女皇就被催婚啦！身邊男寵各個被品頭論足：懷幽氣魄不足、瑾崋太過耿直、凝霜過於任性，子律最為合適，卻早有婚約……誰才是夫王最佳人選？凡事皆有因果，孤煌兄弟禍亂無道，必須接受嚴懲，但他們與巫心玉的孽緣尚未了結，仍然有所牽連！？

Kadokawa Fantastic Novels DX
台灣角川華文新視野

人生中的第二次機會
得來不易，
要是遇上，
可千萬別再錯失了！

二次緣古物雜貨店

夜透紫◎著　Chiya◎插畫

陳年收音機、海洋女神畫……
隱藏在這些雜貨背後的，又是些什麼樣的故事？

有別於庸庸碌碌的香港都市印象，「二次緣古物雜貨店」的步調始終緩慢而古樸。這間小店的櫥窗裡，堆滿各式各樣等待被發掘的雜貨。踏上這片陌生土地就讀大學的台灣少女何葦琪，因緣際會下成為這裡的工讀生，也因此邂逅了充滿各種故事的客人們……

Kadokawa Fantastic Novels DX
台灣角川華文新視野

樓蘭古國穿越取材行，遭遇帥氣又煞氣的樓蘭王×10!?

十王一妃 1~6（完）

張廉◎著　Chiya◎插畫

襲捲異世界的人魔大戰一觸即發，她是否能得償所願，平安抱得美男歸？

好不容易盼得人王齊心，安羽卻為了保護那瀾而瀕臨死亡!?眾人束手無策，那瀾卻在此時提出尋找神王拯救安羽的想法！然而神王可說是神龍見首不見尾，她真的能順利找到神王嗎？面對魔族大軍，他們又是否能發現突破口？高潮迭起的樓蘭古國浪漫冒險譚最終卷！

台灣角川輕小說
秋季新人王得獎作品！
瑰麗且懸疑的
異色奇譚！

魂草

葛葉◎著　kinono◎插畫

絢爛卻又殘酷的異色奇譚，
即將伴隨著神祕而詭譎的植物，一一揭幕……

魂草——依附著情緒而生的詭異植物，卻蘊藏著所有人夢寐以求的力量。自小受盡厭惡排擠的少女，夏夢言，遇見神祕的白髮蘿莉，瑤姬，從此踏入了異能者的世界。原本這是個美好的相遇，如果不是毀滅太快到來……

華文小說新天后——
張廉穿越系追愛力作！

黯鄉魂 1~6（完）

張廉◎著 Ai×Kira◎插畫

執子之手，
共譜幸福詩篇——

出人意料的國主未婚妻挑戰賽開始了，面對一心袒護愛徒青煙的狡猾冥聖，非雪將面臨前所未見的驚人危機！為了完成柳月華的心願，非雪執意重返蒼泯，卻想不到竟然出現真假雲非雪對簿公堂？環環相扣的陰謀與恩怨該如何解決？精采大結局不容錯過！

Kadokawa Fantastic Novels DX
台 灣 角 川 華 文 新 視 野

定價
NT$250
HK$75

角川華文輕小說大賞
「銀賞」得主最新作品！

王子收藏守則 1 待續

Killer◎著 麻先みち◎插畫

翻開此書，證明擁有「新月之子」的資格，
你將與書王子訂下主僕契約。

痛恨讀書的女高中生玟墨，從未想過書本竟會變成她的新同居「人」！眼前這位救了自己的金髮美男自稱「卷靈」，他的本體似乎是亡母的藏書之一!? 尚未從驚嚇中回神，這位卷靈要她找回亡母被迫賣掉的珍貴書籍，於是被譏笑文盲的她，開啟了廣納「後宮」之路——

Kadokawa Fantastic Novels DX
台灣角川華文新視野

國家圖書館出版品預行編目資料

六界妖后 / 張廉作. -- 初版. -- 臺北市 : 臺灣角川, 2017.04-
冊 ; 公分. -- (Kadokawa fantastic novels DX)
ISBN 978-986-473-596-9(第2冊 : 平裝)

857.7 106002337

六界妖后2

2017年4月26日 初版第1刷發行

作　者：張廉
插　畫：Izumi
發行人：成田聖
總編輯：蔡佩芬
副主編：林秀儒
責任編輯：邱瓈萱
資深設計指導：黃珮君
美術設計：李思穎
印　務：李明修（主任）、張加恩、黎宇凡、潘尚琪
發行所：台灣角川股份有限公司
地　址：105台北市光復北路11巷44號5樓
電　話：（02）2747-2433
傳　真：（02）2747-2558
網　址：http://www.kadokawa.com.tw
劃撥帳戶：台灣角川股份有限公司
劃撥帳號：19487412
法律顧問：寰瀛法律事務所
製　版：尚騰印刷事業有限公司
ISBN：978-986-473-596-9
香港代理：香港角川有限公司
地　址：香港新界葵涌興芳路223號新都會廣場第2座17樓 1701-02A室
電　話：（852）3653-2888